NUNCA VOLVERÉ A BERLÍN

ROBERTO AMPUERO

NUNCA VOLVERÉ A BERLÍN

PLAZA JANÉS

Papel certificado por el Forest Stewardship Council®

Primera edición: mayo de 2024

© 2024, Roberto Ampuero
c/o Piergiorgio Nicolazzini Literary Agency (PNLA)
© 2024, Penguin Random House Grupo Editorial, S. A. U.
Travessera de Gràcia, 47-49. 08021 Barcelona

Printed in Spain – Impreso en España

ISBN: 978-84-01-03494-7
Depósito legal: B-5903-2024

Compuesto en Mirakel Studio, S. L. U.

Impreso en Rodesa
Villatuerta (Navarra)

L034947

*A mis amigos alemanes, que vivían
detrás del Muro y no alcanzaron a cruzarlo*

Manchmal weiß ich nicht mehr, was ich weiß.
Manchmal bin ich schon an Morgen müde,
und dann such ich Trost in einem Lied.

Über sieben Brücken musst du gehen,
Sieben dunkle Jahre überstehen.
Siebenmal wirst du die Asche sein,
aber einmal auch der helle Schein.

PETER MAFFAY,
Über sieben Brücken musst du gehen*

Die Partei, die Partei, die hat immer Recht!
Und, Genossen, es bleibe dabei;
So, aus Leninschem Geist,
Wächst, von Stalin geschweißt,
Die Partei —die Partei— die Partei.

LOUIS FÜRNBERG,
Die Partei hat immer Recht**

---

* En español: «A veces ya no sé lo que sé. / A veces me canso ya por la mañana. / Y busco luego consuelo en una canción. / Tienes que atravesar siete puentes. / Sobrevivir siete oscuros años. / Siete veces serás la ceniza. / Pero un día también el fulgor». (Traducción propia).

** En español: «¡El partido, el partido siempre tiene la razón! / Y, camaradas, así siempre debe ser; / emanado del espíritu de Lenin, / forjado por Stalin, / el partido, el partido, el partido. / El partido siempre tiene la razón». (Extracto del himno de la República Democrática Alemana, de Louis Fürnberg).

Nota del autor

Este relato es una novela que,
a pesar de apoyarse en personajes históricos,
continúa siendo una ficción.

LEIPZIG

1

Este regreso a una etapa inverosímil y semiolvidada de mi vida, pese a que me modeló y convirtió en quien soy, lo provocaron, en rigor, dos maestros que llegaron hace poco a mi casa en un destartalado *kleinbus*[1] Volkswagen a montar la estantería para la biblioteca que he ido armando a lo largo de los años y los viajes.

El tinglado consta de macizos tablones —vértebras de una antigua casona de la zona central de Chile que se desplomó durante un sismo— y de finos perfiles metálicos pintados de negro que los soportan con gracia. Brinda digno amparo a mis libros, mi mejor y más leal compañía después de Flora, mi mujer, pintora y madre de nuestros hijos, que instaló su taller en un establo con muros de adobe, tejado y piso de tablas, que se yergue detrás del olivar al final de la parcela que habitamos.

Hace mucho Flora y yo nos despedimos de los fuegos fatuos de la capital, de su vida insegura y trepidante, su cielo sucio y su gente agresiva y, cual Séneca, Thoreau o Salinger, nos instalamos en el campo a escribir, pintar, leer, escuchar música y ver cine, o simplemente a vivir en los faldeos de la cordillera de la Costa, entre los Andes y el Pacífico, junto a una polvorienta calle de tierra flanqueada por pimientos.

---

[1] Minibús.

En fin, se trataba de dos maestros. Uno era un viejo de sombrero de fieltro de ala ancha y pantalones con holgados bolsillos colmados de clavos, tornillos y pernos, que observaba todo con aire alerta y urgido, como consciente de que no le quedaba ya mucho tiempo de vida. El otro era su nieto, de menos de veinticinco años, barba acicalada, cabellera recogida en impecable cola de caballo azul de tan negra, jeans ajustados, polera de marca, y un iPhone del cual era esclavo.

Empezaron a descargar la estructura metálica y los tablones que el *kleinbus* portaba de puro milagro —diría yo— dentro, encima y por los costados de su oxidada carrocería.

El abuelo era carpintero autodidacta y durante la crisis económica de los ochenta se las había arreglado como cocinero en las embarcaciones que surcan los canales del sur y, a veces, como arriero de boina y mate en la Patagonia. El nieto, egresado de un instituto de capacitación metalúrgica, se enorgullecía de haber vacacionado dos veces en Cuba eludiendo el invierno chileno. Admiraba al Che y a Ho Chi Minh, pero también a Benzema y a Haaland, a Ed Sheeran y a Shakira, y los fines de semana torcía porros y bailaba con amigas. En las pausas, el abuelo examinaba concienzudo la terminación de lo avanzado, mientras el nieto revisaba la pantalla del iPhone con los audífonos bien puestos.

Fue el antiguo modelo Volkswagen con su frente chato, parabrisas dividido en dos, manubrio horizontal e inconfundible jadeo el que me transportó en el tiempo.

Primero hacia otro *kleinbus*, eso sí, uno bruñido y restaurado, que llegó hace un tiempo a nuestra parcela, y luego a los noventa, cuando entre temores y esperanzas Chile recuperaba la democracia, e incluso más lejos, a la década del setenta que pasé en la grisácea, contaminada y melancólica ciudad sajona de Leipzig.

—¿Patricio Dupré? —me preguntó el hombre fornido que llegó hasta el portón en su joyita.

—Soy yo —repuse intrigado.

—Vengo de Alemania por encargo de Valentina Bode —anunció, serio.

Le abrí de inmediato, le indiqué que estacionara a la sombra de los espinos y lo invité a un café bajo el parrón.

—¿Le apetece también un vaso de agua? No está de más con este calor.

—Con hielo, por favor —respondió—. Y el café sin azúcar, si tuviera la amabilidad.

Andreas Fischer, así se llamaba, era alemán y hablaba bien el español. En cuanto desocupó el vaso, comenzó a tomar el café sentado en el borde de la silla, lo que me hizo temer que perdiera el equilibrio. Pero más que concentrarse en la bebida, creo que buscaba las palabras adecuadas para decirme lo que tenía que decirme.

Y lo que me planteó me arrojó de manera violenta, como en una explosión feroz, a mi aleccionador pasado en las dos Alemanias, que yo trataba de olvidar en vano desde mi retorno a Chile.

Solo mucho después de esa conversación entendí que el alemán del *kleinbus* era el último heraldo que me enviaba una de esas etapas de la vida que no se resignan a ser olvidadas y que, con obstinada insistencia, exigen ser narradas y se vengan de uno cuando se las ignora.

2

Conocí a Erich Honecker, el arquitecto del Muro de Berlín, en enero de 1993, en el aeropuerto de Santiago de Chile, cuando llegó procedente de Alemania y le serví de traductor por encargo del partido. Arribó en la etapa final de su cáncer al hígado, recién salido de la prisión en Berlín. Lucía amarillento y demacrado tras veintiocho horas de viaje, pero indudablemente aliviado de alcanzar la libertad.

Durante un año fui su traductor y lazarillo, y aprendí mucho de sus escasas palabras, pero sobre todo de sus prolongados silencios y olvidos. Pocos tienen la oportunidad de acompañar tantos meses a un dictador defenestrado, y menos aún en una ciudad donde al mismo tiempo habitaba otro dictador abdicado, aunque de signo político contrario, el general Augusto Pinochet. Durante año y medio la capital chilena fue el único escenario del mundo donde coincidieron dos símbolos clave de la Guerra Fría que entonces se extinguía. Una etapa que me tocó presenciar de cerca como observador privilegiado.

Fue esa comprimida experiencia la que más tarde me llevó a buscar los sitios donde reposan los restos de los hombres que han marcado mi vida. Y bien digo hombres, que no mujeres, que son las que me atraen. Me refiero a caudillos, tiranos y autócratas, hombres fuertes que los llaman, esos seres huraños, desconfiados, implacables, adictos al poder, que dieron forma e impusieron sufrimientos a sus respectivos países, y que a fin de cuentas hicieron de mí quien soy.

Ahora corren los últimos días de diciembre, se extingue el año 2022, y todos ellos reposan bajo tierra, pero yo sigo sufriendo el impacto de las realidades que nos impusieron y de cuyas consecuencias sospecho jamás podré librarme. A estas alturas avanzo por un sendero con tufillo a destino esculpido, y allí radica la causa por la cual volví sobre mis pasos para acercarme al polvo o las cenizas de esos próceres.

No es poco lo que he logrado, por cierto. Conseguí aproximarme, por ejemplo, a la capilla que guarda el ánfora con las cenizas del general Pinochet. Descansan, por decirlo de alguna forma, si es que las cenizas tienen la facultad de descansar, en la finca de Los Boldos, propiedad rural de su familia, delimitada por muros, alambradas y un espeso bosque que acaricia la brisa del Pacífico.

Fui hasta allá, ciento cincuenta kilómetros al suroeste de Santiago, con el propósito de ver lo que queda del hombre cuyas decisiones determinaron en gran medida los senderos del país y de mi existencia. Sin embargo, unos guardias me detuvieron en el portón de acceso para explicarme que se trataba de un recinto privado.

—¿Quién vive acá? —pregunté, fingiendo ignorarlo.

—Sus dueños —repuso cortante un guardia.

No me quedó más que seguir caminando, frustrado, pues mi anhelo era ver el ánfora para cerciorarme, razón absurda, por cierto, de que el general está en efecto muerto —aunque sé que está muerto—, y poder reflexionar sin odios ni resentimientos, en forma desapasionada, sobre cómo él, reducido ahora a un puñado de cenizas, al apoderarse de las riendas del país en 1973, derrocando al presidente Salvador Allende, cambió de manera radical mi vida.

Quiero manifestarlo con claridad y tristeza, sin el propósito de despertar conmiseración ni lástima, pues me desagradan los plañideros: durante mi exilio, motivado por el régimen militar que duró diecisiete años, murieron mis abuelos en Chile y me fue denegada la autorización para ingresar al país y, por ende, la posibilidad de asistir a sus funerales. Mis padres se apagaron en el exilio. Todo eso jamás se olvida.

Tal vez esto comienza cuando yo vivía en Leipzig, Alemania Oriental, detrás del Muro. Estudiaba filosofía en la Karl-Marx-Universität y tenía de compañera a una bella muchacha de ojos verdes, voz suave y larga cabellera negra de la ciudad de Jena llamada Valentina Bode. Era muy feliz con ella.

Mientras caminaba por el exterior de la propiedad del general divisando apenas entre el follaje el campanario de la capilla, pues no pude ingresar a ella, no pensé en el golpe de Estado de septiembre de 1973 ni en el bombardeo de La Moneda, donde Allende ofreció resistencia. Tampoco en los muertos ni los exiliados, ni en las tenebrosas noches de toque de queda que pasé en vela en Santiago, sino en lo diferente que hubiese sido mi vida si Pinochet —y por cierto, Allende— no hubiera existido.

Sé que a nada conduce esta especulación crepuscular en torno a cómo pudo haber sido lo que no fue, puesto que el pasado queda esculpido en granito y corresponde asumirlo y dejar en paz a quienes lo habitaron. Invocarlo de forma incesante, creyendo que así se vuelve dúctil y maleable, solo atormenta y envenena el alma y ratifica la victoria de los enemigos sobre tu persona.

En fin, ese día me alejé de Los Boldos con sentimientos mezclados, conduje hasta un pueblo cercano, donde cené liviano y bebí media botella de vino tinto, y me alojé en una pensión que calefaccionaba una destartalada estufa salamandra. No, el odio ya no guía mis pasos, concluí esa noche en extremo silenciosa.

La idea de recorrer los cementerios donde reposan los restos de quienes marcaron mi vida obedecía a mi curiosidad por ver la tumba de quienes en gran medida me convirtieron en quien soy. «Todo pasa y todo queda, pero lo nuestro es pasar», dice Antonio Machado, y las cenizas del general, al que odié y temí, ya no me intimidan. Cuanto resta de su humanidad se halla enclaustrado en un ánfora disimulada en la tranquila penumbra de una capilla de estrechas ventanas.

Poco y nada queda de él, como poco y nada queda de otro político que dejó huella indeleble en mi vida: el presidente Salvador Allende. ¡Cuánto lo admiré en mi adolescencia! Cuánto me inspiró, emocionó y obnubiló su retórica revolucionaria, su frustrado gobierno, la polarización extrema del país bajo su mandato, y cuánta desazón me causó enterarme de que se había quitado la vida en el Palacio de La Moneda y que caíamos en una dictadura y que yo, sin haber cumplido los veinte años, debía seguir a mis padres al exilio a la República Democrática Alemana.

Tal como lo había planeado, llegué un día al Cementerio General de Santiago, donde están depositados los restos de Allende, con el afán, creo que ingenuo, de enhebrar mi vida de otro modo, de hallar nuevas respuestas a las interrogantes que plantea toda existencia, y me interné por los caminos del camposanto buscando su tumba.

Lo que vi primero fue un ramo de flores plásticas junto a su lápida, y a un costado, un desteñido letrero del Partido Socialista y un periódico amarillento que aleteaba como un gorrión moribundo. Me sigue pareciendo alucinante que tanto la elección de la carrera de filosofía que inicié en Leipzig como la de los países que me seducían entonces fuese determinada por el elegante doctor de bigote y gafas de marco negro que hoy es apenas polvo y remembranza.

Sus discursos me convencieron de que el socialismo era la panacea para todos nuestros males, de que Fidel Castro y Ho Chi Minh eran los inspiradores de nuestra causa, y de que un día una América Latina próspera y libre hablaría con una sola voz al mundo. Y por todo eso, que al final de cuentas era solo niebla y ventisca, terminamos huyendo con mis padres entre gallos y medianoche, a través de la embajada de Finlandia, al exilio detrás del Muro. Entonces me sentía allendista y quería cambiar el mundo. Sí, cambiarlo de pies a cabeza.

Hace un par de años regresé a Cuba a visitar al otro, o a lo que queda del otro, más bien, que también incidió en los caminos que escogí en mi juventud. Me refiero al comandante en jefe Fidel Castro. Por eso, al volar de Santiago al Berlín reunificado de inicios del milenio hice escala en La Habana, que sigue cayéndose a pedazos. Allí fui al Cementerio de Santa Ifigenia, en Santiago de Cuba, el extremo oriental de la isla, donde el máximo líder terminó, tal como lo ordena en su testamento, enquistado en la roca de toneladas de peso que él mismo escogió. Así reposa hoy, a pasos del héroe nacional José Martí. Una guardia vigila día y noche su tumba para que no la ultrajen.

—¡Quedó imponente la tumba! —comenté al guajiro de sombrero de yarey que vertía una sustancia blancuzca en una de las grietas de la roca.

—Más respeto, señor, es el panteón del comandante en jefe —me corrigió con ojos fieros.

Era viejo, enjuto y exhibía un hueco oscuro donde antaño lució un colmillo.

—¿Usted es el encargado de mantener la cripta, compañero? —pregunté, conciliador.

—No daría abasto —dijo, volviendo a lo suyo.

Me costó convencerme de lo que veía: en el núcleo de la roca se encontraban las cenizas de Fidel. ¿Quién lo hubiese imaginado en La Habana de los setenta, cuando, enfundado en su uniforme verde olivo, vital e imponente, cruzaba la ciudad en el fúnebre ZIL soviético, regalo de Leonid Brézhnev, rodeado de Alfa Romeos cuyos escoltas exhibían por las ventanillas sus bruñidas armas ante el pueblo apostado en las paradas de buses y frente a los almacenes vacíos?

Todo cuanto resta del máximo líder son cucharadas de ceniza vertidas dentro de un caparazón que le impide sentir el calor tropical, escuchar los pasos de la lluvia y pronunciar discursos.

Dos días después, habiendo alcanzado cierta paz conmigo mismo, continué vía Madrid el vuelo a Berlín, donde me proponía visitar el Cementerio de los Socialistas para ver el sitio en el que, según algunos, estaba sepultado Erich Honecker.

3

—Ese no ha llegado por aquí —me comentaron con sorna en la administración del cementerio—, pero sí sé que murió en un país latinoamericano.

Yo lo imaginaba reposando cerca de las tumbas de Karl Liebknecht y Rosa Luxemburgo, o de Bruno Apitz y Markus Wolf, pero nada de eso: nadie conoce el paradero de sus restos. Ahí mismo finalicé mi búsqueda del secretario general del Partido Socialista Unificado de Alemania, PSUA.

Inicialmente supuse que lo habían sepultado en el Patio de los Disidentes, en Santiago de Chile, junto a sus camaradas y dirigentes comunistas chilenos Luis Corvalán y Volodia Teitelboim, pero al parecer fue su viuda quien desechó la opción por miedo a los vándalos. Tiempo después leí que su nieto, hoy responsable de las cenizas de la pareja, las lleva consigo en ánforas itinerantes.

Creo que lo segundo es entendible, no así lo primero, que deploro, pero después del estallido social de 2019, en Chile ya no hay respeto ni por los muertos. Pese a sus abusos, Honecker merece descansar junto a los suyos; mal que mal dirigió el primer Estado socialista en territorio alemán, como enfatizaba él con orgullo, uno que duró cuarenta años gracias al respaldo de la Unión Soviética. En Berlín habría descansado al menos entre los camaradas que lo eligieron, lo celebraron y luego lo depusieron, pero el miedo ante quienes en el pasado lo aclamaban y la sempiterna y generalizada desconfianza de Margot debieron ser determinantes a la hora de adoptar la decisión.

Pese a esas consideraciones, no olvido que en el fondo fue Honecker quien impidió que Valentina y yo nos casáramos y, por ende, que ella pudiese cruzar el Muro para reunirse conmigo en Occidente. El olvido, no el ajuste de cuentas, es el remedio; reconozco que uno lento y dubitativo, pero que al final se impone. Valentina se estrelló entonces contra dos muros: el burocrático y el de hormigón. El primero era una vetusta oficina policial con muebles desvencijados y piso de madera que crujía bajo los pasos, donde anónimos funcionarios de la Stasi tejían la telaraña legal que asfixiaba los trámites migratorios. Y el segundo, el muro propiamente tal, que consistía en varios muros, alambradas, perros atados a cables, torres de vigilancia y campos minados.

Me marché de la RDA intuyendo que nunca más nos veríamos, y aún hoy me duele que el hombre que hizo abortar ese amor juvenil y arruinó la vida de millones haya dejado plácidamente este mundo en mi patria, como si hubiese sido un inocente y melancólico guardagujas jubilado de una estación de pueblo. Aún me reprocho haber acompañado a Honecker en la recta final de su existencia, aunque fuese solo durante algo más de un año, cuando debí haber rechazado la solicitud del partido al cual renuncié en los setenta, desencantado del socialismo.

¿Por qué acepté? En primer lugar, por respeto a la memoria de mi padre, que había fallecido en Rostock mientras mantenía congelada su militancia, decepcionado de la vía armada escogida por el partido y de la represión en el socialismo amurallado, aunque sin atreverse a renunciar a la organización por temor a perder amistades de toda la vida y sufrir represalias. Pero debo reconocer que acepté porque deseaba ver de nuevo, esta vez de cerca y animado por una dosis de *schadenfreude*[2], al todopoderoso dictador que me separó de Valentina. Quería verlo viejo, enfermo y derrotado, sufriendo el castigo que la historia le deparaba. ¿Lo odiaba? No creo. ¿Me regocijaba su triste desenlace? Tampoco. Tan solo me intrigaba presenciar el tortuoso final del padre del Muro. Era un silencioso ajuste de cuentas, lo admito, y además por interpósita persona, en este caso el tiempo, el implacable enemigo con pasos de seda.

—Sobre la mesa está la respuesta del distrito de Jena a nuestra solicitud de matrimonio —me anunció Valentina en tono neutral la tarde en que yo regresaba al estudio que ocupábamos en el cuarto piso del dormitorio universitario de la Strasse des 18. Oktober, en Leipzig.

Extraje con manos temblorosas el documento del sobre ya abierto.

«Su solicitud con respecto al asunto 375-2-457-1979 ha sido denegada», informaba la nota enviada por el registro civil del distrito natal de Valentina.

No añadía razones, tampoco se refería al contenido de la solicitud. Era el estilo usual con que el Estado reaccionaba. Los funcionarios que decidían sobre la vida ajena evitaban así dejar constancia escrita de su violación al elemental derecho de Valentina a casarse con quien amaba. La misiva marcó un antes y un después en nuestra relación y en mi visión del régimen de Honecker, y no me dejó más que un camino: retornar solo a Occidente.

Dejé, por lo tanto, a Valentina porque no podía resignarme a construir una familia en la que mi mujer y nuestros hipotéticos hijos vivieran condenados a permanecer hasta que se jubilaran detrás del muro de la mayor cárcel de Europa. No, yo no lo hubiese podido soportar. Tampoco era capaz ni tan siquiera de imaginar que algún día podría pasear con mi fami-

---

[2] Alegrarse por la desgracia ajena.

lia por las calles que, desde ciertos puntos de Berlín Oriental, podía observar al otro lado del Muro.

Sí, entre Valentina y la libertad, lo admito francamente, preferí la libertad.

4

Sí, soy el hombre que, según algunos, enclaustró a todo un pueblo detrás de un muro de hormigón y alambradas, protegido por campos minados y guardias que disparaban, como lo hacen los guardafronteras disciplinados del mundo, contra quien intentara cruzarlo, y que perdió el poder el mismo día en que su mayor obra se desplomó. Sí, lo reconozco sin avergonzarme: sin la valla antifascista, mi país y sus conquistas sociales habrían sido inviables desde el primer día.

Ahora, anciano, enfermo y solitario, lejos de Berlín, en una casa de tejas coloniales y muros revestidos de enredaderas, aquí en los áridos faldeos de los Andes chilenos, a cien kilómetros de la reverberación del océano Pacífico, aguardo a que las parcas me arrastren de regreso a la nada.

Estoy en Santiago, a inicios de 1993, y el médico, un chileno que habla alemán, pues se especializó en el prestigioso hospital Charité de nuestra extinta pero gloriosa República Democrática Alemana, me concede como máximo dos años más de vida.

Tras los tormentos, las arbitrariedades y los agravios que me depararon tanto camaradas como anexionistas occidentales, pude dejar la Alemania reunificada para solicitar refugio en este delgado y generoso país del fin del mundo. Después de sortear apelaciones, exámenes médicos y aparatosos traslados entre Berlín y Moscú, y asediado por las dramáticas circunstancias que me consumen anímica y físicamente y obligan a ser sincero, pregunto: ¿alguien se traga el embuste de que un político de mediana edad, como lo era yo en 1961, pudo haber obligado a diecisiete millones de personas a levantar un muro que las encerrara?

¿No habré contado al menos con la embozada complicidad de un cocinero, de una cuadrilla de albañiles o de un par de soldados para consumar aquella serpiente enroscada de ciento cincuenta y cinco kilómetros de largo? ¿No habrá cooperado conmigo al menos una docena de ciudadanos montando las placas de hormigón, construyendo las torres de vigilancia, extendiendo el alambre de púas, empujando las carretillas con cemento, mientras yo dirigía esa orquesta empeñada en tocar tan inédito concierto?

En fin, ¿de qué vale enredarme a estas alturas en los huiros de la historia, prostituta eterna de los vencedores? Este año, el 7 de octubre para ser más preciso, la RDA cumpliría cuarenta y cuatro años de existencia en el corazón de Europa, allí donde antes gobernaron Otto von Bismarck y Adolf Hitler y tronaban los cañones. En esa fecha celebrábamos nuestro día nacional con paradas militares y desfiles populares, con banderitas, challa y globos de colores, mientras los quioscos expendían cerveza fría y salchichas con mostaza, y la gente —hombres y mujeres, obreros y campesinos, jóvenes y ancianos— coreaba fervorosa mi nombre, agradecida de los logros alcanzados colectivamente por nuestra patria socialista.

Para recordar esos días de jubileo, y aunque sea a solas, salí esta mañana a sentarme al jardín de esta casa de dos pisos de La Reina, la comuna de Santiago donde vivo espartanamente con Margot, mientras la oscuridad se disipaba entre jirones de luz. Respiro con la conciencia tranquila, aunque también perturbado por el cuervo que picotea inmisericorde mi hígado.

El amanecer presagia otro día caluroso bajo el esmog que levita sobre la ciudad envenenando a gente que ignora que yo, hijo de antiguas contradicciones de la Europa profunda, resido ahora entre ellos y su breve y modesta historia. Sentado en la mecedora de mimbre, aspiro el aire ácido de esta metrópolis inhóspita y ajena que, en lugar de mi asilo, ha devenido la cruel estación terminal de mis días.

—Para ser franco, *Genosse* Honecker —me dijo el cirujano que pasó su exilio en nuestro Berlín—, para ser franco —repitió escogiendo con pinzas las palabras que iba a proferir—, calculo que puede contar con dos años más de vida.

¡Dos años! Y aunque el galeno intenta acomodar entre algodones el plazo que anuncia, especificando que será indoloro por los sedantes, sé que dos años son eso: dos años, menos de ochocientos días, poco tiempo para vivir, demasiado para suicidarse. Y lo de que no sentiré dolor se refiere al cuerpo, a la carne, que no al alma, concepto que me desagrada pero que cobra cierto sentido en, cómo decirlo si no, en mi propia alma.

Dos años, pronuncia serio pero generoso el rozagante joven ataviado en su bata blanca, como si me obsequiara un salvoconducto a la eternidad. Dos años dura el embarazo de una elefanta y también la pasión desbocada en el comienzo de todo amor, pero dos años son apenas dos parpadeos bajo este cielo sucio donde, salvo un par de camaradas chilenos, todos me abandonaron.

Recuerdo los soberbios funerales de los secretarios generales del Partido Comunista de la Unión Soviética a los que acudí cuando lideraba la RDA. Brézhnev, Andrópov, Chernenko. Banderas a media asta; Moscú de luto, la radio soviética transmitiendo música funeraria. Eran entierros propios de un monarca, más que merecidos para los zares del movimiento obrero mundial. Todos los pueblos necesitan líderes que los protejan y conduzcan hacia el futuro.

Mi funeral, en cambio, tendrá lugar en el fin del mundo y escasa será la concurrencia. ¿Para qué me preocupo hoy por algo que, cuando llegue, no me importará? Es la hora de los mameyes, diría el comandante Fidel Castro, y ahí se ven los gallos, replicaría Luis Corvalán. Imbatible el caudillo caribeño; folclórico el camarada chileno. En fin, la historia, como sabemos, es ciega e injusta, sorda, insensible y a la vez implacable, y a menudo castiga a quien merece elogio y celebra a quien corresponde condena.

Yo goberné, a mucha honra, el único Estado de obreros y campesinos que ha existido en territorio alemán. Fui el último que dirigió ese país soñado por Karl Marx y Friedrich Engels, y que construimos entre todos, a pesar de que los oportunistas intenten negarlo. Cuando Hitler murió en medio de las ruinas de Alemania, nadie era nazi, y cuando se extinguió la RDA, nadie era comunista. El perfume que lleva todo ser humano es la traición. ¿O es que, al final, son solo fantasmas los que hacen la historia? La historia la hacen los pueblos, afirmaba Allende. Puede ser, digo yo, pero no se responsabilizan por ella.

Yo, en cambio, decrépito y vulnerable, asumo lo mío: dirigí ese Estado de 1971 a 1989, durante dieciocho años, uno más que el general Pinochet condujo a Chile, hasta que me destituyeron los traidores que elevé a miembros del Buró Político del Partido Socialista Unificado de Alemania y brindé cómoda butaca en la historia europea.

Pero estos acólitos hinchados de condecoraciones y privilegios se acoquinaron ante las marchas contrarrevolucionarias de Leipzig que luego se propagaron a Berlín, Dresde, Magdeburgo y el resto del país. Dicen que salió un millón de manifestantes a la calle, pero ¿qué es un millón en un país de diecisiete millones? A mis camaradas el pánico les causó cagadera y los convirtió en liliputienses, y comulgaron con la patraña que las masas, hijas del vertiginoso progreso socialista, vociferaban a coro: que no querían capitalismo ni democracia burguesa ni ser reducidos por Alemania Occidental, como terminó ocurriendo, sino más y mejor socialismo, como aquel por el que avanzábamos, quizás algo lento, debo admitirlo, pero cumpliendo los acuerdos del partido. En fin, mis excamaradas morirán como traidores, y el pueblo será víctima de la mayor estafa de posguerra.

Egon Krenz, la hiena de la sonrisa perpetua y las ojeras de Drácula, al que sindicaban como mi delfín, fue quien encabezó la jauría golpista del Buró Político, integrado por oportunistas despreciables que me deben cuanto fueron, pues yo los acogí y ascendí, cuando apenas servían para redactar misérrimas arengas, a cardenales de nuestra hermosa Alemania proletaria.

Les di todo cuanto necesitaban y ambicionaban y me pagaron conspirando en mi contra mientras la contrarrevolución triunfaba en las calles y se apoderaba del Estado. Su propósito: defenestrarme para entregar nuestra RDA al mejor postor occidental. Conspiraron con el Judas Iscariote de Mijaíl Gorbachov para encarcelarme aprovechándose de mi enfermedad.

Cierro los ojos y escucho que alguien se aproxima por el jardín. Puedo percibir los pasos sobre la hierba, pues desde la traición se me aguzó el oído.

Debe ser Patricio Dupré, mi traductor, el único que tiene las llaves para entrar a nuestra casa. Es un joven de confianza política, aseguran camaradas chilenos, algo de lo que no estoy seguro; y como sus padres se exiliaron con él en nuestra RDA en los setenta, al inicio de la dictadura de Pinochet, habla muy bien alemán, se expresa claramente y dice gracias, una palabra que parece quemar los labios a muchos de sus compatriotas.

Aguardo a que Patricio me hable entre el canto de los zorzales o siga caminando por el jardín, pero no percibo nada más. Estoy por sospechar que también mi oído comienza a traicionarme.

5

Berlín, 24 de enero de 1993

Querido Patricio:

No te sorprendas con esta carta. Acabo de verte en las noticias de la televisión sobre el arribo de Erich Honecker a Chile. Estás a la bajada de la escalerilla del avión, donde traduces para quienes lo reciben con vítores y banderas de la RDA.

Aunque han pasado trece años desde que nos despedimos en la estación de Leipzig, te reconocí. Aún luces como el estudiante del que me enamoré en 1974 en la Karl-Marx-Universität. Has ganado unos kilos, imagino que por las empanadas que tanto te gustan.

Dudé si enviarte o no esta carta porque en el consulado me dijeron que tal vez ya no vives en esta dirección, pero lo intento.

Me gustaría volver a verte. Hay tanto de que hablar, no para volver al pasado común del cual huiste sin explicación verdadera alguna, sino para sepultarlo, pues lo insepulto siempre regresa a exigir explicaciones. Y ya lo ves: ayer huiste del país de Honecker, y hoy Honecker llega a refugiarse al tuyo.

Muchos me preguntaron qué había ocurrido entre nosotros, qué había sido de ti, por qué partiste dejándome atrás, y lo cierto es que jamás pude explicarlo, porque ni yo misma sé la razón. No busco un nuevo comienzo ni nada de eso, solo entender. Seguro recuerdas de qué mal padezco y que soy una convencida —lo estudiamos en la Karl-Marx, ¿no?— de que la vida está hecha de causas y consecuencias y a ratos de azar y casualidades, como la de descubrirte en un noticiero que no suelo ver.

Si recibes estas líneas, envíame por favor tu teléfono (abajo va el mío) y sugiéreme un hotelito en Santiago. Anhelo conocer el país del que tanto hablabas en el dormitorio universitario de la Strasse des 18. Oktober. Iré por unos días, y prometo no robarte mucho tiempo ni obligarte a reanudar lo sepultado. Solo necesito entender.

VALENTINA BODE

6

Patricio no llegó ayer a mi casa, como tampoco llegué yo al despacho que tuve en el imponente y laberíntico edificio del comité central del PSUA, que los nazis construyeron para acoger al Banco Imperial, fortaleza inexpugnable que nunca terminé de recorrer. Debí haberlo hecho. Debí haber estrechado la mano hasta del último funcionario, y tal vez alguno me habría advertido sobre la traición que se fraguaba. Pero lo pasado es pasado, y en rigor, nunca volveré a Berlín, y la verdad es que no retornaría ni aunque pudiese.

¿Qué haría sentado en el escritorio de mi espaciosa oficina de mullidos sillones y ventanas de guillotina, bajo la lámpara de cristal de Bohemia? ¿Quién me llamaría al teléfono rojo por el que solían llamarme de Moscú? Los despachos de mis antiguos camaradas presidentes los ocupan otros, advenedizos, oportunistas y traidores. No queda nada del esplendor y la disciplina de ayer. Nada de la bonhomía de Brézhnev, nada de la timidez de Husák, nada del campesino con rostro de boxeador de Gierek, nada del canalla de Ceaucescu, asesinado a mansalva por su propio ejército. Todo cuanto construimos se desvaneció como la neblina ante el embate del sol. Ya no quedan ni trazas del poder que heredé llorando de emoción en 1971 del estalinista Walter Ulbricht y que perdí entre lágrimas y mal disimulados sollozos, en octubre de 1989, a manos de los traidores.

Muchas son las cosas que perdimos con la desaparición de nuestro Estado. Por ejemplo, la seguridad social y el derecho a una vivienda digna, las justas y rectoras ideas que inspiraban la construcción del socialismo, el espíritu colectivo que nos unía, nuestra confianza en el rumbo ascendente de la historia hacia el comunismo, la que ahora los anexionistas niegan, desvirtúan y cuentan a su aire, desprestigiando a la RDA y de paso a mi persona.

Lo deprimente es que el país socialista más próspero del mundo sucumbió ante la asonada contrarrevolucionaria y la conspiración de los oportunistas, que se repartieron mis cargos creyendo que así conservarían al menos una tajada del poder. Nunca entendieron nada de la voracidad del imperialismo ni se dieron cuenta de que la masa iracunda en las calles no deseaba más y mejor socialismo, sino más consumo material y libertinaje para viajar a Occidente a gastarse nuestras escasas divisas cuando les viniera en gana.

Hoy me culpan a mí de la desaparición de nuestro Estado benefactor, de la república de obreros y campesinos aliados con los intelectuales, cuando los culpables fueron los del Buró Político, que pretendían calmar al enemigo mediante concesiones.

Fallaron. Creyeron que con trocitos de carnada se apacigua al cocodrilo. Tarde cayeron en la cuenta de que el lagarto iba también por ellos.

Y pensar que el hundimiento de nuestra RDA fue gatillado por un balbuceo de palabras mal hilvanadas, el miedo, la impericia y el nerviosismo de Günter Schabowski en el Club de la Prensa Internacional acreditada en nuestra capital.

Lo que causó el desplome del Muro, y con ello la desaparición del socialismo alemán, fue el parafraseo infeliz del portavoz gubernamental sobre un acuerdo del Buró Político, que Schabowski citó a medias ante la pregunta de un corresponsal italiano.

El acuerdo establecía que nuestros ciudadanos podrían salir de la RDA si solicitaban previamente autorización en los cuarteles de la Volkspolizei[3]. Con el permiso en la mano cruzarían de inmediato la frontera, pero lo esencial era la letra chica del anuncio: un permiso timbrado era la premisa para pasar el Muro, uno que no se entregaba de inmediato, pues no queríamos que viajaran familias completas y al otro lado fuesen seducidas por los timbiriches del imperialismo.

Pero como Schabowski temblaba de pies a cabeza ante el *Wir sind das Volk!*[4], que coreaba la contrarrevolución en las calles, en lugar de limitarse a leer en voz alta el acuerdo que le habían entregado antes de la conferencia de prensa, improvisó como si fuese el gran Ernst Thälmann dirigiendo un discurso a los camaradas. Nunca se improvisa, menos cuando la existencia del partido y el Estado está en peligro. En buenas cuentas, Schabowski enredó todo ante los periodistas del mundo y ante nuestro pueblo.

—Pero, entonces, ¿a partir de cuándo pueden cruzar los ciudadanos libremente el Muro? —insistió con pachorra el italiano.

—A partir de... de... ahora mismo... —balbuceó Schabowski, trémulo como una hoja castigada por el viento.

En ese instante intuí que el Estado al que dediqué mi vida entera se desplomaba y fluía por las cloacas. ¡Quién iba a permanecer en nuestra modesta república en lugar de mudarse a la opulencia de Occidente? Bastaba con que el diez por ciento de la población nos traicionara para que nuestra amada RDA entrara en estado de coma. No fue por gusto que levantamos el Muro en 1961. Sin él, llegaba de inmediato la extremaunción para el socialismo.

---

[3] Policía Popular Nacional.

[4] «¡Nosotros somos el pueblo!».

En lugar de defender el sistema recurriendo a las *Kampf-gruppen*[5], a la *Nationale Volksarmee*[6] aliada con el Pacto de Varsovia, a la omnipresente *Nationale Volkspolizei* y a las brigadas de choque de la Stasi, los traidores del Buró Político abrieron la frontera meándose en los pantalones mientras veían por televisión cómo retrocedía la historia europea. La RDA expiró la misma noche del 9 de noviembre de 1989, sacrificada por un timorato que ni siquiera estudió el documento que le hizo llegar el partido y arrollada por la estampida de diecisiete millones de oportunistas.

Lo demás es historia conocida.

Tras una odisea, enfermo de cuidado y con aspecto cadavérico —período que no detallaré, pues su solo recuerdo me desgarra—, me dejaron en libertad, de modo que el 13 del enero pasado franqueé la puerta de la cárcel berlinesa de Moabit. Antes había buscado refugio en la casa de un pastor protestante, un regimiento soviético estacionado en Alemania, un estrecho departamento de Moscú y la embajada de Chile en la Unión Soviética.

Los anexionistas me dejaron en libertad al comprobar que mi enfermedad era genuina. Luego me subieron a un Mercedes Benz oscuro, símbolo supremo del capitalismo que siempre he combatido, y me trasladaron al aeropuerto de Tegel, donde me montaron en un avión comercial con destino a Frankfurt del Meno, desde donde otro avión me llevó a Santiago de Chile haciendo escala en São Paulo.

Y aquí estoy. Vine a defender mi causa de toda la vida mientras regateo con la muerte.

---

[5] Grupos de combate (milicia).

[6] Ejército Popular Nacional.

7

El mundo está lleno de traidores. Aunque tardía, es una de las grandes lecciones que extraigo de mi vida, y por eso no puedo confiar de buenas a primeras en este Patricio Dupré.

Uno crece suponiendo que las personas son buenas por naturaleza, sin embargo, la verdad es diferente, el individualismo y la competencia corrompen al ser humano hasta muy avanzado el socialismo, una lección que tardé demasiado en aprender. Se necesitan muchos decenios para perfeccionar y volver virtuoso al ser humano. Establecer las relaciones socialistas de producción es lo fácil, lo verdaderamente difícil es crear al hombre nuevo, al ser humano socialista, generoso, gregario, que se reconoce en su colectivo, su comuna y su sociedad.

La otra gran lección es que en el socialismo los malagradecidos abundan tanto como los conejos en primavera. Y esto obedece a que las personas parten del supuesto de que su patria socialista, no importa cuán generosa sea, tiene una deuda perpetua con ellas: les debe mejores salarios, bonos y jubilaciones, y mayor número de condecoraciones, becas y días festivos. Y como si eso no bastara, necesitan siempre un chivo expiatorio, alguien a quien culpar de sus fracasos y frustraciones; y eso lo viví en carne propia. Todo eso se debe a que los seres humanos son incapaces de aceptar sus magras cosechas en la vida, y a que nosotros no supimos consolarlos.

Allí estriba el poder de la religión, el opio del pueblo, como bien dijo Karl Marx. Es la religión, que no el partido, la que consuela por lo no alcanzado, lo perdido, por la insalvable brecha entre expectativas y resultados, por los crueles golpes del azar que sufre toda persona.

Parafraseando a Lenin, incluso en el socialismo el pueblo necesita de un zar que lo conduzca al futuro porque, bien miradas las cosas, de las masas ciegas, bastas e irracionales, no surge espontáneamente el anhelo de edificar el socialismo. En el capitalismo, los obreros no generan por sí mismos la alborada socialista, sino que, confundidos por el consumismo, el diversionismo ideológico y la socialdemocracia, se dejan cooptar por quienes los explotan. De allí la importancia de difundir el marxismo-leninismo y fortalecer el partido obrero, que desatendimos y que es la causa por la cual perdimos. En fin, ¿de qué me vale evocar al pie de los áridos y despoblados Andes los principios del todopoderoso materialismo histórico?

Fue Egon Krenz, el zalamero joven que instalé en la cúspide de la FDJ y consideré mi delfín, quien, con su mueca falsa como moneda de tres marcos, conspiró en mi barrio de Wandlitz, en la sede del PSUA y en el Kremlin, coordinó mi destitución y enhebró el comienzo del fin del partido y de la RDA. Y como sabemos, sin líder ni partido, el pueblo carece de guía y vanguardia, y el socialismo se desploma.

Se lo advertí al Buró Político durante la última sesión que presidí. Ya se habían confabulado para confinarme en mi casa y tomarse el poder. Creían que los Estados son eternos, que Alemania Occidental era un tigre de papel y que la Unión Soviética los protegería. Desestimaron cuanto les dije sobre la vulnerabilidad del socialismo, porque nunca leyeron *La Comuna de París* ni *El Estado y la revolución*, ni entendieron por qué Stalin combatió a muerte a Trotski.

Pésimo les fue en su intento por congraciarse con el enemigo. Terminaron perdiendo pan y pedazo. Hoy, sin los privilegios, ni el carro, ni la residencia oficial que yo les otorgaba, sino como simples allegados en el departamento de algún familiar o amigo, asediados por la masa deseosa de venganza y los periodistas tarifarios, tratan de explicar lo inexplicable. ¿Ignoraban que el poder se yergue sobre realidades que exigen procedimientos inconfesables?

Así es la vida, y aquí estoy, en una ladera de la cordillera de los Andes, lejos del tranquilo Sarre de entreguerras donde nací, y del Berlín de posguerra donde goberné. Aquí estoy, arrumbado como un florero chino que nadie sabe dónde colocar en esta casa chilena de tejas y enredaderas.

Tres compañeras tengo hoy: Margot, mi bella y astuta mujer, cuya lealtad aprendí a valorar en todos sus quilates durante estos años; la enfermedad que me arroja al desfiladero que nos disciplina a todos, y la soledad, copiloto del ser humano, en especial de los estadistas.

Sin embargo, hubo una época en que millones de ciudadanos de la RDA —viejos, jóvenes y niños, obreros, campesinos e intelectuales, soldados y civiles, todos— me rendían pleitesía, me alababan y obedecían. Mas en cuanto el Buró Político me ofreció como pieza sacrificial para calmar a los contrarrevolucionarios que copaban las calles, esos mismos ciudadanos comenzaron a entonar cánticos en mi contra.

Por eso ha sido mejor refugiarme en Chile, donde pocas cosas son lo que parecen ser y escasas palabras significan lo que debieran. Mis camaradas chilenos me brindaron una bienvenida solidaria, pero al mismo tiempo me hicieron saber que lo más conveniente era que sus compatriotas olvidasen pronto que vivo junto a los Andes.

—Nuestros enemigos —me advirtió uno de ellos cuando viajábamos del aeropuerto a la clínica— van a acusarlo de dictador solo para justificar a su vez la inmunidad de que disfruta el tirano que defienden. Por eso, nos urge que los chilenos olviden que usted vino a residir aquí.

—Pero ¿habrá asilo para mí y Margot? Mire que yo otorgué refugio a tres mil chilenos en la RDA, y además les brindé vivienda, trabajo y seguridad social.

—Don Erich —me respondió Patricio Dupré, posando suavemente su mano sobre mi brazo—. Estamos en Chile, donde todo camino recto es sinuoso, todo político inconsecuente y la bruma es la claridad predilecta. Por eso, el Gobierno no lo expulsará, pero tampoco le otorgará asilo. Lo crucial es que se imponga la bruma de la que le hablo, la amnesia colectiva con respecto a su persona.

—Eso será morir en vida —reclamé.

—No, es una forma de sobrevivir.

—¿Van a borrarme de la historia? —alegué, pero Patricio ya no me prestaba atención.

8

Valentina Bode reapareció en mi vida después de trece años con esa breve carta escrita a mano. Reconocí la redondeada y pareja letra de sus apuntes universitarios y nuestra pizarra de recados en el estudio de Leipzig. Su propósito era manifiesto: redactar el epílogo de ese amor de juventud. En cuanto la leí, se lo participé a Flora, que pintaba en su taller la silueta de un anciano que cruza un pasadizo en penumbras que al fondo estalla en luz.

Para ella, demasiadas etapas de la vida quedan usualmente envueltas en claroscuros, lo que en las telas puede despertar curiosidad y admiración, pero que en la realidad siembra desasosiego.

—No puedes eludir esa conversación —opinó con su tranquilidad habitual.

Y estaba en lo cierto, porque entre Valentina y yo había un diálogo pendiente, una ropa colgada al aire, y su viaje a Chile brindaba la ocasión para sostenerlo.

No había tenido noticias de Valentina desde que nos despedimos en la estación de Leipzig, en 1980, porque nunca más nos escribimos. Mejor dicho, yo no volví a escribirle nunca más. Instalado temporalmente en Bonn, la entonces capital de Alemania Occidental, enemigo jurado de la comunista RDA, no me apetecía escribirle y preferí dar por sepultados de una vez aquellos años detrás del Muro para que ambos pudiéramos rehacer nuestras vidas, liberados de falsas expectativas. A ella, como ciudadana de la RDA, además le estaba prohibido mantener correspondencia con residentes en el capitalismo, en especial, con quienes vivían en la otra Alemania. En realidad, Valentina dejó de existir para mí, o al menos así lo intenté y creí en el mismo instante en que desapareció de la sucia ventanilla del vagón del tren que partía rumbo a Occidente.

Yo ignoraba por completo, por lo tanto, qué había sido de ella después de la despedida definitiva, la que me causó un dolor que solo fue atenuando el paso del tiempo y también algo que me sirvió de consuelo: recordar que yo no era el único a quien Honecker había frustrado sus planes. Lo mío era una simple nota al pie de página de una lista infinita de trágicos abusos y arbitrariedades cometidos por el sistema, porque yo, como chileno, pude al menos, sorteando enrevesados obstáculos burocráticos, salir de la RDA.

Logré hacerlo en verdad por algo básico y, a la vez, crucial: contar con un pasaporte chileno que, aunque amarillento y vencido, me permitía emigrar y recomenzar mi vida sepultando lo que quedaba detrás del muro de hormigón. Mientras viajaba en el tren a Occidente pensé en Valentina y los buenos amigos que dejaba, tanto de los que me despedí como de aquellos a quienes preferí no revelarles algo que considerarían una deserción, y también pensé en los centenares de acribillados en el Muro, los miles de heridos por intentar cruzarlo, y en los millares de encarcelados por planear su fuga. En ese marco más amplio y sangriento, la muerte de nuestro amor era irrelevante.

Dramas similares sufrieron occidentales casados con soviéticas, rumanas o checoslovacas. A la cónyuge y a los hijos les denegaban o retardaban la autorización para emigrar. Y a menudo, cuando la policía política así lo decidía, a la mujer se le otorgaba la salida con la condición de que desde el extranjero sirviera de informante. Tras la caída del Muro, la apertura de los archivos de la Stasi evidenció el espantoso cuadro de quienes espiaban a familiares y amigos, revelación que empujó a varios al suicidio.

—Aunque nos permitieran casarnos, nunca podríamos vivir en tu país —me advirtió Valentina el día en que enviamos la solicitud de permiso a la policía.

Estábamos en la puerta del edificio de correos de Leipzig. La carta acababa de ser despachada al distrito de Jena, aunque sabíamos que era la Stasi la que resolvía de forma inapelable.

—No nos anticipemos a los hechos —le respondí para calmarla.

Una inmunda frazada cubría el cielo de la ciudad, donde el sol se reducía apenas a un farol mezquino, cuando iniciamos una espera sin plazo. Abordamos el rechinante tranvía amarillo de madera, bajamos frente a la clausurada antigua estación de trenes con destino a Baviera, y al subir por las escaleras de nuestro edificio estudiantil en la Strasse des 18. Oktober, nos llegó la voz de Mick Jagger cantando *Sympathy for the Devil*. La canción nos invitaba con crueldad a conocer el mundo sin fronteras que palpitaba al otro lado del Muro.

—¿Si me negaran la autorización, te irías sin mí? —me preguntó Valentina mientras yo buscaba en mis bolsillos la llave de la puerta.

Sus ojos verdes aguardaban con una sombra de temor mi respuesta.

—De algún modo conseguiremos que no nos separen —le aseguré justo en el instante en que comprobé que las había olvidado.

9

No volví a ver a Valentina Bode sino hasta que llegó a Santiago a comienzos de 1993. Se instaló a instancias mías en un hotelito de tarifa razonable ubicado frente al Parque Forestal, nada lejos del departamento que ocupábamos entonces con Flora y nuestros dos hijos en calle Merced. Me anunció que se tomaría unos días para recorrer la capital y que agradecería que nos reuniéramos para conversar con algo de tiempo.

—No te preocupes, dalo por hecho —le respondí, utilizando las dos expresiones que en boca de un chileno pueden significar absolutamente lo contrario; vale decir que uno debe preocuparse y mucho, pues el incumplimiento de la promesa es inminente.

Pero a mí también empezó a interesarme despejar el capítulo inconcluso de nuestras vidas.

Debo agregar que me sorprendió cuando la vi. Aún conservaba la figura estilizada, la actitud alerta y a la vez engañosamente despreocupada, así como la diáfana sonrisa de labios gruesos y dientes muy blancos que me sedujeron en la universidad. Al ponerse seria, fruncía igual que antes el ceño y podía tornarse impertinente con las preguntas.

Trece años habían pasado desde el presuroso beso de despedida que nos dimos junto al tren de la Deutsche Reichsbahn. Aún recuerdo la penumbra bajo la inmensa estructura metálica de la estación. La bañaban tenuemente unos faroles distantes y la cruzaban los resoplidos envueltos en vapor de las locomotoras a carbón. Incapaz de decir nada que no sonara a pretextos, guardé silencio mientras me preguntaba si la idea de irme sin ella no constituía acaso un error del que me arrepentiría nada más cruzar la frontera.

La noche anterior, la sensación anticipada del vacío que acechaba nos arrojó a un insomnio que nos hizo extraños en un cuarto a oscuras hasta el que llegaban por el aire canciones de Demis Roussos y carcajadas de estudiantes que bebían en el pasillo.

Al día siguiente atravesé el Muro que Valentina no podía cruzar, y lo cierto es que no volví a verla.

Hasta ese caluroso verano de 1993, en Santiago de Chile, como dije.

Y ahí estaba, esperándome en el lobby del hotel con las manos en los bolsillos de sus jeans, y el rostro cercado por la tupida cabellera negra a lo paje que le rozaba los hombros. Nos besamos en las mejillas y, tras las palabras usuales de las bienvenidas, no supe qué más decir.

No había reproche alguno en sus ojos, y pensé que su actitud amable y relajada, así como su espléndido estado físico, revelaban que había superado bien la separación y seguía llevando una vida ordenada y deportiva, y que su voz cristalina, sus gestos desenvueltos y el rostro en el que se imprimían las primeras arrugas indicaban que había rehecho su existencia.

—¿Viniste sola? —le pregunté.

—Sola. ¿Con quién si no?

—Bueno, tal vez con una amiga o una pareja. Cuando se cruza medio mundo es mejor, pienso yo, hacerlo en buena compañía.

Sonrió ladeando la cabeza, nada convencida, y me explicó que viajaba sola porque era un asunto de trabajo y que, además, no tenía a nadie, que su última pareja había sido un maestro que enseñaba en colegios alemanes latinoamericanos y ahora ejercía en Guatemala.

—Pero eso terminó hace meses —precisó.

—Lo lamento.

—Nada que lamentar. Le estoy agradecida porque me contactó de nuevo con América Latina.

Podía entender su interés por el continente, pues a través mío y de los mitines de solidaridad con Chile en Leipzig, Valentina había fraternizado con mis compatriotas del internado estudiantil de la Strasse des 18. Oktober. Entonces, los chilenos exudaban vitalidad y arrojo, los hombres llevaban parka, barba y boina a lo Che Guevara, y las mujeres trenzas, cintillos y en invierno poncho, y transmitían a los alemanes la sensación de que Pinochet tenía los días contados, aunque en realidad faltaba mucho para que abriera el tránsito a la democracia.

Desde que recibí su carta estuve preguntándome qué la impulsaba a reaparecer en mi vida. ¿De verdad habían quedado temas pendientes entre nosotros? Yo había dado vuelta la página rápido, como dije, y si me acordaba de Valentina, era para desear que hubiese hallado a alguien con quien ser feliz.

—¿Y tú? —me preguntó.

Le conté en detalle de Flora y los hijos, de que vivíamos de mis traducciones, algunos ahorros y también de la creciente venta de sus obras, y que pronto nos mudaríamos a una casa que restaurábamos en un pueblo de la zona central porque no nos adaptábamos a la vida hosca y anónima de la capital.

—¡Qué bueno! —exclamó—. Nada peor que el desarraigo. ¿Y qué hiciste al llegar a Bonn?

Le expliqué que allí había conocido a una psicóloga alemana, con quien tuve una relación breve porque al poco tiempo me trasladé a España, cuyo retorno a la democracia me ilusionaba, y que en Sevilla había conocido a Flora, que estaba por terminar una licenciatura en Arte.

—Pero ¿y qué pasó con la psicóloga?

—Se involucraba demasiado en los dramas de sus pacientes.

—Entiendo. Y, fuera de conocer a Flora, ¿qué hiciste en España? —preguntó, y en su tono creí distinguir algo que me pareció una sorna mal disimulada.

—Trabajé como traductor de alemán, que de la filosofía marxista-leninista no se puede vivir.

—¿Traductor literario?

—Comencé como traductor de asuntos comerciales, que los alemanes pagan bien, pero me pareció demasiado árido, así que me empleé como intérprete en una agencia de turismo internacional. Tú sabes, miles de alemanes viajan cada año a Mallorca, a las islas Canarias y la Costa del Sol, y eso me permitió un buen pasar y conservar el vínculo con Alemania.

—Fascinante.

Lo cierto es que en ese encuentro Valentina no reprochó mi conducta en Leipzig, lo que valoré, ya que en su alma seguía latiendo en alguna medida la asertiva estudiante de la Karl-Marx-Universität y militante de la Juventud Libre Alemana, la FDJ, cuya camisa azul lucía con orgullo. Allá destacaba por su afición a Bertolt Brecht, Christa Wolf y Uwe Kant, su retórica comprometida con el PSUA y su fe ciega en el marxismo-leninismo. Fui yo quien le habló de Heberto Padilla, Mario Vargas Llosa y Guillermo Cabrera Infante, a los que no conocía, desde luego. Su anhelo máximo era representar algún día a la organización juvenil en la Cámara del Pueblo.

En aquella época, me refiero a los años setenta, ambos éramos comunistas y comulgábamos a pie juntillas con el socialismo. Ella era fiel al gobernante Partido Socialista Unificado de Alemania, y yo al Partido Comunista chileno, entonces en la clandestinidad. Respaldábamos sin ambages el sistema de la RDA y condenábamos con fiereza a Pinochet en cuanto mitin interveníamos.

—Como viste, se acabó tu sueño socialista —espeté al rato, admito que con crueldad.

—Nuestro sueño —corrigió ella.

—El tuyo —insistí sin pestañear.

—No me digas que después de Leipzig abandonaste nuestra causa.

—Es una historia larga, una decepción larga, más bien. Tú me conociste en sus inicios. Pero sigo creyendo en que deberíamos construir un mundo mejor.

—Eso huele a rendición de chanchito socialdemócrata —reclamó sonriendo.

—Ya te dije, da para una larga conversación.

En rigor, cuando nos reencontramos en el hotel santiaguino, no solo yo había cambiado, algo que constataría más adelante. Claro, había dejado de ser comunista, renunciado al partido tras vivir en el socialismo y devenido liberal en lo político y valórico. Pero Valentina tampoco era ya la misma. El mundo había cambiado demasiado, incluso más de lo que hubiésemos podido soñar en nuestras peores pesadillas de los años setenta. La Unión Soviética y sus aliados habían desaparecido, Estados Unidos era la única superpotencia planetaria, y la RDA existía solo en los libros de historia. Honecker, por su parte, vivía refugiado no lejos de donde conversábamos. El amor que nos profesábamos formaba ya parte de nuestra prehistoria.

—¿A qué has venido? De verdad —me atreví a preguntarle.

—A reinventarme.

—No te entiendo.

—Tengo que reinventarme para poder sobrevivir en la nueva Alemania.

—No debe ser fácil… Me refiero a que no debe ser fácil con tu trayectoria.

—Mi país desapareció anexado —repuso ella—. Estoy tratando de hacerme un nombre como periodista *freelance*, y por eso vine a Chile.

—Desde luego —dije, preguntándome si a su edad tendría aún alguna posibilidad de éxito.

Una semana más tarde me sorprendió con una petición inesperada.

—Necesito entrevistar a Honecker —me avisó al teléfono—, pero en profundidad. Debo pagar cuentas. Una buena entrevista sobre su vida y sus reflexiones en el exilio, visto desde una óptica humana, puede cambiar mi situación.

Imaginé el panorama que afrontaba en la Alemania reunificada una comunista que había estudiado marxismo-leninismo y tenía cursos de perfeccionamiento en Moscú. Lo que conseguía ganar seguramente ahora le alcanzaría apenas para alquilar un departamento a medias con estudiantes, pues sus colegas occidentales desplazaban a los orientales en los medios de la ex RDA, que habían pasado a nuevas manos. ¿No era acaso el traspaso de propiedad la esencia misma de toda revolución? La caída del Muro había causado una revolución. Por suerte, una revista socialdemócrata, de escasa circulación, por cierto, le había encargado reportear sobre Honecker.

—Trataré de ver qué hago —expliqué incómodo—. Soy solo su traductor.

Me quedó meridianamente claro que Valentina no venía a hablar de lo nuestro, como había anunciado, sino a tratar de reorientar su trayectoria profesional para vivir con un mínimo de dignidad en la nueva Alemania.

—El mundo no se convirtió en lo que soñábamos en la Karl-Marx —agregó—, pero la vida es avara y no da lo que esperamos de ella. Patricio, ¿podrás conseguirme una entrevista con el *Genosse* Honecker?

10

Valentina Bode se equivocaba con respecto a mi papel ante Honecker.

Al enterarse de que era su traductor, una función por cierto modesta, apenas de media jornada cuando no esporádica, supuso que yo influía en él y su agenda, lo cual estaba lejos de ser verdad.

Como me vio cerca de él en los noticieros, creyó que integraba su círculo más íntimo, cuando lo cierto es que yo solo traducía asuntos prácticos para él, por ejemplo, cuando iba a alguna tienda o a pasear, o bien durante alguna entrevista de prensa, las que concedía solo tras consultar a su esposa. Mi función —ambigua y restringida, pues yo había renunciado al partido, aunque sin referirme jamás de manera crítica a él— me permitió constatar que Honecker distaba en la intimidad de la imagen que se tiene de los autócratas.

Intenté explicárselo a Valentina mientras almorzábamos en el Turri del cerro Concepción, en Valparaíso, mi ciudad natal, de la cual tanto le había contado en Leipzig y que ella anhelaba conocer. Desde el restaurante se domina la bahía y se escucha el tronar de grúas y cadenas de los barcos. Allí traté de convencerla de mis limitaciones, pero me escuchó con aire escéptico, de modo que el éxito de su largo viaje pasó de súbito a depender de mí, algo irritante puesto que sus expectativas con respecto a mi persona parecían nutrirse de una supuesta deuda por haber yo roto la relación.

—Mis planes solo prosperarán si logro entrevistarlo —aseveró con indisimulado desparpajo—, y estoy segura de que no me defraudarás de nuevo.

Lo decepcionante para mí resultó ser que la conversación que tenía supuestamente pendiente conmigo desde Leipzig era un pretexto, y lo desalentador para ella fue escuchar que Honecker era reacio a recibir a periodistas y prefería invertir el tiempo en redactar sus memorias, labor para la que contaba con el apoyo de su mujer, que le suministraba nombres y fechas que él anotaba en una libreta que mantenía sobre la mesa del comedor.

Estábamos en los postres cuando Valentina me confesó que en nuestra primera conversación había omitido algo, lo que me puso en alerta. Temí verme involucrado en su vida, pero solo agregó que después del profesor que la había reconectado con América Latina, había habido un mecánico de coches de la ciudad de Rostock, siete años menor que ella, un bárbaro inculto, dado a jugar a los bolos y a contar chistes, ajeno a las elucubraciones intelectuales que la seducían, pero que igual le había deparado satisfacciones y alegrías.

—Su frivolidad me permitió sobrellevar la desaparición de la RDA —me explicó—. Mientras el advenimiento del capitalismo me deprimía, a Uwe lo ilusionaba y llenaba de sueños. Aparecía casi a diario en mi departamento, feliz por las reparaciones hechas, fuese cambio de bujías o el alineamiento de un motor, y las propinas, y al rato salíamos por cervezas. Mientras el país se sacudía en estertores, nosotros planeábamos viajes bebiendo y bailando con desenfreno, gracias a su bien remunerado oficio en un país, o parte de él, que compraba feliz los viejos automóviles occidentales con que había soñado por decenios, aunque estuviesen por convertirse en chatarra.

—Y al compás de la orquesta del Titanic —apunté yo pensando en los millones de alemanes orientales.

—No había alternativa. Tras el derrumbe, mi cartón de maestra de marxismo-leninismo se convirtió en mi condena, y el oficio de mi amigo en una mina de oro.

—No toda la vida es *kintsugi* —comenté.

—No toda la vida puede repararse con *kintsugi* —repuso ella sonriendo.

Nunca he olvidado el milenario arte japonés de restaurar cerámica con un pegamento bañado en oro, que Valentina practicaba sin oro, desde luego, sustituyéndolo por un colorante de convincente tono dorado que preparaba y lucía espléndido. Aún conservo mi pequeña taza negra de moka, el café que se bebía en la RDA, que ella reparó pacientemente un invierno en la Strasse des 18. Oktober.

—Al menos estuviste en una revolución —agregué con una dosis de maldad.

—La simpleza de Uwe me enseñó que no tenía sentido vivir amargada por cosas que no estaba en mis manos resolver —continuó Valentina, repitiendo una de mis frases favoritas de Epicuro—. Lo suyo era reparar motores, superar las metas y obtener bonos y suculentas propinas, todo concreto y mensurable, radicalmente opuesto al quehacer nuestro.

—Lo mismo pensé yo. Si quería sobrevivir en el capitalismo, tenía que encontrar un trabajo real en el mundo real. ¿Qué más real que contribuir a la comunicación entre sujetos de culturas diferentes?

—Mis problemas puedes hacerlos repicar como una campana, me decía Uwe, burlándose de mí. El tañido de la campana era su constatación de la realidad. Nuestra profesión, en cambio, la definía como una nebulosa inalcanzable, una Andrómeda, me decía.

—Culto el hombre, entonces.

—Pues, a menudo observaba las estrellas con un poderoso telescopio casero. Sabía mucho de planetas, estrellas y constelaciones. Decía que en la vida había cosas que estaban a la mano y otras que eran inalcanzables, y quien no supiera diferenciarlas estaba condenado al fracaso.

—¿Nuestras profesiones apuntaban a lo inalcanzable?

—¿Por qué crees que estudió mecánica?

Singular ese mecánico de alto vuelo. La verdad es que yo me divorcié al mismo tiempo del materialismo histórico y del socialismo por inaplicables. Mi desencanto brotó en la vida diaria detrás del Muro y se perfeccionó teóricamente en sofisticadas librerías de Bonn y Madrid. En esos espacios aligeré de dogmas mi mochila y sobreviví la angustiosa peregrinación que causa la pérdida de la fe.

—Cuando dejé de creer debido a lo que veía en la RDA, me lo enrostraste —dije yo.

—Porque yo creía ciegamente que el futuro pertenecía al socialismo —aseveró Valentina—. Solo después de tu partida comencé a ver las cosas de otro modo, y la revolución de noviembre de 1989 arrasó con los últimos vestigios de mi fe.

Recuerdo esa conversación. Y, claro, hoy disto de ser el mismo. Envejezco junto a Flora en la parcela, bajo el cielo estrellado, junto a la estatua de Epicuro que esculpió Francisco Javier Torres, y la secuencia de los días me extenúa como nunca. Vivo atento a la dichosa movilidad de la luna, escucho el rugido del temblor antes de su llegada, y diferencio el canto de los pájaros, su saludo diáfano por la mañana, el trino breve y reiterado cuando se aproxima sigiloso un gato, su silencio en las mañanas gélidas. Ahora me apetece la compañía de mi biblioteca, siempre paciente y generosa, donde los textos de historia y filosofía conviven con los de ficción, nada distantes de la poesía, y tengo claro que mi generación fracasó por no saber consolidar ni traspasar su *weltanschauung* a quienes nos siguen. Para carreras de posta demostramos ser inútiles, a diferencia de nuestros padres y abuelos, cuyo legado acogimos con veneración y modificamos sin aspavientos.

¿Qué nos pasó? Somos un país veleidoso e inestable, que día a día se cuenta a sí mismo lo contrario, que se siente incómodo en su vecindario y aún no sabe de dónde proviene ni adónde ha de ir. En la década de los sesenta se abrió paso por influencia de la Revolución cubana y el Mayo francés de 1968 al socialismo allendista de los setenta, que polarizó a la nación y desembocó, tras el golpe de Estado, en un modelo neoliberal, que fue derrocado a su vez en octubre de 2019 por una revolución jacobina hecha a medias —como mucho de lo que se hace aquí— y que aún no termina de decantarse. ¿Qué otro país exhibe tamaño récord en medio siglo?

Atravesamos hoy inéditos tiempos, inestables y vertiginosos, repiten los animadores en los matinales de la televisión, pero la verdad es que para mi generación la vida entera ha sido incierta, la transición de un mundo mal esbozado a uno que no logra perfilarse, un devenir a tientas cuando no a gatas, la mutabilidad azarosa, la fugacidad extenuante en este continente cuyo nombre en algún momento despertó esperanzas, pero decantó como sinónimo de fracaso perpetuo. Somos un país donde todo fluye pero nada cambia, donde los seguidores de Parménides fuimos arrollados por los secuaces de Heráclito, que a su vez serán aplastados por los parmenideanos. Sea como fuere, al final los hijos del jaguar americano somos vástagos del gatopardismo austral.

Lanzo una mirada libre de prejuicios a este subcontinente y constato que aquí a todos nos ha tocado vivir tiempos difíciles en los últimos decenios. A los izquierdistas por la caída del Muro de Berlín, a los liberales por la crisis de la democracia representativa, a los derechistas por el desplome del modelo y a los católicos por los escándalos en su Iglesia. Podría seguir, pero no vale la pena. Al país lo arrastran aguas turbulentas que devuelven a mi orilla libros que recuperan vigencia al dejar al descubierto el encanto de la decadencia. Me refiero a textos de Epicuro, Marco Aurelio y Senéca, a *El mundo de ayer*, de Zweig; a *Doctor Zhivago*, de Pasternak; o a *Memorias del subdesarrollo*, de Desnoes, en fin. «Todos vamos sin pausa hacia el desastre. / Toda vida termina en el fracaso», dice José Emilio Pacheco, y temo que tiene razón.

Pero, para resumir, la conversación con Valentina en el Chile de comienzos de 1993 me dejó un sabor amargo. ¿Cuándo queda uno absuelto por haber dejado a quien ya no amaba? ¿Y de qué depende? ¿Del paso del tiempo? ¿De que el afectado vuelva a enamorarse? ¿De que el doliente dé simplemente la afrenta por expirada? Que Valentina hablara de *lo nuestro* me puso en alerta, porque yo había sepultado hace mucho lo que ella denominaba *lo nuestro*. Al barajar ella su pasado ante mí, me comprometía con su proyecto y su causa, maniobra en extremo desleal, como desleal había sido mi decisión de anteponer en Leipzig mi libertad sobre nuestro amor.

—No debí haber estudiado filosofía —reflexioné ese día—. Apenas se comienza a entenderla cuando se es viejo. Los jóvenes deben estudiar carreras técnicas o científicas, computación, medicina, ingeniería, como lo hicieron mis hijos, y solo después de los cuarenta abrazar la filosofía, la literatura o la historia. Ahí recién pueden resultar provechosas.

—Puede ser —contestó ella haciendo como que apartaba con su mano una telaraña—, aunque tanto lo nuestro como que estudiáramos lo que estudiamos lo posibilitó e impuso la Guerra Fría.

—¿A qué te refieres? —pregunté.

—A que lo nuestro fue destruido por lo mismo que lo creó y garantizó la paz de posguerra.

Aunque desproporcionado, no dejaba de ser verdad. Ya habíamos regresado a Santiago, así que estacioné el coche en las inmediaciones de su hotel y nos internamos por el bello Parque Forestal, entonces limpio y seguro.

—No me preocupa lo que piensen los jóvenes sobre lo que nos tocó vivir —dijo Valentina al despedirnos—, pero sí saber qué te llevó a marcharte a Occidente. Dime la verdad: ¿te fuiste detrás de tu nueva ideología, de los escaparates del capitalismo o de otra mujer?

—¿Sabes? —mascullé molesto, porque su pregunta me olió a celada, aunque lo que en verdad me hostigaba de ella era que yo seguía careciendo de respuesta o de coraje para expresarla—. Esa historia es hoy para mí el vagón de cola de un tren que se desvaneció hace mucho en la oscuridad y la distancia.

11

Fidel nos hospeda en una lujosa mansión del exclusivo barrio de El Laguito, en el este de La Habana.

—Era de un terrateniente —explica el comandante a través de Juana, su traductora—, y como huyó a Miami, no nos quedó más que traspasarla al Estado revolucionario.

Nunca he visto una mansión tan espaciosa y bella. Hasta Margot teme extraviarse en su laberinto de pasillos, cuartos y salones por los que Fidel transita como si estuviera en su casa. Azorada está mi esposa con los cielos de puntal alto y la claridad que entra reverberando a raudales por las ventanas que dan a jardines donde crecen cocoteros y plantas exuberantes.

Ahora anda en una tienda del barrio de Miramar que vende solo en dólares. Busca una tenida veraniega que le asiente para nuestros veranos a orillas del Báltico, una vajilla Limoges y algún cuadro de Portocarrero o de algún pintor parecido. Con algo de suerte se consiguen a buen precio estos trofeos que ostentaban los burgueses que traicionaron a la revolución huyendo a Estados Unidos. Lo bueno es que esos recursos pasan a engrosar las arcas fiscales y contribuyen así a la construcción del socialismo.

—No tomaste en serio mi regalo de 1972 —me reclama el comandante tras acomodarse en un sillón y encender con parsimonia un habano en el gélido aire acondicionado del living. Afuera espejea una piscina de agua cristalina.

—¿A qué se refiere, comandante? —pregunto a través de la traductora quien, según Mielke, es una de sus amantes.

¡Cuánta energía derrocha este revolucionario que un día soñó con ser actor de Hollywood! Tal vez allá lo habría hecho mejor que en La Habana, o al menos nos resultaría más barato, porque siempre al tercer año se le agota nuestra solidaria ayuda quinquenal. Le dicen el Caballo, pero a mí más me parece un potro.

—Me refiero a Cayo Blanco —responde, despidiendo una voluta de humo, y cruza una pierna sobre la otra para que le vea sus bruñidas botas de cuero negro, que rematan bien su elegante uniforme verde olivo.

Ahí va derrochando de nuevo presupuestos. Se refiere a la paradisíaca isla del mar Caribe, próxima a playa Girón, en bahía de Cochinos, donde fue derrotada en 1961 la invasión imperialista. Aún recuerdo la kilométrica sábana de arena blanca sobre la que se desliza y se recoge acompasado el gentil oleaje transparente.

—Te regalé ese cayo en 1972 —continúa Fidel—. Pero no honraste mi gesto. Te limitaste a enviarnos un busto de piedra de Ernst Thälmann, ¡de piedra!, ni siquiera de granito, para que lo instaláramos en la playa como testimonio de la eterna e indestructible amistad entre ambos países. Ya sabes lo que pienso de las palabras eterno e indestructible, Eric, pero lo cierto es que esperábamos un símbolo más potente de ustedes, por lo menos una estatua de tamaño natural del camarada asesinado en Buchenwald.

—Estamos trabajando en eso —respondo en tono conciliador para apaciguarlo, pero cuando me acerco a él, me azota el rostro con una displicente bocanada de humo.

Nadie me alertó de que Fidel me enrostraría aquello durante mi primera visita a la isla, lo que me descolocó. Años atrás nos había regalado nada más y nada menos que ese cayo caribeño ubicado a cien millas de Estados Unidos, pero a diez mil kilómetros de nuestro austero Estado de obreros y campesinos. Solo a un jeque petrolero, a una estrella de Hollywood o a Ceaușescu se le pueden ocurrir desmesuras de ese calado.

Tres motivos tengo para no responder con la verdad al obsequio. El primero: Fidel aún no oficializa el traspaso de la soberanía de Cayo Blanco a la RDA. Cree que el proceso se consumó mediante su anuncio verbal en la bienvenida que le ofrecimos en el aeropuerto de Schönefeld. El segundo: falta un tratado de cesión territorial con la respectiva ratificación de ambos parlamentos porque, si bien dócil es el nuestro, no da para el barrido y el trapeado como el isleño, además de que todo tiene su límite en la vida como lo demuestra nuestra frontera. Y el tercer motivo: somos incapaces de financiar el mantenimiento de ese cayo. Así de simple.

—Como quieras, pero ha pasado demasiado tiempo, y poco has hecho —insiste el comandante. Ahora se rasca la nuca como si le picara algo, tal vez un mosquito capaz de sobrevivir en este aire acondicionado ártico que terminará causándome una pulmonía—. Imperdonable tardanza para comenzar a gestionar mi regalo. Huele a agravio, Eric, en serio, y te lo digo aquí con la franqueza que nos debemos entre camaradas.

—Nosotros enviamos el busto con una columna de cuatro metros de altura para que Thälmann descuelle en la costa —mascullo hundiéndome en un sillón para que el aire acondicionado no siga traspasando la guayabera que mi jefe de protocolo me impuso hoy para verme como cubano.

¿Cuándo alguien ha confundido a un alemán con un caribeño?, me pregunto. Ni Paul Lafargue, el yerno de Marx, que encalló en estos abrasadores parajes, pasó por isleño. Por cierto, nunca nadie ha podido decirme qué hacía ese Lafargue, seguro hugonote, en el Caribe. Tal vez andaba despilfarrando el dinero del suegro. No. Difícil. Difícil porque don Karl vivía apenas de la dote de su señora, Jenny von Westphalen, y de la subvención de Engels.

—Pero tu puñetera columna nunca llegó, Eric, ¿te enteraste? Según tu embajador, que se la pasa saboreando mojitos y mulatas en el Tropicana, se perdió entre Trípoli y Odessa.

—De ser así, enviaremos otra, Fidel, una más alta, de mayor envergadura y de mármol.

—Olvídalo, chico. No envíes ya más nada porque el busto ese lo plantamos en la playa, que bauticé como República Democrática Alemana, y lo único que se aprecia hoy de Thälmann, y solo en bajamar, es su calva. Espero que la gradual desaparición de la playa no sea mal augurio para ti, Eric.

No sé qué responder. No estoy acostumbrado a debates vulgares, y atribuyo su exabrupto a que no dimensiona el lío en que nos metió al regalarnos el cayo. ¿Qué hace un Estado comunista europeo con una playa en el Caribe? ¿Cómo la mantengo?

—Chico, al cayo puedes llevar todo el año a obreros y campesinos ejemplares —propone con una euforia que me pone carne de gallina—. Esa gente que se pasa la vida entera como zombie en la fría penumbra de Berlín te besará los pies tras asolearse en el Caribe. Una semanita de sol y te amarán eternamente, Eric, y el socialismo quedará más que consolidado, cementado.

No hay caso, no escucha. En el Caribe, mundo bullanguero, el poder absoluto ensordece, lo que a la larga ha de ser una bendición. El mantenimiento del *Völkerfreundschaft*[7], crucero construido en la década del cincuenta por un astillero sueco, que destinamos a viajes por el Báltico, nos cuesta un ojo del presupuesto nacional. No hablemos de lo que costaría equiparlo para cruzar el Atlántico para que sean felices los obreros de vanguardia. Y hay algo más: muchos no dudarían

---

[7] Amistad de los pueblos.

en saltar al agua e irse a nado a las islas capitalistas. En un crucero regalado por nuestra república traicionarían al socialismo. La gente es malagradecida, eso no necesita contármelo nadie.

—Deberíamos continuar con la tramitación legal, comandante —añado, devolviéndole la pelota—. De otro modo no se perfecciona la transferencia territorial. Necesitamos un tratado, sellos, firmas, algo como un contrato de compraventa.

Se levanta del sofá, desliza la hoja del ventanal sobre su riel y cuando entra el torrente de aire húmedo y caliente, que agradezco en un inicio y luego me exaspera, se vira hacia mí diciendo:

—¿Me pides un tratado para aceptar un cayo que te obsequio para el disfrute de tu clase obrera? Creo no haber escuchado bien, Eric. Te apoderaste de un país entero, levantaste un muro donde te vino en gana, ¿y vienes a exigirme como tinterillo picapleitos un documento con sellos y cuños por el cayo que te regalo? No fastidies, chico. ¿Dónde tú crees que estamos?

—Comandante, así son las leyes de la RDA, Estado miembro del Pacto de Varsovia.

—Tú ves la paja en el ojo ajeno, pero no la viga en el propio. Te recuerdo que estás alojando en la mansión de un gusano que tal vez *de jure*, mas no *de facto*, es el propietario de ella.

Comienza a pasearse por la sala hablando en voz cada vez más alta y enfatiza cuanto dice, con el índice erguido, agitando los brazos y dando zancadas en sus finas botas de cuero, alisándose, imponente, el uniforme verde olivo que, según Mielke, le confecciona en Roma el mismo sastre que trabaja para el papa. Ahí dilapida también parte de nuestra solidaridad proletaria. Además, sus ofensas gratuitas y el infierno que se cuela por el ventanal abierto me ponen a sudar a mares. Lo que ansío es marcharme cuanto antes de aquí, subir a mi Ilyushin, que lleva dos días recalentándose en la pista, y volver al fresco civilizado del aeropuerto de Berlín-Schönefeld. Nada como la propia casa y el profundo silencio de nuestra ciudadela de Wandlitz.

—Si no muestras cojones, terminarás mal —me advierte, y Juana tartamudea al traducir—. El poder se ejerce de modo implacable, Eric. Solo los pusilánimes creen que uno lo obtiene para entregarlo a cualquier comemierda al cabo de unos añitos. El poder no es una carrera de postas, sino un sitial que la historia raras veces otorga en forma vitalicia a un escogido para ver qué hace con él, y uno debe estar a la altura de ese desafío. ¿Entiendes?

—Trato, pero en Europa las cosas son diferentes.

—Entonces aún no captas lo que es el poder, y el poder es algo simple en todas partes del planeta, chico: o lo tienes o no lo tienes, y más nada. —Sacude la cabeza y juega con el puro que humea entre sus dedos, decepcionado de mí—. En fin, nos veremos en la cena en el Palacio de la Revolución. Déjate de titubeos, acepta el cayo y garantízame la cuota azucarera antes de irte. Dando y dando. Tú me entregas maquinarias y herramientas, y yo te retribuyo con playas, ron y mujeres. ¿Qué más quieres, Eric?

Su pregunta me confunde porque de pronto, sobre su voz ronca, se sobrepone la prístina de Margot, o, mejor dicho, su voz y su silueta, que vislumbro aliviado en la penumbra del dormitorio. Enciendo la lámpara del velador y la veo en su bata, a los pies de la cama, mirándome preocupada.

—¿Estás bien? —me pregunta—. ¿Necesitas un vaso de leche tibia? Me pareció que en sueños discutías con alguien.

12

No estaba de ánimo para pasear por el barrio, pero Patricio Dupré me convenció de salir a estirar las piernas y cambiar de escenario. La verdad es que la casa me agobia, pues me recuerda que al final es resultado de los ultrajes que sufrí en Alemania. En fin, recorrimos las tranquilas calles arboladas de La Reina, un nombre de resonancia cruel a los oídos de un comunista exiliado como yo.

Patricio viene a verme día por medio por un par de horas, y en los que quedan de la semana se turnan unos camaradas del partido chileno que, si bien vivieron en la RDA, uno en Zwickau y el otro en Rostock, me suscitan desconfianza, tal vez porque son poco diestros en el alemán, a diferencia de Patricio, que lo habla a la perfección. Después de la pesadilla de hace algunas noches con Fidel, siento que el pasado me acosa con obstinada nitidez. ¡Cómo habla el comandante en jefe, por favor! Es el mendigo más seductor del mundo, aunque me causan escalofríos las vallas que mandó a instalar en esquinas y plazas de La Habana: «Comandante en jefe: ¡Ordene lo que sea y a la hora que sea!», de abominable parecido al escalofriante «Führer befiehl, wir folgen dir» de Hitler.

Debo agregar algo más: yo, comunista de toda la vida, techador de oficio e hijo de esforzados obreros, abomino de los comunistas advenedizos, de los hijos arrepentidos de capitalistas o hacendados, y de los comunistas de última hora como el caribeño. Sé que a los catorce años le envió una indigna carta al presidente Roosevelt de Estados Unidos pidiéndole un billete de diez dólares, solicitud que este ignoró olímpicamente, por cierto, y que años después postuló sin éxito a Hollywood para roles de *latin lover*, empeño en el que también fracasó. Lo sé por Mielke. Desde niño, el hombre es su estilo, oí por ahí que dice un filósofo burgués.

También me contó el jefe nacional de inteligencia que antes de tomar el poder, Fidel estaba casado con una cubana de alcurnia, posaba en la isla como devoto de la Virgen de la Caridad del Cobre, y en Nueva York se presentaba como anticomunista, y que se pasó a nuestro lado cuando precisó la ayuda soviética para conservar el poder que arrebató a un ejército de opereta. Por Mielke sé, igualmente, que como guerrillero Fidel jamás sufrió herida ni rasmilladura alguna, que ni cicatriz tiene de la cual presumir, algo inusitado en auténticos combatientes, desde luego, y que cuando tuvo que optar entre resistir o entregarse, se entregó, y nada menos que al ejército de Fulgencio Batista, pero ante un cardenal en el que confiaba y le sirvió de garante. Dos años más tarde, Batista lo amnistió y envió a México, desde donde volvió de manera clandestina en 1956 a formar la guerrilla en la Sierra Maestra. Lo demás —expulsión de sacerdotes españoles y expropiación de tierras eclesiásticas, incluidas— es historia.

Mucho ha cambiado el amigo del verde olivo formado en un colegio jesuita, pero nunca dejó de pasar el sombrero en Moscú y Berlín, ni de actuar como si el mundo entero fuera su escenario y él un comunista de toda la vida.

Lo cierto es que, a diferencia de mí y del camarada Luis Corvalán, es un meteco, y su biografía la de un aventurero: coqueteó primero con políticos estadounidenses que bloquearon el suministro de armas a Batista, luego con filósofos burgueses como Sartre y De Beauvoir, después con China, financió las frustradas expediciones africanas y latinoamericanas del Che Guevara,ególatra crítico y malagradecido hacia nuestro campo socialista, y abrazó a la Unión Soviética, y quién sabe a qué otros brazos se entregará en el futuro con tal de seguir gobernando. La verdad sea dicha, el campo socialista lo mantuvo hasta la caída del Muro, y sin embargo fuimos nosotros, los benefactores de la isla, quienes desaparecimos del mapa.

Gracias a nosotros, devenidos fantasmas execrables, Fidel sigue gobernando, desafiando a Estados Unidos, presentándose como alternativa para América Latina y olvidando que, si la región entera se hubiese declarado socialista en 1961, como lo hizo él, nuestra comunidad, con la Unión Soviética a la cabeza, hubiese colapsado decenios atrás. Si hubiésemos tenido que mantener a Brasil o México como mantuvimos a la islita, no habríamos conseguido el cemento ni para levantar un muro de un metro de altura. Pero no debe cegarme la frustración. Debo admitir que el hombre tiene labia y talento para contar historias convincentes, aunque me fastidió la vida dos veces. La primera, al regalarme el dichoso Cayo Blanco; la segunda, al abrir su embajada en Bonn, dejándonos mal parados ante Alemania Occidental y nuestro pueblo.

La sede diplomática que Fidel tenía en Pankow, el mejor barrio de nuestro Berlín, la usaba para pedirnos ayuda, subvenciones y luego la condonación de las deudas, y prometiéndonos que se erigiría en el «Faro de América Latina», faro que si llegó a levantar algún día, nunca logró encender. Sin embargo, la embajada que inauguró en el elegante barrio de Bad Godesberg, en Bonn, Alemania Occidental, se dedicaba a conseguir turistas y moneda dura. Valuta, pura valuta, y artículos suntuarios para él, sus compinches y los turistas occidentales. Nunca vimos ni bananos ni piñas ni mangos cubanos en la RDA, porque, la verdad sea dicha, no consigue producirlos ni para el consumo interno. Y si alguna fruta o verdura lograba cosechar, la enviaba presuroso a Occidente.

Que Fidel se me haya aparecido en sueños indica que ha estado pensando en mí en alguna de sus residencias isleñas. Seguro le disgustó que rechazara su oferta de asilo, pero lo cierto es que soy comunista mas no comemierda, como dicen los cubanos, y para vivir encerrado me hubiese quedado en Berlín, donde al menos cuento con abogados leales y gente que habla mi idioma.

Y terminé en Chile, en el modelo que, si bien instauró Pinochet, lo administran hoy en parte compañeros que se refugiaron en la RDA durante su dictadura. Algunos se mantienen fieles a nuestra causa, otros se aburguesaron y renegaron de ella. No hay otro país con tanto converso como Chile, pero ellos detentan hoy el poder, o parte del poder, que todo lo limpia, bruñe y justifica, y *last but not least*, como dicen los diplomáticos, aquí residen mi querida hija, su esposo chileno y mi nieto Roberto, ilusión y esperanza de mi vida, y también los leales amigos eternamente agradecidos por el refugio que les brindé.

No quise irme a Cuba. Allá Fidel habría seguido martirizándome con sus reproches por Cayo Blanco. Además, si ya desapareció la RDA, el país más próspero del campo socialista, mucho no debe quedarle al castrismo, a menos que condene a su pueblo a morir de hambre en aras de la causa revolucionaria. Este continente es incapaz de extraer conclusiones de la historia. Por eso, dos símbolos de la Guerra Fría siguen aquí enfrentados a muerte, Pinochet y Fidel, y yo tuve la osadía de escoger la patria del primero, lo que el comandante en jefe jamás me perdonará. Pero carece de autoridad moral para chistar por mi elección, pues una cosa es la que le conviene a él como caudillo, y otra a mí como náufrago.

¿Y qué pretendía? ¿Instalarme en una de esas fastuosas mansiones expropiadas de El Laguito para pasearme por la isla narrando el desplome del Muro en los sindicatos, las cooperativas agrícolas y los Comités de Defensa de la Revolución? ¿Llevarme a los jardines infantiles y a los salones de la Unión de Escritores como muestra itinerante de lo que es un presidente sin país ni gobierno? No, me bastó con financiar su desastrosa economía, anular de manera sucesiva las deudas que acumulaba y contratar a millares de cubanos desempleados para que trabajaran en la RDA, los que por cierto dejaron un ejército de mulatos y mulatas que estaban dando mucho que hablar por su magistral dominio de las artes amatorias.

No, yo no podía vivir en el último reducto socialista occidental después de que mi partido me derrocara, Gorbachov me traicionara y el campo comunista, Cuba incluida, me ignorara. No soy la única víctima de ese carnaval de golpes de Estado. Ni el fusilamiento de Nicolae Ceaușescu —cuyos médicos me arruinaron la salud y casi me despacharon hacia el otro mundo al operarme en Bucarest con un diagnóstico equivocado— mereció sus reparos ni condenas.

Por razones entendibles tampoco quise irme a Siria, tierra de milenaria historia y benevolente clima, un país para mí no solo remoto sino también indescifrable, y lo mismo vale para Corea del Norte. En Siria hubiese terminado tal vez acampando en una tienda, y en Pyongyang alzando en algún estadio los cartones que en cosa de segundos arman una gigantesca imagen del Gran Líder. No, no, no, yo prefiero expirar a los pies de estas montañas andinas, cerca de mi familia y entre camaradas chilenos leales al socialismo. La solidaridad con solidaridad se paga, y la *Realpolitik* es la *Realpolitik*.

Pues, como decía, Patricio me arrancó del ensimismamiento cuando entró a casa haciendo uso de sus llaves.

Lo saludé y le ofrecí la acostumbrada tacita de Nescafé, que él mismo se prepara.

—Está precioso el día, don Erich —me comentó mientras tomábamos, él su café, yo una infusión de manzanilla—. Salgamos a caminar antes de que el calor se le vuelva sofocante.

Es el único latinoamericano que pronuncia bien mi nombre. Erij. Los demás, Fidel inclusive, son incapaces de pronunciar la jota final que, por cierto, existe en español. Señor Erik, me dicen unos, compañero Erí, otros, y están los que me llaman don Enrik.

Bueno, salimos a la calle recta y arbolada, acariciada por la reverberación del día, y no tardó en contarme que acababa de verse con una mujer de la que estuvo enamorado y a la que no veía desde hacía como quince años. Era una alemana de Jena, miembro de la FDJ, que estudiaba marxismo-leninismo en la prestigiosa Karl-Marx-Universität de Leipzig.

—¿Sigue enamorado de ella? —le pregunté cuando cruzábamos hacia el parque donde me gusta sentarme.

—Creo que sigo enamorado de la vitalidad e ingenuidad de cuando éramos jóvenes.

—A lo mejor la vida le está ofreciendo una segunda oportunidad —insinué, pues me gusta poner a prueba a la gente. Su titubear revela mucho más de lo que se cree.

—Soy feliz con Flora —replicó.

—Entiendo, pero si Flora no existiera, ¿podría ser feliz con la alemana? —insistí.

—Me incomodan las preguntas hipotéticas, don Erich.

—Entiendo, pero ¿sabe?, al final la vida tiene más de azar que de otra cosa —dije pensando en las palabras de Schabowski que derribaron el Muro.

Dupré guardó silencio mientras parecía calcular el trayecto más corto para alcanzar la plaza. Después me preguntó:

—¿Fuera de doña Margot, usted nunca se enamoró de otra mujer?

Planteó la pregunta aprovechándose de la confianza que yo le brindaba. Me incomodó que fuese tan directo. Por respeto a mi rango hubiese esperado mesura de su parte.

—Esa también es una pregunta hipotética —contesté—. ¿A qué se refiere?

—Entonces se la formulo de otra manera: ¿dejó a alguna mujer con la que cree pudo haber sido feliz?

Ha de ser porque pertenece a otra generación y vivió en varios países que sus preguntas me descolocan. A decir verdad, prefiero hablar del tiempo, de los congresos del partido y los retos del Pacto de Varsovia que permitir que otras personas se inmiscuyan en mis asuntos íntimos. Siempre se esconden segundas intenciones detrás de esas consultas. Eso también me lo enseñó Mielke.

—Pero usted tiene que haberse enamorado más de una vez, don Erich —insistió mientras cruzábamos la calle—. He visto fotos suyas de cuando joven. Era bastante guapetón y un gran orador, y le deben haber llovido las chicas.

—¿Llovido?

—Es una forma de decir en Chile.

—Lo mío fue siempre la política —aclaré—. Empecé a militar con trece años en las juventudes comunistas, y antes de los veinte pasé al partido, donde me cautivó la historia del movimiento obrero, su día a día, sus luchas, su miserable existencia.

—En el caso de la muchacha de Jena, ella pudo haber sido el amor de mi vida —aseveró de pronto Patricio.

—¿Lo sintió al verla de nuevo?

—Más bien me hizo preguntármelo.

—¿Ella lo dejó por otro?

—Estábamos por casarnos. Yo la dejé.

—¿Por otra?

Sacó un cigarrillo para ganar tiempo, lo encendió y aspiró el humo con deleite. Debí haber aprovechado para cambiar de tema y alejarme de los asuntos privados.

—La dejé por cálculo —añadió.

—¿Cálculo?

—Una de esas decisiones sin vuelta atrás. Ahora que la vi de nuevo, y obviando que ambos hemos envejecido y ya no somos los mismos, sentí que aquello pudo haber sido bello.

—¿Y en qué lugar queda entonces Flora? —le pregunté por picanearlo.

—Flora es otra cosa y de este mundo —afirmó abriendo los brazos, feliz.

A lo mejor se arrepintió de haberse confesado, pero lo cierto es que uno abre el corazón con mayor facilidad ante un extraño que ante un conocido. Nunca compartí mis sentimientos con los camaradas ni con nadie. Pero de haber sido un simple ciudadano de la RDA quizás lo hubiese hecho. Tal vez en un puesto de trabajo común y corriente, o en un bar atestado de borrachos, o en un tren nocturno que traquetea hacia los montes Metálicos mientras cae la nieve. ¿Quién sabe?

—Puedo imaginar cómo se siente —dije cuando nos acomodábamos en un banco de la plaza—. Puedo imaginarlo porque también yo perdí en mi juventud a un gran amor —agregué, sabiendo que me internaba de nuevo por un berenjenal—. Se llamaba Charlotte. Murió demasiado pronto.

13

Era gendarme de la Cárcel de Mujeres de la Barnimstrasse[8] durante el régimen de Hitler. Yo me enamoré perdidamente de ella, y ella de mí.

Vigilaba el batallón de trabajos forzados al que yo pertenecía. Mi número de prisionero era el 523/37. En 1935 me condenaron a diez años de prisión por una denuncia de la Gestapo: insurgencia comunista. Al menos no me ejecutaron. Yo militaba en el Partido Comunista; Charlotte, en el nacionalsocialista. Mi partido había sido proscrito por los nazis en 1933, después del incendio del Reichstag. Nos enamoramos. La vida es lo que es, no otra cosa.

Pero para ser exactos debo decir que fueron ella y mi oficio, el de techador, los que me salvaron la vida. La explicación es simple: debido a la guerra, los nazis comenzaron a reclutar entre los presos a albañiles y techadores para ampliar edificios y almacenes de acopio, y a partir de los bombardeos aliados a las ciudades, mano de obra especializada para reparar los destrozos. De despreciable bolchevique me transformé, de la noche a la mañana, en un techador imprescindible para los nazis, en uno que reparaba con celeridad los techos de ministerios y bodegas, y pronto descollé como el mejor de la brigada.

---

[8] Calle Barnim. Todos los nombres propios terminados en -*strasse* refieren a calles.

A la cárcel de mujeres, pero con régimen separado, fuimos a dar por los azares dictaminados por la guerra. Se hallaba en el distrito berlinés de Friedrichshain, donde la dulce y discreta Charlotte vigilaba a los presos políticos, entre ellos, a mí.

Un día, ya en 1945, mientras soldaba una estructura metálica en el barrio de Lichtenberg, aviones enemigos comenzaron a arrojar bombas sobre Berlín sembrando la muerte y el pánico. Otro bombardeo aliado, pensé, y entre el ensordecedor ruido de las bombas que caían y los cañones antiaéreos que escupían fuego de vuelta, apareció mi camarada Erich Hanke.

—¡Ahora o nunca! —me gritó.

Bajamos a la calle y echamos a correr a través del infernal humo negro que envolvía el distrito y seguimos a todo lo que daban nuestras piernas entre las ruinas de la ciudad sumergida en la noche repentina. Bajo nuestros pies temblaba el suelo, y el aire, enrarecido y recalentado, abrasaba mi garganta asfixiándome. Desde los edificios que devoraban gigantescas lenguas de fuego llegaban, entre el aullido de sirenas, desgarradores gritos de socorro.

La primera noche nos ocultamos entre los escombros de una escuela en Lichtenberg; la segunda junto a un puente derruido de Neukölln, y la tercera en un sótano del barrio de Prenzlauer Berg atestado de sobrevivientes, donde recibimos una ración de alimentos que consistía en una papa hervida y un vaso de agua turbia. Al día siguiente, Hanke se despidió anunciándome que se ocultaría en la vivienda de un pariente, si es que aún estaba en pie el inmueble, y así quedé solo en un Berlín sacudido por el eco de la artillería. Si la Gestapo me detenía, no tendría empacho en colgarme del poste más cercano.

Una noche, temblando de frío, vestido con las ropas que había encontrado tiradas en una calle, muerto de hambre y sed, no tuve más remedio que buscar la buhardilla de Charlotte. En un breve intercambio de palabras durante las reparaciones que hacía fuera de la cárcel, ella me había mencionado su dirección, que yo me repetía a diario como si fuese la ubicación del paraíso.

—Algún día te iré a visitar —le anuncié con una amargura salpicada de esperanza.

Vivía en la azotea de un edificio de cuatro pisos, que seguía intacto de milagro.

Abrió la atascada puerta de su vivienda y a la luz de su vela noté que no daba crédito a lo que veía. Me dio de beber y comer y pernocté bajo su techo. Hicimos el amor con desesperación entre el rumor de aviones y el estampido lejano de cañones y explosiones, y me convencí de que la vida es absurda, ciega, cruel y tirana. A partir de esa noche —ella, nazi; yo, comunista— corrimos el mismo riesgo: si la Gestapo nos sorprendía, nos colgarían con un insultante letrero al pecho.

Al cabo de unos días, Charlotte y Paul Seraphim, un exsocialdemócrata que dirigía las brigadas de trabajo, me ayudaron a regresar subrepticiamente a la prisión de la Barnimstrasse, con lo que me salvaron el pellejo. También me ayudó el fiscal Erich Kolb que, al tanto de todo, no me denunció. Nunca entendí qué movió a esas personas a arriesgar su vida por mí. Yo, en su lugar, no hubiese actuado de igual modo. ¿Para qué mentir? No puedo ser deshonesto conmigo mismo a estas alturas de la vida.

Mi ingreso a la cárcel de Brandenburg-Görden cambió por completo mi destino, porque en abril de 1945 cayó en poder de las tropas soviéticas. Los soldados, con quienes me entendí gracias al ruso aprendido en el Moscú de los años treinta, me liberaron y pusieron en contacto con mis camaradas. Con Charlotte decidimos casarnos en cuanto retornara la paz. Así, al término de la guerra, ayudado por nazis y comunistas, cumplí mi promesa y pavimenté el camino para llegar a ser quien soy.

Y aunque mis enemigos afirmen lo contrario, me casé solo por amor con Charlotte. Y es cierto, nunca pude convencerla de que la amaba, pero sí estuve enamorado de ella con desbocada pasión e inolvidable gratitud.

14

Don Erich asumió un tono imparcial al hablar de Charlotte Schanuel, pero su voz trémula, la mirada húmeda y la tensión en su semblante revelaban que ella significó mucho para él. Debo admitir que fue la primera vez que percibí sentimientos genuinos detrás de su acartonada conducta.

Durante bastante tiempo busqué información sobre Charlotte, pero la verdad es que solo años después logré ubicar algo en Berlín, bastante, en realidad, tanto que hasta hoy me suscita interrogantes y tristeza. Lo cierto es que en la RDA la mujer no existió. Mejor dicho, desapareció. Ningún medio habló de ella, tampoco circularon fotos suyas, ni nadie encontró nunca ni siquiera copias de sus certificados de nacimiento o defunción. Simplemente se esfumó de la vida de Honecker del mismo discreto modo en que apareció. Alguien la invisibilizó en todos los países comunistas y en Occidente. Punto.

Por aquí y por allá he podido reunir algo adicional. Era bella, nueve años mayor que Honecker, discreta, laboriosa y disciplinada, y tras la derrota del nazismo ingresó a la Congregación de los Testigos de Jehová. De tez pálida, cabellera oscura y rasgos mediterráneos, a muchos debió haberles parecido judía.

Un año después del fin de la Segunda Guerra Mundial, y mientras Honecker escalaba en la jerarquía comunista en la zona soviética, contrajeron matrimonio. Fue un paso riesgoso por lo insólito de la relación. ¿Cómo explicar que una gendarme nazi hubiese salvado a un comunista de la ejecución? Aquello debió despertar suspicacias en una ciudad donde Estados Unidos y la Unión Soviética ya se mostraban los dientes, y al mismo tiempo da una idea de las agallas de Honecker.

No termino de preguntarme por qué la boda no acabó con su carrera política ni por qué nunca nadie acusó a Charlotte de cometer abusos en una cárcel donde había presos políticos. Insisto, nunca se habló de ella en la RDA, y solo tras la desaparición de esta, trascendió que Honecker tuvo que pedir disculpas a sus camaradas por su vínculo con la nazi. Aun así, persiste la interrogante: ¿quién invisibilizó a esa mujer y silenció eventuales críticas en contra de Honecker?

Sin embargo, lo peor sucede después. Al poco tiempo de haber contraído nupcias en un Berlín reducido a escombros y penumbras, Charlotte enfermó de cáncer al cerebro y murió en cosa de meses. ¿Habrá sido cierto eso de la enfermedad? Mal que mal, se trataba del período del terror estalinista. Todo era posible en las rígidas dirigencias comunistas de Europa del Este. Lo sorprendente es que Honecker vivía ya una delirante aventura con una mujer de historia menos comprometedora.

Se trataba de Edith Baumann, la encargada de la organización obligatoria para todos los niños, denominados pioneros, en la zona de ocupación soviética, a quien conoció en un viaje político a Moscú. Ella también era varios años mayor que él. Se casaron en 1947. Es decir, mientras Charlotte agonizaba, Honecker vivía un fogoso idilio con la funcionaria encargada del adoctrinamiento comunista de todos los pioneros germanoorientales.

No acostumbro a juzgar a partir de meras suposiciones, pero hasta hoy me perturba el repentino fallecimiento de Charlotte, tan beneficioso y oportuno para Honecker y su nuevo romance. Se trataba de una relación que se intensificó mientras Charlotte, la mujer que le había salvado la vida bajo el nazismo y con la cual se había casado un año antes, agonizaba en la misma vivienda que había servido de refugio a su amante.

—No estaría yo hoy aquí si no fuera por la noble Charlotte —me dijo Honecker cuando volvíamos a su casa, esto ya hace treinta años—. Algunos intentaron difamarme por mi relación con una nacionalsocialista para ponerme fuera del juego. Yo me enamoré simplemente de una buena mujer que en el fondo fue víctima de las circunstancias de entonces. Nuestro amor desbordaba la política.

Sus palabras aún resuenan en mi cabeza, e ignoro si lo que afirmaba era cierto o solo un recurso para mejorar ante mí su alicaída imagen política. Lo inconcebible es que la existencia de Charlotte se mantuvo en secreto hasta el 2003, catorce años después de la desaparición de la RDA. ¿Por qué se ocultó esa información durante tanto tiempo?

Me asaltan otras dudas: ¿se aprovechó Honecker del desamparo, la soledad y la vulnerabilidad de Charlotte para obtener privilegios como preso político? No lo juzgo por eso, él necesitaba sobrevivir, pero ¿amó de verdad a la mujer ubicada en sus antípodas ideológicas, o solo la utilizó para salvarse? Otra pregunta me conduce a especulaciones escalofriantes. ¿No habrá sido que Honecker recibió trato privilegiado en la prisión como pago por, como hoy se rumorea, traicionar a un camarada en el juicio que la Gestapo les entabló juntos por sus actividades conspirativas? Su compañero fue ejecutado, pero a él lo condenaron a diez años de trabajos forzados, que cumplió en las brigadas que salían a diario a la ciudad a reparar construcciones.

Nada de eso sabía yo cuando paseaba con Honecker por las calles de La Reina y lo veía, más que como a un comunista defenestrado, como a un pobre anciano al que le aguardaba la muerte en el más completo ostracismo. Y si bien entonces ya no sentía ninguna simpatía por el sistema comunista que había conocido, y del cual me alejé al despedirme de Valentina en Leipzig, la decrepitud y el desamparo en que habitaba Honecker me despertaban compasión y me empujaban, lo admito, a relativizar su responsabilidad en la construcción del Muro y las numerosas víctimas de la frontera.

Sospecho que la entusiasta bienvenida que le prodigaron sus camaradas al arribar a Chile terminó por destruir su imagen, pues lo enmarcó para siempre como representante de una causa perdida, como el León Trotski que llegó a Coyoacán huyendo de Josif Stalin. Nada ilustra mejor su soledad que el patético recibimiento junto a la escalerilla del avión que le brindó un puñado de chilenos que entonaron el himno agitando banderillas del Estado alemán fenecido.

—¿Y si amaba a Charlotte, por qué la dejó? —le pregunté días después sin ruborizarme.

—¿Es que tú no dejaste también a alguien que amabas?

—La verdad es que sí, don Erich.

—Pues no hay que sentir remordimientos. Yo no me arrepiento de nada de lo que he hecho. La vida no es lo que uno quiere que ocurra sino lo que ocurre, una cosa es lo que uno intenta hacer y otra la que determinan las circunstancias objetivas.

—¿Se acuerda del momento en que se enamoró de Charlotte? —le pregunté.

—Claro que sí, y con claridad —afirmó—. Yo apernaba la viga maestra en lo alto de una bodega. Charlotte me observaba desde abajo con el fusil colgando del hombro. Fue entonces que nuestras miradas se cruzaron, pero al hacerlo tardaron un segundo más en apartarse de lo que correspondía, digo, la mirada entre una gendarme nazi y un prisionero comunista. Y eso nos bastó para comprender que el sentimiento era correspondido.

—¿Y usted estaba encadenado? —pregunté.

—Libre como un ave —aseveró con ojos centelleantes—. Sobre mi cabeza solo tenía el cielo de Berlín sin nubes, perfumado a tierra húmeda y pólvora. Tras ese estremecedor intercambio de miradas deseé que desaparecieran las armas y las fronteras y solo existiésemos Charlotte y yo.

Nunca más volvió a referirse al tema.

15

Cuando en las noches despejadas me tiendo en la tumbona del jardín a contemplar con binoculares las estrellas, y desde el taller donde Flora aún pinta me llega por el aire ya fresco la voz prístina de Evelyn Tubb o Montserrat Figueras, imagino que levito en el espacio, que me acerco a Sirio y luego a Rigel, y me deslizo entre las Tres Marías para detenerme en el fulgor de Betelgeuse sin que nada se interponga en mi viaje. Entonces a veces me digo que lo mejor sería olvidar mis años en la RDA porque eso fue hace mucho, en los estertores de la Guerra Fría, y ya no me concierne.

—Pocas de las personas con que te cruzas en las calles de Berlín habían nacido cuando viviste en la RDA —me recuerda a menudo Flora, alarmada al comprobar que aún no suelto todas las amarras con el mundo del ayer—. Lo que para ti es nítida y minuciosa memoria, para la inmensa mayoría es historia, historia general y poco conocida. Despabílate, que el tiempo vuela, y como vuela pasa factura.

—Vuela, pero va dejando atrás su sombra sobre nosotros —le respondo parafraseando una frase de Nathaniel Hawthorne que mucho me gusta.

—Sombra o luz, da lo mismo, lo pasado pasado es y sin remedio —insiste Flora sin perder su sonrisa ni su dulce entonación.

De hecho, el comunismo ya no existe, tampoco el régimen de Pinochet, ni el Chile de la transición a la democracia, ni el del modelo regional que cayó herido en octubre de 2019 entre combates callejeros, pillaje, quema de edificios, destrucción de estatuas y despiadado vandalismo.

Todo eso, así como mis logros, dudas y fracasos, y el sentimiento de culpabilidad que a veces me asalta por haber abrazado una causa totalitaria y haber servido de traductor al tirano alemán, aún se revuelven en mi alma. Sí, todo eso sigue presente, aunque pertenezca al mundo de ayer, mundo que se desvaneció dejándonos huérfanos y desorientados, pero —como le ocurre a Sergio en la novela *Memorias del subdesarrollo*— anclados a ese pasado de manera irremediable.

Sin embargo, fingir que esa etapa ya no me incumbe sería deshonesto. Los tiempos idos estamparon en mi generación un cuño indeleble, la impregnaron de utopías justicieras y barbudas deidades, y nos abrumaron con textos redentores y fobias insondables, pero también nos legaron una causa trascendente por la cual, supuestamente, valía la pena morir y matar. Muchos dieron la vida por una causa que creían eterna y que al cabo del tiempo la humanidad sepultó.

Como dije, hace poco regresé al Cementerio General de Santiago con la autobiografía de Honecker bajo el brazo. Fui porque un viejo amigo —a esta edad todos mis amigos son viejos— me aseguró que los restos del secretario general descansan ahí —algo, a mi juicio, insólito— en el mausoleo de una familia de prosapia. Me detuve ante el enrejado que protege los bustos de señorones de aspecto severo y oligárquico, y lo que vi me sobrecogió, aunque el amigo me lo había advertido en el Club de la Unión:

—Verás una lápida cincelada con el verso «Auferstanden aus Ruinen / und der Zukunft zugewandt / Laß uns dir zum Guten dienen / Deutschland, einig Vaterland».[9]

---

[9] «Levantada de las ruinas / y, con la vista puesta en el futuro, / déjanos servirte para hacer el bien / Alemania, patria unida».

La reconocí. Era la primera estrofa del himno de la RDA, compuesto por Johannes R. Becher, en 1949. Aún me lo sé de memoria. Lo concibió como una canción que debía unir a todos los alemanes de posguerra, cuando la división entre ambas Alemanias era inminente.

—La lápida está dedicada a la República Democrática Alemana —me explicó José Ignacio, veterano de apellido ilustre, melena blanca y raída chaqueta, acodado en la barra de un bar capitalino—. Pero ahí yacen los Honecker, según una fuente de toda mi confianza del Ministerio de Relaciones Exteriores.

Reconozco que la lápida me convenció de que cuanto José Ignacio decía tenía visos de ser cierto. Era difícil interpretarla de otro modo. La pátina del tiempo aún no se había impregnado en ella. Allí descansaban seguramente los restos del matrimonio, a buen resguardo de los vándalos.

Me senté frente a las rejas y me puse a hojear la autobiografía que Flora acababa de comprarme en la feria de libros usados de la cuesta de Moyano durante un viaje que hizo a Madrid para exponer en la Casa de América.

Fue publicada hace más de cuarenta años, en 1980, por Pergamon Press y editada por Robert Maxwell, el multimillonario de origen checoeslovaco que construyó un imperio mediático y murió ahogado al caer de su yate sin que, al parecer, alguien se percatara. Ocurrió en 1991, en las islas Canarias. Sí, el Maxwell simpatizante del laborismo inglés, cercano al régimen soviético, sospechoso de haber colaborado con el Mossad. Sí, el padre de Ghislaine, la *socialité* sentenciada a veinte años de prisión por suministrar menores de edad al pedófilo Jeffrey Epstein.

Se trata de un volumen de tapas gruesas con fotografías de pobre resolución en las que Honecker aparece con camaradas, amigos o familiares y, durante giras internacionales, junto a jefes de Estado. Integra una colección que reúne las memorias de Brézhnev, Ceaușescu y Waldheim, entre otros políticos de ese calibre. Sabía de su existencia, pero nunca me animé a leerlo, pues desconfío de las biografías oficiales. Sin embargo, el libro comenzó a cautivarme a partir de unos párrafos en los que, de manera inexplicable, Honecker dejaba entrever más de lo conveniente sobre su trayectoria. Es más, en la página 101 di con algo que me sorprendió: una imprudencia del memorialista que permite a cualquier lector avezado adentrarse en su intimidad rigurosamente protegida por los velos del misterio.

En esa página, Honecker menciona su vínculo con la policía nazi. Sí, tal como me lo mencionó en La Reina. Pero allí comete —de forma innecesaria, a mi juicio— la torpeza de citar un informe sobre su persona elaborado por el penal de Brandenburg-Görden bajo la jurisdicción de la Gestapo, que lo obliga a mencionar, pocos párrafos más abajo, otro documento a modo de descargo.

El primer informe elogia su disciplinado comportamiento en la cárcel y su ejemplar labor como techador, y concluye que durante «el plazo de reclusión ha llegado a recapacitar». ¿Quién lo firma? Nada menos que el doctor Thuemmler, «director del penal, consejero gubernamental y jefe de las SS», según el mismo Honecker.

¿Por qué destaco esta cita? Porque, a todas luces, lo compromete. ¿Se debe la aseveración a un desliz de la memoria de Honecker o a la malicia de quien suministró dicha información al editor —porque Honecker no puede haber redactado de su puño y letra esa abultada autobiografía— sobre su propio jefe? Cualquier certificado que le acredite una conducta intachable en una cárcel nacionalsocialista, suscrito por el jefe de las SS del recinto, magulla la imagen ejemplar que se empeñó en proyectar de sí mismo tras la guerra, a saber, la de un militante que, monolíticamente afincado en el marxismo-leninismo, jamás hizo concesiones ante los nazis.

Y el hecho de presentar más abajo un documento que desmiente la cita anterior despierta en seguida suspicacias, porque manchar la propia camisa para limpiarla de inmediato solo adquiere sentido si el texto debilita al menos la insinuación anterior, la de que los nazis tenían en alta estima a Honecker. Todo esto permite suponer que la rectificación la emitió con el ánimo de esclarecer el asunto ante una instancia anónima que observaba en 1980 todo, supongo, desde el PSUA o, lo que debe haber sido más preocupante para Honecker, desde las nevadas almenas del Kremlin.

¿Qué dice el descargo? Que, al observar con atención su trayectoria, queda de manifiesto que Honecker «es un funcionario comunista convencido», y que durante «la prisión preventiva intentó proseguir con su labor subversiva». La misiva proviene de la prefectura de la Gestapo y está dirigida al procurador general del Reich, el 13 de noviembre de 1942; es decir, está redactada en medio de la guerra.

Hasta ahí llega la cita que añadió Honecker y que debilita, desde luego, el contenido del primer informe. Asumo que el hecho de que la SS lo considerase un «comunista convencido» e «incorregible» lo libró de sospechas ante sus camaradas. Sin embargo, las aguas no se calman allí.

Por el contrario, lo que la Gestapo agrega líneas más abajo hace que uno enarque las cejas: «Por lo tanto, no estoy seguro de su conversión». Interesante. ¿De qué conversión se trata? ¿De una que lo condujo de qué viejas convicciones a cuáles nuevas convicciones? «En vista de la guerra, se corre el peligro de que sea atraído nuevamente al KPD (PC de Alemania) clandestino… No creo conveniente, por lo tanto, recomendar su libertad anticipada».

Aquí hay algo que merece ser examinado con lupa. ¿Quién convenció a la Gestapo de que Honecker había sufrido un proceso de —pronunciémoslo con lentitud— conversión? ¿Y de qué tipo de conversión se trata? ¿Fue él mismo quien reportó a la policía que experimentaba una conversión política en la cárcel? ¿Y quién recomendó la «libertad anticipada» de

Honecker? ¿La Gestapo? ¿Por haberse supuestamente convertido? ¿Y a qué? Raro. ¿O la Gestapo estaba reaccionando con el usual e imaginable escepticismo ante una solicitud de libertad anticipada elevada por un comunista?

Aquel libro que comencé a leer con avidez en el cementerio me cautivó. Pero ¿dónde están las cartas que pusieron en marcha los informes internos de la Gestapo? No aparecen por ninguna parte. ¿Vinieron de la prisión de Brandemburgo-Görden, o de una solicitud firmada por Honecker, o fueron redactadas por la astuta Charlotte Schanuel? De lo que no tengo duda es de que entonces la última instancia para casos referidos a actividades conspirativas comunistas era la Gestapo.

Entré a un bar a tomarme una cerveza y consulté en un libro turístico de Berlín la ubicación de la prisión en la que estuvo Honecker. Constaté que la penitenciaría de entonces se llama hoy Justizvollzugsanstalt Brandenburg a. d. Havel y que está situada entre bosques espesos, al sur del lago Görden y al noroeste de Potsdam, en parajes de singular belleza.

Lo crucial: en 1945 esa cárcel cayó en manos del Ejército Rojo.

Tras releer esos párrafos confirmo que Honecker fue en extremo afortunado, algo que él mismo me contó en La Reina en 1994: como hablaba ruso, que aprendió en Moscú cuando estudiaba marxismo-leninismo, logró comunicarse con los oficiales soviéticos y ganarse su confianza. Es probable que después la inteligencia militar soviética interpretara las referencias nazis sobre su persona en clave benevolente, aunque bien pudieron haberlo hecho también desde la óptica paranoica, propia del estalinismo. Así, a lo mejor casi por azar, decidieron que el joven hombre que pasó encarcelado de 1935 a 1945, es decir, durante casi todo el período nazi, era un comunista «convencido» e «incorregible» y, por lo tanto, digno de confianza.

Esa benevolencia de los soldados soviéticos en Berlín fue decisiva para el futuro de Honecker. Los dados estaban echados a su favor, lo que permitió que decenios después llegara hasta los cargos supremos del partido y del Estado comunista. Pero persiste una interrogante esencial y sin respuesta: ¿qué lo llevó en 1980, cuando publicó el libro y era el líder indiscutido del país amurallado y contaba con el pleno respaldo de Moscú, a culparse en su autobiografía de haber mantenido buenas relaciones con sus carceleros nazis si, en el mismo capítulo, parece ansioso por reivindicarse como indoblegable combatiente antinazi?

16

No pude despegarme de la autobiografía de Honecker aquel día. No paré de leerla ni siquiera durante mi regreso en un Pullman Bus de Santiago a la pequeña ciudad donde vivimos. Al llegar a la plaza Arturo Prat, bajé del bus y pasé a la cafetería El Copihue, tranquila a esa hora, a tomar un *espresso* sentado a la sombra de un caqui con ansias de finalizar un capítulo clave.

Leía sin dejar de preguntarme por qué Honecker aceptó publicar párrafos que lo comprometían. Tal vez la vanidad lo empujó a aceptar la invitación del zorro de Maxwell. Quizás le causaba envidia ver estantes con las obras completas de Castro, Husák, Zhivkov, Ceauşescu o Brézhnev sin tener algo propio que intercalar entre ellas, y también es probable que lo hiciera con el propósito de esclarecer «algo de su vida» —así reza el título del libro—, que despertaba suspicacias y comentarios sarcásticos entre gente que estaba al tanto de su insignificante rol durante el nazismo.

Y sostengo esto a partir de la frase que Mielke suelta como un fatídico latigazo contra Honecker en los últimos días de su mandato, en octubre de 1989, cuando este encabezaba la celebración de los cuarenta años de la República Democrática Alemana con líderes de los países «hermanos». Mientras brindaban bajo estrictas medidas de seguridad en el Palacio de la

República, afuera, en las cuadras aledañas, decenas de miles protestaban contra el régimen. Fue en esa ocasión que Gorbachov le recomendó iniciar una *perestroika*, es decir, un profundo proceso de reformas, lo que Honecker desoyó no por terco sino porque intuía que conllevaría el derrumbe de todo.

Cuando el líder ruso estaba ya de vuelta en Moscú, y las protestas populares no paraban de sacudir la RDA, el Buró Político, con la anuencia del Kremlin, dio el golpe blando: le exigió la renuncia a Honecker. Y, según los entendidos, como este se negaba, quien le dio el jaque mate fue Mielke. Y lo hizo a gritos:

—¡Renuncia o habrá llegado la hora de desempacar el maletín!

El ministro de la Seguridad del Estado se refería al maletín rojo en que atesoraba toda la información comprometedora para los jerarcas del país. Allí también se hallaba, desde luego, la documentación completa sobre el primer amor de Honecker, la gendarme nazi Gertrud Margarita Charlotte Schanuel, que fue su ángel de la guardia en la cárcel y le brindó refugio en su vivienda, la misteriosa mujer con la que se casó al finalizar la guerra y que falleció un año después bajo circunstancias no del todo esclarecidas.

Mielke puso el maletín rojo a buen recaudo durante cuatro decenios en un archivo blindado. Sin embargo, en noviembre de 1989 no alcanzó a llevárselo consigo porque millares de manifestantes rodearon durante días la institución que encabezaba, imposibilitándole ingresar a ella para recuperar su arma predilecta para extorsionar.

De manera paradójica, el maletín fue descubierto en 1990 por el espionaje germano-occidental, que lo compartió con la CIA. Allí dormían, entre otras actas de jerarcas, los documentos existentes sobre la mujer clave en la vida de Honecker, de quien este nunca habló y a la cual la prensa comunista jamás se refirió. Allí estaban también los documentos de la boda con

Charlotte, celebrada el 23 de diciembre de 1946, cuando él tenía treinta y cuatro años y ella cuarenta y tres.

Decenios después el defenestrado Honecker admitió ante un periodista alemán que ella fue «el amor de su vida», prácticamente lo mismo que me confesó a mí. De lo que no hay duda es de que Charlotte le brindó un trato privilegiado en la cárcel y que su posterior silencio lo catapultó en el PSUA.

Pero había algo más en el maletín. Testigos de la boda entre la nazi y el comunista, celebrada en un Berlín en ruinas, son dos mujeres: Hedwig Kascielny, cargo oficial (según el documento del maletín) *Wachmeisterin*, guarda de seguridad, y Frida Krause, definida como *Aufseherin*, supervisora. Ambas fueron leales y eficientes funcionarias a tiempo completo de la Strafvollzugsanstalt, vale decir, personas de total confianza política de los nazis en esa prisión.

La reconstitución de la ceremonia revela algo sintomático: Honecker no llevó testigos a su boda, fue Charlotte quien los puso. Son las mencionadas Hedwig y Frida, a la sazón exgendarmes como ella. ¿Por qué Honecker compareció sin testigos? ¿Es que en 1946 seguía sin contactar a sus camaradas, ya no contaba con nadie de confianza, o simplemente prefirió ocultar que se casaba con Charlotte por miedo a represalias? Extraño, cuando menos, porque mantener en secreto la boda y el matrimonio con una nazi en una zona bajo administración militar soviética debió haber sido riesgoso, si no imposible, para un militante comunista germano-oriental.

Hay algo más que encontré en esos días. Es un texto de Thomas Kunze, biógrafo no autorizado de Honecker. Kunze enfatiza eso de que Charlotte muere poco después de la boda debido a un repentino cáncer al cerebro que la consumió en meses. La mujer sin rostro se esfuma, por lo tanto, de la vida del joven dirigente comunista del mismo modo misterioso en que apareció, y deja a su marido la vía despejada para la relación que ya mantenía con quien no tardaría en convertirse en su segunda esposa.

Quiero volver a la autobiografía que hojeaba en la mesa del café: para la boda con Charlotte, Honecker da como residencia la de su novia, Landsbergerstrasse 37, la buhardilla donde ella lo ocultó, pero presenta esa misma dirección como el sitio desde el cual desplegó esfuerzos para restablecer contacto con el grupo estalinista de Walter Ulbricht. Este será el primer líder máximo de la RDA, al que Honecker destituirá en 1971 aliándose con Moscú, al que le irritaba el indisimulable nacionalismo del ya anciano líder germano-oriental.

Honecker no especifica en sus memorias que el número 37 de la avenida Landsberger era la dirección de Charlotte, y tampoco, como ya dije, que ella se convirtió en su esposa, ni que se volvió testigo de Jehová. ¿Por qué ocultó la identidad de la mujer a la cual le debía todo, y por qué ella lo toleró? Y otra cosa: al referirse a la buhardilla que le salvó la vida, Honecker dice: «Como me enteré más tarde, Erich Hanke tuvo buena suerte, yo no tanta, aunque hallé asilo temporal en casa de la abuela Grund, en la avenida Landsberger, distante una cuadra de la cárcel de mujeres de la calle Barnim».

¿Quién es la abuela Grund y por qué no revela que es el domicilio de Charlotte?

Más adelante Honecker asegura que su estadía en el número 37 de la Landsberger «se volvió insostenible a raíz de una visita sorpresiva que hicieron unas amistades, a mediados de abril de 1945, creando así una situación dificilísima tanto para las dueñas de casa como para mí».

Ante esto, surgen interrogantes adicionales. ¿De qué amistades se trata? ¿Y por qué Honecker escribe treinta y cinco años después de aquello y con la cautela propia de quien pareciera vivir aún bajo el régimen nacionalsocialista? ¿Qué le impidió, siendo ya el todopoderoso secretario general del PSUA, detallar de qué amistades se trataba? ¿Eran amistades de Charlotte, suyas o de la misteriosa abuela Grund? En suma: ¿a qué temía? Tampoco logré armonizar las páginas de *Algo de mi vida* con lo que Honecker me contó en La Reina sobre Charlotte. El relato que le escuché no adolecía de inconsistencias, pero su versión escrita vuelve su texto contradictorio y a su lector, suspicaz.

Hay algo difícil de explicar para quien haya vivido bajo una dictadura totalitaria: ante la situación surgida en la Landsberger, dice Honecker, «no me quedaba otra alternativa que retornar a la brigada de trabajo, a la cárcel de mujeres de la calle Barnim, si no deseaba caer a último momento en las manos de la Gestapo».

¿No parece insólito? El comunista que se fuga de una penitenciaría nazi, en la que estaba preso por conspirar como comunista, decide retornar a la cárcel porque allí se siente más seguro que deambulando por las calles de un Berlín convertido en escombros. ¿De qué apoyos disfrutaba Honecker que pudo escapar de la policía, ocultarse donde una gendarme y luego regresar al encierro sin temor a represalias, como si de una confortable pensión se tratara?

Sorprende además que tras fugarse, y en lugar de buscar con denuedo a las fuerzas soviéticas que ya habían cruzado el río Odra y avanzaban hacia Berlín arrollando al enemigo, prefiriera regresar a la cárcel nazi precisamente en la víspera del cataclismo del Reich.

17

Aunque su exilio en Chile era un contrasentido —un país latinoamericano que venía saliendo de una dictadura de derechas se veía obligado al mismo tiempo a acoger a un tirano de izquierdas defenestrado en Europa por sus propios camaradas—, entonces, en los noventa, cuando Chile transitaba cautelosa y pacíficamente de la dictadura a la democracia, los conservadores no se rebelaron contra la presencia del comunista y los progresistas justificaron sin complejos brindarle asilo. Es decir, unos y otros atacaban al dictador de signo contrario, pero defendían la impunidad y el buen pasar en Chile del dictador propio. ¿Se debió eso a un *quid pro quo* entre bambalinas, y del cual mucho ignoramos? Si ustedes se olvidan de nuestro dictador nativo, nosotros nos olvidaremos del que ustedes importaron de la Alemania comunista, debe haber propuesto alguien. Y ambas partes asintieron.

Entonces nos aliviaba comprobar que la democracia funcionaba de nuevo y el crecimiento económico se disparaba, y nos enorgullecía que la comunidad internacional considerara Chile un ejemplar modelo de desarrollo continental. Pinochet, entretanto, seguía liderando el Ejército y se reservaba un escaño vitalicio en el Senado, y la izquierda comenzaba a saborear las mieles y bondades del poder tras diecisiete años de represión y exilio.

Me cuesta entender que hayamos tolerado, luego ignorado y por último olvidado que el dictador alemán se refugió aquí para morir en paz y completa impunidad, como en paz e impunidad moriría en 2006 el dictador chileno. Curioso. Tremendo cómo olvidamos que Chile, convaleciente de una dictadura, tuvo que brindar asilo al arquitecto del Muro de Berlín y tirano de la RDA. Subsiste ahí una peligrosa tradición nacional de acoger a líderes y cómplices de regímenes totalitarios alemanes. Esa inconsistencia fue síntoma de un mal que preferimos ignorar, pues dejaba al desnudo nuestra incapacidad para concluir de forma adecuada la fase dictatorial, que siguió respirando entreverada con la transición luego de la caída del Muro y la consecuente relativización de los crímenes de Honecker.

Los chilenos eludimos el análisis de aquello, pues nos interpelaba e incomodaba: dos dictadores clave y de signo opuesto de la Guerra Fría vivían sus últimos años bajo el cielo patrio. Mientras el comunismo se desplomaba y el mundo condenaba todo régimen represivo, en Chile unos y otros lavaban el pecado de haber respaldado y protegido a su respectivo tirano. Fue así como el Muro, macizo testimonio de la violación sistemática de los derechos humanos, desapareció de nuestro debate mientras el lento declive de Honecker en la comuna de La Reina parecía discurrir apacible en un remoto paraje semiurbano. Ebrios de euforia por la transición, no pudimos sopesar las virtudes que exhibimos ni los vicios que padecemos.

Tal vez uno de nuestros espejismos ha consistido en ver a nuestra clase política como seria y responsable, diferente a la del resto del continente, al que despreciamos. Otra fata morgana ha sido creer —al igual que nuestros vecinos regionales— que somos países jóvenes. No lo somos. Las dos principales vertientes que nos modelan se encontraron hace más de cinco siglos en estas latitudes. Admitámoslo, tenemos quinientos años, medio milenio, y reconocer eso debiera ayudarnos a no tropezar una y otra vez con la misma piedra, a no culpar a Estados Unidos o Europa de nuestros fracasos, y a no seguir creyendo que basta con proclamar un futuro esplendoroso para construir un presente pujante. Me convencí: Chile es lo que no se ve, y lo que se ve no es Chile. Chile, hábil cangrejo que se desliza de lado para ocultarse entre los tenebrosos huiros danzantes.

Junto a Honecker me tocó ser testigo tanto de nuestra incoherencia nacional como del talento de Berlín para deshacerse con elegancia de su tirano totalitario —otro más en menos de setenta años— que pertenecía a su nación y tribunales. Y así Alemania pudo dar vuelta con ligereza a la pesada hoja moral de su historia de posguerra y concentrarse en los álgidos problemas de futuro que le planteaba la reunificación. De ese modo, el más próspero país europeo, uno de los más ricos del planeta, respaldado por Bruselas y la OTAN, pudo concentrarse en los nuevos desafíos y endilgarle de paso, con admirable sutileza, a un modesto país latinoamericano un reto ajeno, de clara estirpe germana, dejándolo al mismo tiempo al escrutinio periódico en materia de derechos humanos al que someten desde entonces a Chile acuciosos parlamentarios alemanes. La metamorfosis causa asombro: el pequeño que subvencionó moral y políticamente a Goliat devino deudor, mas el Goliat subvencionado renació como acreedor.

Y cuando en mi parcela hago memoria admirando las estrellas en la quietud de la noche, no logro recordar palabras de Honecker sobre Charlotte que fuesen más allá de las de tipo general que pronunció en un comienzo. Nada de lo que revelaría el maletín rojo de Mielke y silenciaba el secretario general en su autobiografía eran aún de mi conocimiento. Honecker se ocultaba también entre los ondulantes huiros de la memoria. Todo aquello que viví y presencié en la casa del condominio, «Ya no está aquí: / se hundió en la boca del insaciable pasado», diría el poeta mexicano José Emilio Pacheco. Se perdió «en la imaginación que desfigura el recuerdo».

—Olvida todo eso, que ocurrió hace mucho y no lo podrás remediar —me aconseja Flora mientras comentamos el día bajo las estrellas con una copa de carmenere entre las manos.

Y creo, a veces, que no deja de tener razón.

18

Me despertaron pasos que subían por la escalera de mi casa de la calle Carlos Silva Vildósola. Los escuché con nitidez. Desde la gran traición se me afinó el oído, tanto que percibo, como los nativos, hasta el rumor soterrado que antecede a cada sismo en este país de terremotos y tsunamis.

No había duda. Alguien ascendía al segundo piso por la escalera a oscuras. Margot dormía en su cuarto. Enmarcado por el umbral de la puerta, reconocí en el acto al venerable de la frondosa melena y barba blanca, aunque no podía ser, pues yo bien sé que descansa desde 1883 en el cementerio londinense de Highgate. Lo recuerdo porque procuré llevar sus restos de vuelta a nuestra capital, donde hubiesen sido acogidos con la pompa oficial y el respeto popular que se merece, pero no hubo forma de convencer a los tercos londinenses de que me los vendieran.

—En el Sarre viviste como comunista —comenzó diciendo con voz aguardentosa—, en la Alemania nazi como pusilánime, hasta te enredaste con una enemiga de la causa, y en el socialismo de la RDA como un príncipe. Hoy languideces aquí en calidad de fugitivo, porque entregaste sin luchar el poder que el pueblo te confirió. Todo con tal de sobrevivir.

Cogí la cajita de plástico que ordena por días mis tabletas, pero su mano fría me aprisionó la muñeca.

—Tranquilo, y no me temas —masculló—. Vine a tratar de entenderte.

—No fui yo quien traicionó, sino el Buró Político —me defendí—. Ellos se conjuraron en mi contra para despojarme de los cargos. Su objetivo: arrojar por la borda lo que construimos durante cuarenta años con la ayuda de la Unión Soviética, cuyo líder, el de la obscena mancha en la frente, traicionó la causa. Tarde comprendí que el mundo está infestado de traidores.

—No critiques al prójimo, limítate a la autocrítica porque lo cierto es que no te atreviste a defender los intereses de la clase obrera. ¿O tenías al Ejército Nacional Popular y a la Policía Popular solo para depositar ofrendas florales?

—Cuando ordené aplastar la contrarrevolución, nuestros generales me desobedecieron y el Buró Político calló. ¿Qué podía hacer? Ya nadie pensaba en la causa, sino solo en su propio futuro.

—Posar de víctima puede eximirte de responsabilidades en lo inmediato, pero no ante la historia, Erich. Si cobardes fueron tus camaradas, quedarás tú solo como el cobarde. Tú eras el líder, los demás aparecerán como notas al pie de página. La historia no acepta responsabilidades colectivas ni escruta con cedazo fino. Prefiere los brochazos gruesos, y ya dictó sentencia sobre tu final.

¿No estaría soñando?, me pregunté con el antebrazo entumido por su gélida mano. Del pasillo llegaba el ronquido acompasado de Margot.

—Seguro no leíste mi *Comuna de París* —continuó el hombre de Tréveris— y por eso no comprendes lo que valoro: el coraje civil, la disposición a ofrendar la vida por las convicciones, la actitud numantina del revolucionario que defiende lo conquistado.

—Puedo recitar de memoria cada línea de esa obra y también de *El Estado y la revolución*...

—Hazme el favor de no nombrarme en una misma frase con el bolchevique, que poco tiene de filósofo y nada de economista, además de que simplificó mi *weltanschauung* para justificar la toma del poder en el país más atrasado de Eurasia. Nada perdurable surge de la estepa profunda, Erich, Europa es la clave. Europa y el promisorio Estados Unidos.

—Don Karl, por favor, leí sus obras en la FDJ y después en la escuela de cuadros moscovita y en la de la localidad de Kleinmachnow. A esta edad puedo confundir algunos pasajes, pero tenga la seguridad de que siempre actué de acuerdo con sus principios.

—Pues que estés muriendo defenestrado en el fin del mundo prueba lo contrario.

—Míreme, por favor —le supliqué—. Y mire este cuarto. Es todo cuanto tengo tras sesenta años de dedicación a la clase obrera, la resistencia antinazi y la construcción del socialismo. Vivo un exilio amargo en pobreza franciscana, sin amigos, enfermo, con una pensión que no me alcanza ni para cerrar el mes. Tampoco cuento con auto, empleados o calefacción.

—El invierno en Santiago es tan amable como el inicio del otoño en Berlín.

—Pero a mi edad los huesos se quejan, don Karl. Recibo atención médica gracias a chilenos que me la financian.

—Eso en nada te desmerece, yo escribí mis mejores obras entumido de frío, bebiendo cerveza barata y financiado por un amigo que era hijo de un acaudalado empresario.

No lo inmutaban mis ruegos. Seguía allí, a mi lado, inmóvil como cariátide, insensible como un bloque de hormigón.

—No trates de confundirme —continuó tras una pausa—. Lucraste del poder, así que date por pagado. Por lo menos lograste escapar de la justicia alemana tal como yo, aunque no lograrás eludir el juicio de la historia, que lo esculpe en mármol.

—¿Qué quiere decir con eso, don Karl?

—A mí, por ejemplo, me endilgó a Stalin, Pol Pot y Castro, ignorando descaradamente que una cosa es el escritor y otra el lector, que no es lo mismo el verbo que el acto que inspira. Perdiste por entregar sin combatir el sitial en el que las circunstancias históricas te situaron.

—Disculpe, don Karl, fue al revés. Yo traté de frenar el avance de la contrarrevolución, pero el partido y el ejército se acobardaron y confabularon con el enemigo, y no tuve más alternativa que estampar la firma donde me lo exigieron.

—No debiste haberlo hecho. La rendición llevará tu firma por los siglos de los siglos.

—Don Karl, hice lo que pude, incluso intenté traerlo del cementerio de Highgate al de los socialistas, en nuestro Berlín. No sabe lo que ofrecí por su tumba y su distinguida persona, y lo que eso hubiese significado. Imagine el apoteósico recibimiento que le hubiésemos preparado: el gran Karl Marx llegando a su luminosa utopía convertida en realidad. Si en Moscú estaba la momia de Lenin, en Berlín iba a estar usted, dicho esto con mucho respeto, pero los flemáticos ingleses rechazaron mi oferta porque usted, y le ruego me disculpe, solo cito a *The Times*, constituye un jugoso negocio para ellos.

—Menos mal, Erich. Demasiado le debo a la Biblioteca Británica de Londres, donde escribí el primer tomo de *El capital*; algo a mi Renania natal; pero poco a Prusia y nada a tu Berlín amurallado. Lo mío fue juzgar el presente que me tocó vivir, elaborar abstracciones, postular redenciones, imaginar escenarios, no construir realidades. Tu error consistió en no saber distinguir el impreciso y etéreo deslinde entre las deslumbrantes ideas filosóficas y la prosaica administración de lo público. En fin, tampoco te sirvió leer *La Comuna de París*.

—Ya le dije. Me he leído todo lo suyo, don Karl.

—Nadie me ha leído entero, ni yo mismo, porque parte de lo que lleva mi nombre lo escribió Friedrich Engels, que tras mi partida redactó mis apuntes a su libre albedrío.

—Fíjese que en los setenta ordené en la RDA una edición de lujo y con tapas gruesas de las obras completas que escribió con su amigo y mecenas. Fue de adquisición obligatoria para todas las bibliotecas de la RDA.

—Friedrich fue una contradicción ambulante. A su mala conciencia de hijo de estirpe explotadora debo que me haya mantenido. Escribía bien, la verdad, pero su extracción de clase perjudicaba a menudo su análisis. Nada peor que escribir desde el resentimiento, la culpa o el arrepentimiento.

—Yo actué siempre siguiendo sus textos, en especial los de madurez.

—Eso no basta. A Friedrich le perjudicó la mala conciencia, como a ti lo hizo la tuya propia, el asunto con Charlotte.

—La amé de veras, maestro.

—Confundes el amor con la gratitud, Erich. A la nazi Charlotte la usaste como refugio.

—Esa es una infamia que repiten mis enemigos.

—Y tampoco amaste a Edith, la que adiestraba a los niños comunistas. Solo la usaste como pedestal.

—También a ella la amé.

—Y el amor por Margot te duró lo que dura un pastel en la puerta de una escuela.

—Ha sido y sigue siendo el gran amor de mi vida.

—Se ama solo a una mujer en la vida, Erich, las demás son espejismos o nubes que pasan.

—Amé a todas esas mujeres, créame, a todas sucesivamente —alegué alzando la voz.

—No has amado a nadie, porque la ambición por el poder mata la capacidad de amar. Observa a los políticos, Erich, obsérvate a ti mismo y admítelo, tu deseo supremo fue siempre el poder, todo lo demás, mujeres inclusive, lo subordinaste a la conquista y la conservación del poder.

—Pero, don Karl, dediqué mi vida entera a la causa redentora de la clase obrera.

—Esta conversación ya no tiene sentido —me interrumpió lapidario—. No vine hasta aquí a juzgar tus amoríos sino tu traición a la clase obrera.

—No la traicioné.

—Te rendiste y entregaste a la clase obrera.

—¡Pero ya le expliqué que yo no quería la rendición, don Karl! —grité—. ¡El Buró Político me la impuso!

—Abdicaste y ahora tienes lo que merecías —continuó y me soltó por fin la muñeca—. Con tal de salvarte, entregaste el cargo que debiste defender con tu vida y, bueno, ahora dispones de cuanto cosechaste con esa rendición: tus bienes, escasos a tu juicio, excesivos a juicio mío, una existencia en paz e impune, que emponzoña tu enfermedad y salpica tu mala conciencia, pero en tu fuero interno sabes que traicionaste a quienes confiaron en ti.

—¡No soy traidor! —grité.

—La historia es tan enigmática como los oráculos, Erich. Pero a estas alturas ya deberías poder interpretar tu vida sabiendo que toda existencia es una odisea. Encallaste en el país de Allende, el hombre que, sin haber estudiado mis textos, entendió mejor que nadie en este país que para hacer la revolución hay que estar dispuesto a ofrendar la vida por ella.

—No podía seguir el derrotero de Allende, don Karl.

—Te recomiendo extraer lecciones de tu odisea, Erich. Me decepciona comprobar que tú, a las puertas de la muerte, aún no sabes dónde está tu Ítaca. ¿Adónde pretendías llegar con la RDA?

—Anhelaba construir un mejor país para mi gente, don Karl.

—Pero eso es el sueño, la línea del horizonte, no el peldaño ni la herramienta para alcanzarlo. Prefiero que pienses en Allende, porque de lo contrario la profesión de revolucionario se chacrea y cualquiera se proclama como tal para obtener gloria, fama, fortuna y más poder.

—¡Pero no puedo imitarlo, don Karl! Nosotros somos seres racionales, hijos de Lutero y Münzer, de Kant y Hegel, de Federico el Grande y Humboldt, de usted y Engels, no de tribus de cazadores y recolectores ni de ibéricos que desembarcaron de las naos.

—Déjate de excusas y prueba a mirarte en el espejo por la mañana, Erich. Hay muchos revolucionarios de pacotilla que no se atreven. Te recomiendo ir al palacio donde Allende se suicidó. Debe ser visita obligada para todo revolucionario que aspira a conquistar el poder.

19

Me enteré por las noticias del *Tagesschau*, del *ARD*, que Honecker vivía con Margot en un exclusivo condominio de Santiago de Chile. Me enfureció constatar que, pese a su prontuario, se ha librado de la justicia y goza, aunque enfermo, de un buen pasar lejos de Berlín.

Por eso, una vez instalada en el hotelito del Barrio Forestal y tras haber conversado con Patricio, a quien parece incomodarle mi arribo a Chile, tomé un taxi hacia La Reina y me bajé unas cuadras antes del número 8978 de la calle Carlos Silva Vildósola. Quería formarme una idea del sitio donde residía el dictador.

Al recorrer con calma el barrio pude comprobar una vez más que la vida es injusta y carece de instancias ante las cuales apelar. Las casas se ocultan detrás de muros pintados de verde, cubiertos a trechos por tupidas buganvilias y frondosos árboles que apenas dejan apreciar los tejados y me recuerdan la ciudadela amurallada de Wandlitz, donde vivían los jerarcas del Antiguo Régimen.

Confiaba en que Patricio me ayudara a acercarme a Honecker, aunque desde un comienzo, es decir, desde nuestro saludo en el lobby del hotel, percibí en él cierta reticencia. Es entendible, aún debe avergonzarse de haberme abandonado en Leipzig. Después de las palabras que suelen intercambiar quienes no se ven desde hace mucho, me costó entender cómo el hombre que se fue de la RDA harto del socialismo trabaja ahora para el culpable de que sus sueños juveniles zozobraran.

En sus gestos nerviosos y su mirada huidiza capté la incomodidad que le causaba mi presencia, su ansia por averiguar a fondo el motivo de mi viaje y su curiosidad por saber si tengo otro hombre. Pobre: no concibe que después de él pueda haber vida para su antigua pareja. Le respondí que, aunque sufrí con su alejamiento, lo olvidé sin rencor, pues conocí más de la existencia y a hombres más atractivos e intrépidos, lo que no dejó de herirlo en alguna medida.

—La vida es una colección de zapatos sin cordones, preguntas sin respuesta y partidas sin regreso —precisé.

—Ingeniosa frase —celebró él con tono patriarcal—. La asocio con Imelda Marcos y el cuadro de los zapatos de Van Gogh.

—La decía Thomas —agregué yo.

—¿Thomas?

—Un buen amigo —repuse, fingiendo una sonrisa enigmática.

Fue entonces que le enhebré una sarta de mentiras piadosas sobre lo vivido a partir de su cobarde zarpe de Leipzig. Lo cierto es que mi historia posterior a él fue más intensa y apasionante que la que compartimos, pues me deparó un nuevo gran amor, seguridad en mí misma y la satisfacción de hacer cosas injustas pero cruciales para conocerme. Le oculté, sin embargo, que todo terminó de forma trágica y que lo que anhelo es que el paso del tiempo me ayude, cuando no a curar, al menos a paliar el dolor que me corroe bajo la piel.

Solo cuando el Muro cayó y no corrí ya riesgo alguno en el territorio de la extinta RDA, me atreví a cruzar de nuevo a la zona oriental de Berlín y llegar a la ciudadela amurallada de Wandlitz. Quería ver con mis propios ojos cómo había vivido la nomenclatura, y si bien el complejo ya estaba deshabitado, sus jardines lucían bien cuidados y sus senderos barridos, y las casas no mostraban rayados ni huellas de vandalismo. Todo daba la impresión de que allí seguían morando sus antiguos habitantes y la historia no había cambiado.

Me mezclé con los curiosos que husmeaban a diario en las casas de los miembros del Buró Político, abiertas ahora al público, los edificios donde alojaba la servidumbre y las barracas del Regimiento Félix Cherchinsky, y después seguí a la masa por la clínica, la tienda, la cafetería, el gimnasio y la piscina temperada bajo techo, y me sentí tan indignada como los demás visitantes por la hipocresía de quienes predicaban la austeridad socialista viviendo como burgueses.

Pero también me sentí defraudada al comprobar que las viviendas de los dirigentes no eran como las que imaginé, sino espacios de mal gusto y sin carácter, con muebles de madera prensada y adornos chabacanos, donde no había cuadros ni esculturas de algún valor artístico, ni menos bibliotecas decentes, sino algunas novelas de realismo socialista con sus obreros y campesinas sonrientes, bestsellers estadounidenses y guías turísticas de países occidentales, vedados para los ciudadanos de la RDA. La verdad es que me alejé de la ciudadela avergonzada de mi voyerismo y la chata existencia de quienes dirigieron la RDA.

La mañana en que escuché en la radio que los Honecker serían trasladados a Moscú, me alarmé. Si eso ocurría, se esfumaría toda posibilidad de conocer la suerte corrida por mis seres más queridos, así que acudí a la autoridad que clasificaba los archivos de la disuelta Stasi, pero al ver el caos que reinaba en los pasillos y enterarme de la magnitud de la documentación destruida por los exagentes, concluí que solo los Honecker podrían ayudarme. Por eso estaba de nuevo en Chile.

Esta vez frente al condominio donde residían Erich y Margot, moderadamente ilusionada con la posibilidad de acercarme a ellos y no volver a Alemania con las manos vacías.

—¿Busca a alguien? —me preguntó un hombre detrás de la reja del condominio.

Estuve a punto de decirle que a los Honecker.

—Observaba la enredadera —preferí contestar—. Nunca había visto una tan grande. ¿Es muy vieja?

—Es una buganvilia, pero no sé cuántos años tendrá, señora. Deben ser muchos para cubrir todo el muro.

20

Una noche tuve que llevar a don Erich al Palacio de La Moneda.

Había comenzado a solicitármelo con insistencia, así que me vi obligado a contactar a un político que había estado exiliado en la RDA en los años setenta para pedirle autorización. Dos decenios habían transcurrido desde el derrocamiento y el suicidio de Allende.

—Pero la prensa no debe enterarse —me advirtió don Erich, y ese fue el mensaje que transmití al político, quien nos cumplió.

Era sábado y el centro de la capital estaba muerto, así que estacioné el auto en el subterráneo que se extiende bajo La Moneda, donde nos aguardaba una funcionaria que nos guio hasta los pisos superiores por las escaleras de granito. El palacio dormía en un pulcro y desangelado orden de mausoleo. Don Erich llevaba sombrero de fieltro y un chaleco oscuro.

—¿Esto lo diseñó un chileno? —preguntó mientras cruzábamos en la segunda planta por una galería en penumbras, donde se alineaban bustos de expresidentes chilenos.

—Toesca, un italiano —respondió la mujer—. Los italianos tenían fama levantando castillos y fortalezas en las Américas, pero durante la Colonia se acuñaban aquí las monedas.

—En mi país fueron suecos los que construyeron el parlamento nacional, que los anexionistas pretenden demoler —se quejó don Erich—. Planean volver a erigir en su lugar el palacio de los Hohenzollern, representantes de la tradición más reaccionaria de Alemania.

Seguimos atravesando salas sumidas en la soledad y un silencio de ultratumba, guarecidas por los gruesos muros palaciegos.

—Aquí es —anunció la mujer, abriendo una puerta alta.

Ingresamos a una sala a oscuras y de cielo alto, y la mujer encendió una lámpara de lágrimas de cristal que colgaba de un cable.

—¿Aquí murió Salvador? —preguntó don Erich.

—Aquí se quitó la vida el 11 de septiembre de 1973 —completó la mujer.

Me sobrecogió ver la mancha de sangre que impregnaba el respaldo de un sofá y el impacto de las balas suicidas en la pared. Allí se había suicidado Allende. A un costado, encima de una mesita circular, había un teléfono negro de disco, y más allá dos sillones revestidos con tela burdeos.

—Esta sala y la adjunta ya no se ocupan —aclaró la mujer indicando hacia una puerta cerrada—. Tal vez algún día se conviertan en lugar de peregrinaje.

Ajeno a nosotros, don Erich palpó el sofá y luego se llevó el auricular del teléfono a la oreja.

—En la sala contigua verán su escritorio y sillón —agregó la mujer mientras abría lentamente la puerta del despacho.

Entramos. Vimos un macizo escritorio de madera y un sillón percudido y de respaldo alto. No vi nada más, o al menos es todo cuanto recuerdo de esa sala. Imaginé el palacio ardiendo bajo los *rockets* de los Hawker Hunters, el humo inundando los pisos, el calor asfixiando a los combatientes, Allende con la metralleta al hombro, dispuesto a morir. Pero ahora todo era silencio.

—¿Quiénes lo acompañaban? —preguntó don Erich.

—Sus escoltas y un par de amigos médicos —dijo la mujer.

—¿Y los dirigentes de los partidos de gobierno?

—Allende murió rodeado de sus escoltas y algunos colegas.

Don Erich se descubrió la cabeza y mantuvo el sombrero entre las manos. Lucía más pálido que de costumbre, algo amarillento, a decir verdad, y tenía el rostro desencajado. Debía haber visto confirmada su máxima de que los seres humanos son ingratos y traicioneros por naturaleza y que a la hora de la verdad los líderes enfrentan solos su destino.

—¿Nadie vino a acompañarlo? —insistió, incrédulo.

—Nadie.

—¿Ningún camarada comunista o socialista?

—Nadie.

Tomó asiento frente al escritorio sin pronunciar palabra, el sombrero entre las manos y la vista fija en el parqué. Seguro recordó a los revolucionarios chilenos que había recibido en su despacho berlinés en el comité central del PSUA. Eran comunistas, socialistas, mapucistas…, hombres y mujeres que elogiaban a Allende y su ejemplo y coraje, que le regalaban libros con discursos y fotografías del mandatario, y reparó en que nunca había pensado que ellos gozaban del privilegio de acceder a su oficina porque no habían llegado al despacho presidencial de Santiago el 11 de septiembre de 1973.

—Señora, disculpe —dijo volviendo del ensimismamiento—, ¿podrán dejarme solo aquí por unos minutos?

21

Ahora que el país se ha polarizado y reinan la incertidumbre y el miedo a la zozobra nacional, y está por conmemorarse el medio siglo desde que Pinochet derrocó a Allende, y nunca he sentido más temor por nuestro futuro desde aquella funesta época, me vuelve a la memoria el protagonista de *Memorias del subdesarrollo*, la excelente novela de Edmundo Desnoes, adaptada como notable película homónima por el director cubano Tomás Gutiérrez Alea.

Me refiero a Sergio Carmona Mendayo, un burgués con ansias de ser escritor, que desde la soledad de su exclusivo *penthouse* en el barrio El Vedado de La Habana observa con escepticismo el comienzo de la revolución fidelista. Corre octubre de 1962, se inicia la crisis de los misiles soviéticos instalados en Cuba, Castro proclama el socialismo, se convierte en aliado de Moscú y la Casa Blanca exige el retiro inmediato de los misiles.

Puede estallar una conflagración nuclear y la isla desaparecer. El mundo entero entra en pánico, pues nadie ha olvidado Hiroshima y Nagasaki. Sergio está solo. Es un ermitaño. Sus amigos y familiares se marcharon a Miami. Entre discursos apocalípticos, preparativos militares y tambores de guerra, comienza el deterioro de la mayor y entonces más rica isla de las Antillas. Sergio sucumbirá y no solo como representante de su clase social despojada del poder, sino también como individuo, como un hombre maduro, aunque aún joven, pero sin rumbo, sueños ni futuro.

En alguna medida las situaciones de Sergio y mía se parecen. Ya emigraron de Chile algunos conocidos, otros desempolvan su pasaporte alemán o español que yacía olvidado en una gaveta, o andan en Miami o París explorando el costo de la vida para dar el gran salto si el país más próspero y sólido del continente termina por desbocarse. Temen el contagio autoritario de Cuba, Venezuela o El Salvador, o simplemente el desastre económico de Argentina. El tiempo dirá si son previsores o catastrofistas. Yo me quedo aquí, enfrentando como Sergio en el edificio Naroca la incertidumbre.

—¿Sabes la última? —me pregunta Flora cuando entro a su taller llevando las tazas de *espresso*.

—Cuéntame.

—María Paz y Gonzalo se van con los niños definitivamente a Barcelona. Ya compraron piso allá. Tienen pasaporte español por el abuelo catalán.

—Típica reacción de mucho conservador latinoamericano —digo yo, sorprendido, pues los Echeverría Montenegro llevan acá un excelente pasar—: rendirse sin ni siquiera presentar batalla.

—Estamos como los venezolanos que creían que Washington se encargaría de acabar con Chávez, o como los argentinos, que cuando entran en crisis vuelven a Italia y esperan a que la banca mundial salve al país —comenta Flora limpiándose las manos con pintura en un paño húmedo.

—No solo los venezolanos creyeron en una fata morgana —digo yo—. Los cubanos pensaban que la CIA se encargaría de Fidel, y los nicaragüenses apostaban a que North frenara el sandinismo. Al final, ningún país se ocupa de otro. Todos tienen demasiados problemas como para hacerlo. Cada uno depende de sí mismo.

He interrumpido a Flora en su trabajo. Pinta a diario, y fines de semana por medio, pero igual se las arregla para estar informada de todo. Dejó reposar el óleo del viejo que cruza un pasillo y ahora avanza con la pintura de una callejuela desierta de la Alfama que flanquean escaleras encaladas. Las ventanas del taller están abiertas de par en par y del Bose llega Bernart de Ventadorn.

Evoco mis días con Valentina en Leipzig o los encuentros con Honecker en La Reina. El ejercicio de recordar me provoca un goce apaciguador que me permite apreciar lo que he vivido y comprobar cuánto he envejecido. Por ejemplo, ahora destino a menudo mucho tiempo a la contemplación de los delicados amaneceres con su canto de gallos y trinar de pájaros, o a admirar la lámina dorada con la que el sol recubre las hojas al atardecer, o disfruto la frágil y fresca resistencia del hilo de la araña que cada mañana me besa en la frente.

Pero no puedo desligarme de las tres grandes convulsiones sociales que me ha tocado presenciar en el país, y por eso no resistiría una más. La primera fue en septiembre de 1970, cuando era universitario y Allende inició la «revolución socialista con sabor a vino tinto y empanadas», que estuvo *ad portas* de desembocar en una guerra civil. Esa experiencia me catapultó hacia una temprana madurez y no me quedó más que afrontarla inmiscuyéndome en álgidas y altisonantes discusiones políticas juveniles. La segunda se inició en septiembre de 1973, cuando el general Augusto Pinochet derrocó a Allende e instauró una dictadura que de la noche a la mañana nos situó en las antípodas de lo que Allende anhelaba.

La tercera fue en noviembre de 1989, cuando las protestas populares derribaron el Muro de Berlín y barrieron con la RDA, país donde estudié, me enamoré y tuve entrañables amigos. Lo viví de cerca porque la agencia EFE me contrató entonces para que tradujera para sus enviados especiales a Berlín el desguace del socialismo europeo. No podía creer lo que ocurría ante mis ojos: el desplome de todo cuanto antes lucía sólido y perpetuo, la arrolladora transición de los alemanes orientales, de sujetos sumisos y resignados a constructores de un nuevo orden que posibilitó la reunificación nacional y el sepelio de la Guerra Fría.

Pero como si esas hecatombes sociales no hubiesen sido suficientes para extenuarme, asisto hoy en mi país a un proceso de transformaciones revolucionarias bajo la conducción de jacobinos que pretenden refundarlo como si una misión de esa envergadura fuese lo más sencillo del mundo. Esta nueva crisis, nacida de una conmoción nacional, me sorprende recién jubilado, cuando me aprestaba a transitar con Flora hacia una vejez que supuse tranquila en mi parcela inspirada en el Jardín de Epicuro, la serena antesala que uno anhela en el regreso a la oscuridad y el silencio eternos.

Compruebo que la incertidumbre ha sido una fiel compañera a lo largo de la vida, y que lo seguirá siendo hasta que muera. ¿No ha sido ese acaso el *leitmotiv* de los latinoamericanos a lo largo de su historia? Como decía Jorge Luis Borges, a todos los seres humanos les toca vivir tiempos difíciles. ¿Qué otras cosas son si no el temprano exilio que me hizo quien soy, un palimpsesto con colores superpuestos, los del joven comunista o los del estudiante detrás del Muro que se volvió liberal más tarde, y al final del camino un escéptico cuando no un cínico?

Por eso no soy indiferente ante el destino de los germanoorientales de la generación de Honecker, que sufrieron la crisis de 1929, la dictadura nacionalsocialista, la Segunda Guerra Mundial y la ocupación soviética, que vieron frustrados sus sueños detrás del Muro, y que desde 1990 viven en una Alemania libre y reunificada en la cual se sienten discriminados.

—Deja de preocuparte por ese drama sin arreglo —reitera Flora, vertiendo una cucharadita de miel a su café. Yo lo prefiero amargo.

—Desentenderse de la propia historia no es como cambiar de camisa —le respondo encendiendo un Fuente dominicano en el umbral del taller, porque ella no tolera en los espacios cerrados el aroma del tabaco.

—Ya te lo dije: debes olvidarte de gente que murió o que, si vive, no se acuerda ya de ti, Patricio. Acéptalo, ya no existen el Leipzig ni el Bonn de los setenta, ni el Muro, ni el campo socialista, ni Allende ni Pinochet. Sal de esos mundos habitados por fantasmas, que bastante has vivido, de mucho te has librado y poco tiempo te sobra para disfrutar el día a día con buena salud.

Flora Zelig es mi opuesto, y por eso nos complementamos. Rara vez, y solo durante un par de semanas al año, sale de Chile para visitar a sus familiares en Antigua, Guatemala, y a nuestros hijos, que viven en Nueva York. Si yo soy caos, ella es orden y sistema; si yo soy nube, ella árbol; si yo soy ruido, ella es el silencio; prefiere los desplazamientos del alma a los del cuerpo, y dice que la gente viaja creyendo que lo hace para ver algo nuevo sin darse cuenta de que es un vano intento por escapar de sí misma. Supongo que si me sobrevive, se convertirá en ermitaña.

Hizo construir su taller entre los gruesos muros de adobe del antiguo establo que había al final de la parcela. Cultiva a un lado un huerto autosustentable, y su goce supremo es pintar y leer. Ha expuesto dentro y fuera de Chile, muestras a las que no asiste, la obra habla por la artista y no al revés, afirma justificando su desinterés por las actividades sociales y los aviones. Ama a Utrillo, Modigliani, Valadon y Vlaminck, le seduce indagar en la historia del helenismo y de los askenazis, y cultiva un tenue nexo ocasional con la ciudad de Santiago, una precariedad que le permite, según afirma, sobrellevar las crisis nacionales sin sentir ganas de marcharse lejos y para siempre.

—Como las personas, los países tampoco aprenden y por eso no tienen arreglo —suele decir—. Así que no nos amarguemos por asuntos que no está en nuestras manos resolver.

Al final, la gente se aferra a un par de convicciones básicas que son su brújula. Por ejemplo, Erich Honecker, al repetir en su soledad de guante zonzo que la historia es como es y no como uno quiere que sea, planteaba algo cierto, quizás lo único cierto y original que le escuché decir, porque la historia es eso: una guerrillera delirante experta en emboscadas, una catarata asesina, un terremoto que nos arrebata el piso cada vez que nos creemos dueños de nuestro destino.

Pero sigo pensando en el verano de 1993, cuando la democracia chilena recién se consolidaba, y yo acompañaba al dictador defenestrado como su traductor. A decir verdad, me sentía importante en esa función, mal que mal Honecker era una personalidad europea y eso significa mucho en un país situado en los confines del planeta y los márgenes de la historia. No tardé en darme cuenta de que detrás del *apparatchik*[10] que sonreía como una Gioconda en los retratos colgados en todas las reparticiones estatales de la RDA, habitaba un hombre con estribaciones, luminosas algunas, sombrías la mayoría, en las que disimulaba las tribulaciones de su alma.

Adoraba a sus nietos, y supongo que en ellos cifraba la redención de su propia causa y la obtención del perdón final para su cadena de arbitrariedades y abusos. Sospecho que lo ilusionaba imaginar que un día su sangre fluiría por las venas de descendientes que afrontarían circunstancias menos adversas, que les permitirían derrotar los designios de una historia que se había confabulado en su contra para empujarlo a actuar de un modo ineludible e implacable.

El destino se encargó de mostrarle la envergadura de la ojeriza. Su nieta mayor, la que lo volvía tierno y dúctil, falleció por culpa de la férrea lógica de su Estado, una tragedia que lo deprimió y amargó por el resto de su vida. Tras desvanecerse en el jardín infantil, la menor no fue derivada al hospital más

---

10 Expresión para referirse a un funcionario del Partido Comunista.

cercano —como hubiese ocurrido con cualquier otra alumna—, sino a la clínica de los jerarcas, situada en la distante Wandlitz. Desafortunada decisión de la Stasi, la policía política. Cuando la ambulancia, tras perder un tiempo precioso reptando por las atochadas calles del Berlín Oriental, arribó a la clínica, la pequeña ya había fallecido.

Honecker solía pasear entre los árboles de la ciudadela amurallada porque allí, según me contó, encontraba la paz y la soledad que necesitaba para seguir existiendo. Su mayor afición era cazar conejos, zorros y venados en los cotos reservados para él, un lujo principesco, impropio de un comunista, aunque usual entre sus camaradas dictadores europeos, al que jamás renunció. Cada año invitaba a las cacerías a jerarcas y diplomáticos extranjeros, las que concluían con una foto grupal en la que los cazadores sonreían detrás de las presas ensangrentadas dispuestas en el suelo en cruel y detestable simetría.

22

En 1982 viajé por primera vez al extranjero, y fue a Chile precisamente. Simulé ser la esposa de un empresario alemán interesado en adquirir tierras cerca de Osorno, donde descendientes de alemanes se dedican desde hace siglo y medio a la agricultura. Empleamos pasaportes falsos para no despertar sospecha. Mi pareja fue el coronel Andreas Fischer.

No supe en qué andaba mi jefe, y supongo que me enviaron con él a Santiago para chequear si, pese a mi juventud, era digna de confianza. Me conocían como discreta, disciplinada y leal al partido, y sabían que dominaba el español gracias a los cursos de la Karl-Marx-Universität y la práctica cotidiana que tuve con Patricio. Pero otra cosa era ver a un joven agente operando por primera vez en el capitalismo, cuando era libre para traicionar la causa entregándose al enemigo, o volver simplemente a casa, detrás del Muro.

Con el coronel pasamos tres días en Santiago y tres en Osorno, donde él se reunió con corredores de propiedades, un antropólogo vasco y dirigentes mapuches. Pero yo no participé en esos encuentros, ignoro la razón. Volví al continente acompañando a Andreas al año siguiente, vía Ámsterdam y São Paulo, y en 1985, vía La Habana y Lima, esa vez en un ruidoso Ilushyn de Aeroflot. Retornamos por Frankfurt del Meno, donde abordamos el Intercity que corre junto al Rin, y descendimos en Bonn. Allá Andreas tuvo una fogosa reunión con una periodista en una suite del hotel Steigenberger, que debí filmar.

El directorio de espionaje exterior, el HVA, solía filmar citas con informantes inestables porque podían serle de utilidad en algún momento. Y en ese ámbito me sorprendió constatar la ingenuidad de muchos políticos conservadores y empresarios occidentales que cruzaban la Cortina de Hierro. Pocos imaginaban que sus actividades se grababan, en especial si dejaban al descubierto sus aficiones y adicciones más recónditas. Berlín Oriental, Moscú y La Habana eran las capitales donde ningún lance erótico supuestamente ocasional de personalidades extranjeras quedaba sin un registro en imágenes. A partir de aquel instante la carrera del incauto quedaba hipotecada. El día en que se necesitara un favor de alguien, un sofisticado agente del HVA se encargaría de visitarlo para recordarle alguno de sus tropiezos en territorio enemigo y presentarle formas alternativas de olvidarlos.

En ese viaje me anduve enamorando de Andreas, que era experimentado como espía y amante, aunque tenía un corazón de roca. Era un astuto Romeo de la mejor escuela de Markus Wolf, el espía sin rostro, el más legendario de los espías de la Guerra Fría. Él, me refiero a Andreas, me enseñó que un agente jamás confunde el sexo con el amor, la recolección de información con la lealtad, ni la ficción con la realidad y que un agente nunca deja de ser lo que es, un actor, un simulador, alguien que vendió su alma a una causa. Ese principio me permitió ascender en la institución.

A mi regreso a Berlín, Thomas, mi esposo de la época, me sorprendió con una confesión. Llevaba cierto tiempo enredado con una estudiante de la Humboldt-Universität, circunstancia que aproveché para confesarle lo mío, y así como una mano lava la otra y ya que nuestras respectivas aventuras carecían de futuro, cortamos por lo sano, nos perdonamos mutuamente y olvidamos esos episodios. La relación se afianzó, y poco después el HVA nos destinó a una función soñada: la de agentes itinerantes en Alemania Occidental bajo cobertura comercial.

Nuestra misión al otro lado consistía en reclutar secretarias de Gobierno, partidos políticos o fundaciones agobiadas por la soledad o la desdicha amorosa. Operamos identificando a seres emocionalmente vulnerables, una práctica cruel, depredadora y detestable que le daría un vuelco a mi vida y a mi forma de ver el amor y la amistad. Tras recibir un curso de instrucción, Thomas y yo estuvimos en condiciones de iniciar la nueva labor, aunque nos topamos con una situación inesperada que nos desalentó, pues revelaba que el HVA no confiaba en nadie: jamás viajaríamos juntos a Occidente. Mientras uno anduviera en el extranjero, el otro debía permanecer en la RDA con Angelika, nuestra pequeña hija. Acepté esta condición por cuanto me atraía ser espía, viajar por el mundo y sentirme poderosa, y la consideré la forma más apasionante de servir al país.

Angelika se volvió la prenda matrimonial ante el Estado, la garantía de nuestra lealtad hacia la república socialista, y selló mi compromiso con la Stasi.

Pero todo cambió en diciembre de 1984. Yo hojeaba entonces el vespertino *Junge Welt* en nuestro departamento berlinés oriental de la Storkower Strasse y Thomas andaba en Bonn recolectando información de una fuente del Ministerio de Defensa. Sonó el teléfono. Era la Normannenstrasse, la sede de la Stasi. Se trataba de un asunto urgente para la central. Esa noche debía cruzar la Friedrichstrasse a Berlín Occidental a cumplir una misión impostergable.

—Tu esposo llegará a casa a las veintitrés horas, pero tú deberás cruzar antes la frontera. Ven a tu despacho por las instrucciones.

Empaqué un maletín con lo imprescindible, subí a Angelika al Wartburg y la conduje bajo la primera nevazón del año a la vivienda de mis padres en la Leninallee. La dejé con ellos y volví a la calle. Caía tanta nieve que me tomó más de la cuenta llegar a la oficina y recoger mis documentos. Estaba por salir rumbo a la estación fronteriza de la Friedrichstrasse, cuando sonó el teléfono.

Era Thomas.

—Estoy en una caseta telefónica —me anunció—. Cancelaron mi vuelo a Berlín Occidental, así que llegaré a casa más tarde de lo programado.

Le expliqué en lo que andaba y que me hospedaría en el Kempinski, de Berlín oeste, y que al día siguiente continuaría en tren a Helmstadt, pero la comunicación se interrumpió. Seguro Thomas había cortado para evitar cualquier intercepción enemiga. Aguardé junto al aparato en vano, no volvió a sonar.

Crucé la frontera y me instalé en el hotel, pero como no podía conciliar el sueño, saqué del minibar una botellita de Doppelkorn[11], la vacié en un dos por tres y volví a la cama. Estaba quedándome dormida, cuando me despertaron unos suaves golpes a la puerta. Miré por el ojo mágico.

Afuera estaba Thomas.

A partir de esa noche, nunca más nada fue igual. Un atraso de la British Airways nos había hecho coincidir en Berlín Occidental, lo que violaba los protocolos básicos de la organización.

—Debemos decidirnos —dijo Thomas cerrando detrás de sí la puerta.

Sudaba y lucía agitado, como si hubiese corrido por su vida.

—¿A qué te refieres?

—Ya saben que aterricé y deben estar esperándome al otro lado, en la estación Friedrichstrasse. Saben también que alojas aquí, y si no cruzo pronto la frontera de vuelta, vendrán a buscarte.

---

[11] Aguardiente alemán.

—¿Entonces? —le pregunté abrazándolo o, mejor dicho, aferrándome a él con el corazón encabritado.

—No volvamos.

Demoré en apartarme de él para contemplarlo de frente, porque no podía creer lo que había escuchado. Vi su rostro exhausto y desencajado, un mechón de su pelo cayéndole sobre la frente, la corbata mal anudada. Unas hojuelas de nieve aún no terminaban de derretirse en las hombreras de su abrigo.

—¿No volver? ¿Traicionar? —repetí.

—No habrá otra ocasión como esta, Valentina.

—¿Y Angelika, Thomas? ¿Y Angelika?

—Estará con tus padres mientras tramitamos su salida —dijo él con frialdad.

El pánico se apoderó de mí, estremeciéndome, impidiéndome pensar con claridad. No creía que la Stasi fuese a premiar a una pareja de agentes traidores con la devolución de su hija. Se lo dije entre sollozos, aferrándome más a él.

—La van a dejar salir —repuso él, y aún siento las yemas de sus dedos sobándome con delicadeza la nuca—. Bonn pagará a Berlín Oriental el rescate a través de Vogel, el abogado de Honecker que negocia estos casos. Es lo usual. Bonn dispone de un presupuesto especial para comprar presos políticos.

—No creo que en nuestro caso funcione.

—Valentina, recoge tus cosas y salgamos de aquí porque no tardarán en llegar. Si nos sorprenden, nos llevarán al otro lado del Muro y no veremos nunca más ni a Angelika ni nuestra vivienda. ¡Salgamos de inmediato del hotel, por lo que más quieras!

—No tiene sentido traicionar, Thomas. Sabes cómo castiga la Stasi. No conoce ni el perdón ni el olvido. No nos dará tregua en ninguna parte del mundo.

—Hazme caso. Nos devolverán a Angelika porque no querrán enfrentar la campaña que despertaría nuestro caso. Imagínate, un Estado europeo que secuestra a una niña. Créeme.

—¿Por qué has hecho esto sin consultarme?

—Valentina, esta sola conversación constituye un gravísimo delito en la RDA. El solo hecho de imaginar la traición se paga con cárcel. Lo sabes. Lo siento, amor mío, pero no hay vuelta atrás.

¿Qué otra cosa podía hacer? ¿Perderlo para siempre, perder a la hija por un tiempo? Nunca habíamos hablado sobre la posibilidad de traicionar, pero de golpe estábamos optando por esa alternativa en territorio enemigo, entregados al enemigo.

—Podríamos seguir como si nada, mi amor —propuse yo, angustiada por la posibilidad de no ver más a Angelika—. Tú cruzas ahora la frontera y yo abordo mañana el tren a Helmstedt, como estaba planeado, y nadie se enterará de nada. Todo seguirá igual y en unos días volveremos a estar reunidos los tres en nuestro acogedor departamento de la Storkowerstrasse.

—¿Crees que podrás negar este encuentro? —me preguntó él, sudando frío—. ¿Piensas que te creerán que no nos vimos aquí, violando las normas conspirativas más elementales?

—No debiste haberlo hecho.

—No me reproches por intentar que los tres seamos al fin libres.

—No te reprocho nada, Thomas, pero dime, por favor, ¿cuándo cambiaste tanto?

La estridencia de la campanilla del teléfono nos enmudeció de pavor.

—Llegaron —susurró Thomas cogiendo mis manos entre las suyas—. Vamos, escapemos, que subirán a buscarnos si es que ya no están esperándonos en el pasillo.

LA REINA

23

Mi esposo nunca imaginó que el general Mielke pudiera llegar al extremo de secuestrar a Angelika. En cambio, yo temí desde un inicio alguna represalia de su parte, y la que escogió fue de crueldad extrema. Es más, me recordó otras medidas adoptadas contra familiares de desertores. Thomas se equivocó al suponer que ciertos oficiales llamarían a la cordura: una cosa era castigar a los traidores y otra hacerlo a través de una niña.

La despiadada reacción de la Stasi nos empujó a pedir ayuda al Gobierno de Bonn, y alguien de la Cancillería Federal se comunicó con la representación diplomática de Berlín Oriental en Bonn pidiendo clemencia. Días más tarde, un funcionario gubernamental federal nos recibió en el barrio de Tulpenfeld.

—Haremos todos los esfuerzos para que Angelika vuelva a ustedes y viva en nuestro país —aseguró al término de la reunión—. Pero también debo ser franco, el caso es muy complejo porque ustedes son un *pain in the ass* para el régimen.

Salimos del encuentro animados por una tenue luz de esperanza. Enfilamos por la calle Theodor Heuss y entramos a almorzar al Am Tulpenfeld, un restaurante frecuentado por periodistas y políticos.

—No podemos seguir así —le dije a Thomas mientras bebíamos una copa de vino blanco—. El secuestro de Angelika nos matará.

Él ya no era el mismo. Lucía extenuado y ojeroso y en poco tiempo la ansiedad y los desvelos lo llevaron a hablar de forma inconexa, mientras las arrugas cavaban profundo en su rostro. A menudo sufría ataques de pánico, escuchaba voces, se sentía espiado. Recurrió a los sedantes. La psicóloga que nos asistía no disimulaba su preocupación.

Teníamos presente el escalofriante caso del escritor búlgaro Georgi Márkov, que en 1969 desertó para radicarse en Londres. El 7 de septiembre de 1978, mientras esperaba el bus en el puente de Waterloo, sintió un ligero pinchazo en la parte posterior del muslo derecho, y al volverse vio a un hombre de sombrero y abrigo negro que se alejaba presuroso con un paraguas cerrado en la mano. Lo perdió de vista cuando subió a un taxi. Márkov no le concedió mayor importancia al asunto.

Cuatro días después falleció.

Lo habían envenenado inoculándole ricino con una aguja instalada en la punta del paraguas. Si bien se supo que el asesinato lo encargó el régimen comunista búlgaro de Zhivkov, aún se ignora qué servicio secreto lo llevó a cabo.

Thomas era resiliente para soportar el dolor y los contratiempos, pero no estaba preparado para resistir el sufrimiento de nuestra Angelika por causa nuestra, lo que terminó por devastarlo. Pasaba a veces noches enteras asomado a la ventana del departamento mirando hacia la Koblenzer Strasse, a la espera de que alguien bajara de un vehículo con Angelika en los brazos. Yo no tardé mucho en hundirme en la desesperanza, y con el correr de las semanas la situación empeoró, pues nos fuimos convenciendo de que la suerte estaba echada y que la Normannenstrasse jamás nos perdonaría.

—Un comunista no perdona a quien abandona la secta —me dijo Thomas una madrugada entre sollozos, acodado en la ventana abierta, por donde se filtraba una brisa gélida.

—Te lo advertí en el Kempinski —le recordé.

—No, por favor, amor mío, no me reproches ahora lo que hice, ya no doy más —me respondió antes de desplomarse en la cama.

—Perdóname, perdóname, es que estoy deshecha —expliqué sin convicción—. ¿Sabes? —agregué al rato—, pienso que tal vez si el canciller Kohl hablara con Honecker… mal que mal la RDA necesita créditos blandos para sobrevivir.

24

Al otro lado del Muro nos convertimos de manera automática en ciudadanos de Alemania Federal y nos incorporaron al programa de protección para exagentes germano-orientales. Cambiamos de piel, pero bajo la superficie el sufrimiento causado por la pérdida de nuestra hija seguía desgarrándonos. ¿Cómo fue posible que yo aceptara dar aquel paso en falso si en la RDA ya nos habíamos resignado al dolor de sabernos prisioneros perpetuos, y aun así lográbamos ser, a trechos, felices?

Un abogado de Bonn solicitó a la RDA que permitiera la salida de Angelika para reunirse con nosotros. Pasaron meses sin recibir respuesta. Insistió. Dos semanas más tarde, un diplomático de la representación oriental ante Bonn informó que Angelika había sido incluida en un programa para menores abandonados, y que por lo mismo los padres habíamos perdido la patria potestad.

—Abandonar a un menor a su suerte y traicionar al Estado socialista figura entre los peores delitos que puedan concebirse en nuestra república —sentenció el diplomático sin dar muestras de compasión—. Si desean apelar, deben hacerlo ante el tribunal de menores de Berlín, capital de la RDA, para lo cual deben presentarse allá personalmente.

Así sepultó el régimen de Honecker nuestra última esperanza. Thomas cayó en el alcoholismo y yo en una depresión profunda. Solo a través de una persona de confianza en Berlín Oriental, a la que pudimos ubicar, contactamos a mis padres para averiguar sobre nuestra hija. El resultado fue desolador. No sabían nada. Nos describieron detalladamente, sin embargo, el rapto de Angelika, lo que nos sumió en un amargo sentimiento de culpa e impotencia.

La misma noche en que la Stasi confirmó nuestra deserción, envió agentes al edificio de la Leninallee donde vivían mis padres. Su tarea: secuestrar a Angelika.

—Ella pasará ahora a un hogar de menores —les anunció un agente mientras otro arrancaba de su cama a mi niña, que comenzó a llorar a gritos.

Días después nos enteramos de que mi padre había sucumbido de un infarto cardiovascular al miocardio. Perdimos el contacto con mi madre, pues su teléfono dejó de funcionar, y ni los excolegas más cercanos atendían nuestras llamadas. Con mis suegros no podíamos contar: habían muerto años atrás en un accidente carretero.

—En cualquier momento el HVA puede venir por ustedes —nos advirtió un periodista de Bonn—. Deben extremar las precauciones.

—Yo iré antes por ellos —respondió Thomas, enfurecido, tembloroso—. Sé por dónde transitan cuando vienen a Occidente. Les haré la vida imposible.

Me opuse, pero mi marido, ofuscado, me ignoró. No podía resignarse a la atroz perspectiva de que no le permitieran ingresar a la RDA bajo ningún concepto, menos a exigir la liberación de Angelika. La Cortina de Hierro era en verdad infranqueable. Y si lograba cruzarla de manera clandestina y lo sorprendían, sería ejecutado como traidor.

Comencé a trabajar en Bonn como redactora *freelance* de una revista ecuménica, pues la ayuda social apenas nos permitía cubrir los gastos básicos, y Thomas se marchó a Berlín Occidental ilusionado con un trabajo de analista político, pero desoyendo la advertencia de la contrainteligencia federal: los agentes de la Stasi transitan por Berlín Occidental a sus anchas.

—En tu caso, lo mejor es que te mantengas lejos de la ciudad dividida —le repitieron funcionarios occidentales.

—Al menos allá estaré cerca de Angelika —me explicó Thomas la mañana en que se marchó. Iba pálido y ojeroso, con los párpados hinchados y un desagradable tufillo a aguardiente, pero partió esperanzado—. En cuanto encuentre una vivienda y trabajo para ti, te avisaré. Verás, nos hará bien estar cerca de ella.

Sus palabras me resonaron tan endebles y hueras como las de Patricio antes de dejar Leipzig con rumbo a Bonn. No había vuelto a verlo, pero hubiese querido encontrarlo entonces y decirle que también para mí el mundo estaba abierto de par en par y que era feliz, de veras feliz, junto a otro hombre. Cuando me desplazaba a Bonn por alguna misión secreta, acudía a sitios que supuse Dupré frecuentaría: una librería especializada en libros en español de la *Altstadt*[12], un pequeño restaurante chileno que vendía empanadas cerca de la estación, y el café próximo a la universidad en que estudió Karl Marx, pero nunca me crucé con el joven con el que viví en la Strasse des 18. Oktober.

Una fría mañana de los ochenta, cuando aún no aclaraba, me alcanzó como un proyectil la noticia que más temía. Estaba colando mi primer café del día cuando sonó el timbre del departamento. Abrí. Dos hombres espigados, de traje y corbata, se acreditaron como oficiales del Verfassungsschutz.[13]

Los hice pasar.

—Lo lamento, señora —me dijo uno de ellos sin preámbulos, negándose incluso a tomar asiento en el living—. Vengo a cumplir una tarea muy triste. Su esposo sufrió esta madruga-

---

12 Ciudad vieja (barrio donde nació una ciudad).

13 Protección de la Constitución (contrainteligencia germano-federal).

da un accidente en la estación Magdalenenstrasse del metro de Berlín.

—¿Cómo está? —pregunté sintiendo pálpitos siniestros en el pecho.

—Cayó a la vía, estimada señora, y lamentablemente fue arrollado por el tren. El señor Bode descansa ya en paz.

25

Honecker demostró siempre la habilidad de un maestro de esgrima para esquivar preguntas sobre el gran amor de su vida, o al menos su primer gran amor, la gendarme nazi Charlotte Schanuel.

Sí, ahora, treinta años después del arribo de Honecker a Santiago, donde gobierna una administración con objetivos transformadores que agita las aguas causando en unos esperanza y en la mayoría repudio, recuerdo que el dictador me hizo una revelación importante cuando, tras un paseo por las calles de La Reina, insistí con diplomacia en que me contara más sobre Charlotte y su siguiente esposa, la dirigente comunista Edith Baumann.

—La vida te encajona, y a mí siempre me arreó hacia desfiladeros —me explicó entre suspiros—. No son los laberintos lo que me amarga a estas alturas, sino los desfiladeros. ¿Me entiendes?

Claro que lo entendía y él no dejaba de tener razón con la metáfora, un recurso inusitado en una persona que no solía leer ficción ni poesía, sino solo aburridos mamotretos partidarios.

Ahí comprendí que para él la madurez comenzaba cuando uno se resigna a internarse por los desfiladeros que impone la vida, y que la esperanza consiste en tratar de alcanzar un día alguna llanura que fulgure promisoria en la distancia y uno pueda quizás escoger su propio camino.

Hoy conjeturo que aquello no era sino un bien hilvanado pretexto para eludir la responsabilidad que le cabía en las decisiones que adoptó como gobernante. El desfiladero del cual se quejaba con amargura debe haber comenzado en 1961, cuando se le instruyó preparar la construcción del Muro de forma tan discreta y eficiente que ni la CIA se enterara de ello. Y lo logró. El 13 de agosto de ese año, Occidente asistió atónito y humillado al espectáculo que brindaron en Berlín miles de soldados y albañiles que, respaldados por tanques, dividieron la ciudad con alambres de púa y bloques de cemento.

Aquel día del verano boreal, Honecker ascendió al deplorable e indeleble cargo de supremo carcelero de sus compatriotas. Walter Ulbricht, entonces el dictador de la RDA, el estalinista con la barbita de chivo y los espejuelos sin armadura, fue quien le encargó la tarea que lo catapultaría a la cúspide del poder. Sí, el sajón de Ulbricht, un hombre simple e inculto, un burócrata sin chispa, a quien se daría el gusto de destituir once años más tarde.

—¿Cuál fue entonces el peor desfiladero al que lo empujaron las circunstancias? —le pregunté a Honecker otro día recurriendo a su propia metáfora.

Con lentitud se puso de pie para ganar tiempo y articular algo convincente, y me invitó a la terraza, donde el sol encandilaba.

—El nazismo —dijo tras sentarse en la mecedora.

—¿En qué sentido?

—Me radicalizó como comunista. No es lo mismo ser comunista aquí, en una democracia burguesa, por ejemplo, que bajo un régimen totalitario. La primera ablanda y modera, el segundo templa y radicaliza.

—¿El nazismo entonces encajonó su existencia?

—Digamos que no me dejó alternativas. Ser un comunista en la democracia burguesa es como ser un cazador de mariposas en la campiña. Caminas llevando alerta e ilusionado la red en las manos, pero en el fondo despreocupado porque nada grave puede ocurrirte. ¿Entiendes? En cambio, en el nacional-socialismo un comunista es un cervatillo que vive asediado y temblando de miedo.

—Pero por un tiempo Stalin e Hitler fueron aliados.

—Nos traicionó Adolf.

—¿Y la construcción del Muro? —le pregunté sintiendo que le propinaba una puñalada a mansalva.

—Es lo que digo: no había otra alternativa. Tuve que hacerlo. Sin muro, la gente escapaba en masa a Occidente, lo que causaría la muerte de la RDA y del socialismo en toda Europa.

—Usted entonces decidió levantarlo para salvar el socialismo mundial.

—No fui yo, Patricio. Yo no dirigía la RDA. Las circunstancias históricas obligaron al partido a entrar en ese desfiladero para salvar a la comunidad socialista y la paz en Europa. Ulbricht me ordenó internarme por el que se convirtió con el tiempo en mi propio desfiladero. Propio e interminable. ¿Se da cuenta? —preguntó alterado con mi pregunta—. No tuve opción.

Me decepcionó oír aquello. El mismo hombre que desde el poder justificaba cada paso adoptado por el infalible PSUA y sermoneaba sobre la marcha ascendente de la historia, la justeza del marxismo-leninismo y el rol de vanguardia mundial de la Unión Soviética, tenía en el exilio la impudicia de presentar las trascendentales decisiones que había adoptado como imposiciones de las circunstancias, convirtiendo así a la historia en la responsable y culpable de todo lo acaecido. Sentí que, de pronto, en el exclusivo condominio de La Reina, Honecker se transmutaba en Poncio Pilatos.

Más allá de lamentar la pérdida de Charlotte Schanuel y de recordar con melancólica gratitud a Edith Baumann, no logré detectar ningún viso de arrepentimiento en él por su conducta en la cárcel nazi o durante los dieciocho años en los que detentó el poder en la RDA. Nada en esos años le causaba remordimiento; por el contrario, los reproches le resbalaban por lo que me pareció una piel tan gruesa como la del cachalote.

—La vida es lo que es y no otra cosa —repetía cada vez que se sentía asediado por mis preguntas—, y por eso no me arrepiento de nada de lo que hice —añadió parafraseando a Edith Piaf en «Non, je ne regrette rien», palabras que resuenan cautivadoras en la canción, pero causan escalofríos cuando las profiere un viejo tirano defenestrado.

26

Las vueltas de la vida...

Los Honecker encallaron en Chile como náufragos de una tempestad popular, y yo andaba en Santiago buscándolos. No era, desde luego, mi primera visita al país. La anterior había sido después del asesinato de Thomas, cuando el Verfassungschutz germano-federal temía que la Stasi me eliminara y me recomendó salir por un tiempo de Alemania. Me sugirieron Chile, donde tenían gente de confianza, cosa que me alegró, pues era el país de Patricio, del cual tanto me contó.

Corrían los años ochenta, gobernaba el general Pinochet, y por eso Chile constituía un refugio relativamente seguro, aunque en el pasado yo había ingresado a él sin complicaciones a realizar operaciones conspirativas como agente del HVA.

—No se preocupen, conozco ese país —les dije confiada, indiferente a mi propia vulnerabilidad, pero perturbada por la franqueza con que el servicio de contraespionaje federal describía mi delicada situación personal—. ¿Entonces lo mejor es que viaje?

—Lo mejor es el sur de Chile —precisó el oficial ante el mapa desplegado sobre la mesa—. Debes radicarte en Frutillar, una ciudad pequeña a orillas del Llanquihue, donde hallarás comida alemana, ríos, bosques y volcanes. No olvides llevar libros, porque no hay librerías. En todo caso, te vendrá bien desconectarte del mundo, y te advertirán si la Stasi husmea cerca.

Sentí que aquellos oficiales pecaban de ingenuidad, como casi todos los servicios secretos occidentales. Lo cierto es que si una misión europea presentaba complicaciones para la Stasi, se le encargaba a los soviéticos o búlgaros; o bien a los cubanos si la tarea debía cumplirse en América Latina, o a libios, palestinos o angolanos si se trataba de África y, bueno, si el ajuste de cuentas era en el Asia, pasaba a las implacables y ágiles manos norcoreanas.

—No queremos obligarte a nada —me dijo la psicóloga que me atendía—. Solo deseamos que puedas encontrar a tu hija, pero la prioridad es que la Stasi no dé contigo.

Me fui a Chile, y mientras volaba al extremo sur del mundo recordé los viajes en compañía de Andreas, el apuesto coronel que fue mi jefe y fugaz amante, y que intentó suicidarse tras la caída del Muro. No pudo resistir que su mujer lo abandonara ni los actos de repudio de los vecinos del edificio en que vivía, sí, de los mismos vecinos que antes, en la era de Honecker, lo respetaban y temían.

En el aeropuerto de Santiago, dos agentes del BND se encargaron de trasladarme en coche hasta Frutillar, donde me habían reservado una cabaña en una colina con soberbia vista sobre el lago Llanquihue y los volcanes nevados. Me facilitaron un Lada, pasaporte y licencia diplomática de conducir con nombre falso y un teléfono de contacto. Luego se marcharon. Al contemplar cómo el cielo estrellado se encendía sobre el lago, me dije que estaba en el paraíso, pero también que desde ese paraíso no podría seguir buscando a los míos.

Volví a Alemania cuando me avisaron que ya no había moros en la costa, y en el buzón de mi departamento solo encontré cuentas y promociones comerciales y ningún mensaje que valiera la pena. Pero adentro, en la mesa del comedor, me esperaba un cerro de correspondencia que había ido acumulando el agente del BND encargado de mi vivienda. Nada entonces me permitió imaginar que un día volvería a Chile buscando a los Honecker.

Y de pronto, a comienzos de 1993, coincidíamos ellos y yo bajo la sucia cúpula santiaguina. Denostados, decrépitos, solitarios y absueltos de toda causa por conmiseración que no por justicia, y sin poder regresar a la Alemania reunificada que desdeñaban y a la vez añoraban, sufriendo el mismo escarnio que desde el poder habían impuesto contra los disidentes, tránsfugas y traidores, los Honecker residían en Santiago.

Supuse que en esas circunstancias el anciano podría entender mi quebranto de viuda despojada de su hija. A lo mejor el exilio que ahora sufría le permitiría comprender en alguna medida mi propio sufrimiento. Quizás la traumática pérdida del poder lo dispondría al menos a proporcionarme alguna información sobre los míos. Algo debía saber sobre Thomas y Angelika el techador del Sarre que presidió el gobierno, el Estado, el partido, el consejo de ministros, las fuerzas armadas, la seguridad y la justicia, e incluso la Stasi, en su calidad de sumo pontífice del pueblo enclaustrado.

Y mientras Patricio intentaba conseguirme la entrevista, traté de familiarizarme con las rutinas de Honecker, que se paseaba por el barrio al igual que antes por la ciudadela de Wandlitz o los bosques de sus cotos de caza. Aquello me brindaba la oportunidad de estudiarlo, de detectar su vulnerabilidad en la vía pública e incluso de abordarlo sin despertar suspicacias. Necesitaba ganarme a la pareja, conversarles, despertar en ellos simpatía y, en un momento determinado, sentir que estaba plenamente dispuesta a ejecutar la acción.

«To do the deed», decía Shakespeare en *Macbeth*. Fácil resultaba imaginarlo, planearlo, decirlo, pero difícil hacerlo. Lo crucial era disimular los genuinos sentimientos que me despertaba la pareja y no perder los estribos. El matrimonio representaba la última alternativa para conseguir las pistas que podrían conducirme hacia Angelika y los asesinos de Thomas. Tal vez la verdad de la prolongada tragedia alemana se ocultaba en un apacible barrio de la capital chilena.

¿Qué les diría si me topaba a boca de jarro con ellos? ¿Qué se le dice al hombre y a la mujer que de forma vicaria ordenaron el secuestro de tu hija y el asesinato de tu esposo? Hervía mi sangre cada vez que escuchaba en la radio que se paseaban por Santiago con aspecto de venerables ancianos, inocentes y despreocupados, de gente que nada teme pues piensa, confiada, que se libraron para siempre de los tribunales de justicia. Pero al mismo tiempo recordé algo doloroso y de lo que me arrepiento: yo tampoco sentí escrúpulo alguno cuando entregaba a mis presas —mujeres solas y deprimidas— a los voraces Romeos del HVA, que las seducían para reclutarlas. En mi conciencia seguía pesando la tenebrosa institución a la que serví con lealtad.

En todo caso, era imposible que Honecker me identificara. Lo había visto un par de veces, de lejos, en las ceremonias de gala en las que él, secundado por Mielke, condecoraba a altos oficiales en el salón de actos de la Normannenstrasse. Me acordaba por supuesto de Honecker, pero era imposible que él se acordara de mí, entonces apenas un rostro juvenil eclipsado por el brillo de las doradas charreteras de generales y coroneles.

27

Al timón de un pequeño Renault que arrendé mientras esperaba la entrevista, me dediqué a espiar a los Honecker. Salen
a caminar por el barrio de forma irregular. A veces por la
mañana, otras por la tarde, a veces juntos, a veces separados,
pero siempre seguidos a cierta distancia por un escolta, que
ignoro si es carabinero o bien un camarada del partido, pues
no parece portar arma.

Un día, de lejos, vi a Patricio acompañando a Honecker, y
los seguí con el coche. El alemán iba con la cabeza gacha y los
hombros encogidos, caminando lento. Lucía enclenque y ya
no era ni la sombra del jerarca que en Berlín se desplazaba en
una caravana de bruñidas limusinas de un mitin a otro, donde
brigadas del PSUA y la FDJ lo recibían coreando su nombre y
agitando banderitas nacionales. «Genosse Honecker: ¡Drei
mal hoch! Hoch, hoch, hoch!».[14]

Ahí va el hombre que abomino, me digo contemplando con
inquina su pequeña cabeza tocada con un patético sombrero
veraniego de ala corta, la curvatura de su espalda, sus escuáli-
das piernas que nadan dentro del pantalón marengo y sostie-
nen unas gruesas sandalias de cuero.

---

[14] «Camarada Honecker: ¡hurra, hurra, hurra!».

Los adelanto por otra calle y los espero en una esquina, detrás de un árbol. Quiero verlo de frente. Compruebo que en su pálido rostro de nariz perfilada se transparenta ya la calavera que puja por llevárselo. Espero que nunca olvide lo que la Stasi hacía con los hijos de disidentes y desertores, me digo mientras trato de convencerme de que tanto él como su mujer estaban al tanto incluso de los más abyectos y tenebrosos asuntos represivos del Estado.

Puedo imaginármelos en la residencia de Wandlitz. Aún detentan el poder sobre los diecisiete millones de alemanes que tuvieron la desgracia de vivir en su reino amurallado. Sí, aún puedo ver a la pareja a la hora del crepúsculo sentada en el comedor. Margot lleva zapatos bajos y chaqueta informal, sin maquillaje. Él, chaleco *beige* y pantuflas, libre ya de la corbata. Una mujer de delantal les sirve té descafeinado y galletitas de agua.

—Kohl me pidió hoy que le entregue la hija al matrimonio que se refugió en Bonn —anuncia Honecker.

—¿Te llamó? —pregunta Margot.

—Su asesor contactó a mi jefe de gabinete. Pide un gesto humanitario.

—¿Se trata de la pobre niñita abandonada?

—Así es.

—No me digas que ahora la quieren de vuelta.

—Tal como dices.

—Pues que vengan a buscarla —concluye Margot y, mirando a la mujer que los atiende, le reclama—. Hannelore, el té sabe tan insípido como el de ayer. ¿No te pedí que encargaras el Twinings inglés? ¿Es tan difícil cumplir lo que te ordeno?

—Disculpe, señora, lo encargué en cuanto usted lo pidió, pero aún no lo envían de la tienda.

—Adviérteles que si no lo hacen, mañana a primera hora nos veremos las caras allá. ¡Cuánta burocracia, Dios mío! Erich, aún no me has contado qué harás con la niña.

—Por el momento no responderé.

—Correcto. Abandonaron a la hija y traicionaron a la RDA, ¿y ahora quieren que nosotros les resolvamos el problema? Eso es un escándalo. Son todos de la misma calaña. Tarde se acuerdan de sus víctimas. No hagas ni tal de ceder.

—Pero guardar silencio durante mucho tiempo tampoco es conveniente, Margot.

—Ignóralos. Muchos deben estar siguiendo con atención lo que haces.

—Me temo que la prensa occidental va a orquestar una campaña en torno a la niña, igual piensa Mielke, y nos saldrá caro. Le diré a Vogel que dilate el asunto, pero sin exagerar.

Los imagino hablando así en Wandlitz, a la hora del *Abendbrot*[15], aunque sé que en estos instantes están en el condominio de Santiago, apuntalados como espantapájaros por camaradas chilenos que solidarizan con ellos.

Cuando Honecker y Patricio vuelven al condominio, espero un tiempo prudencial en las inmediaciones antes de bajar del Renault y pasar lento frente a la reja de la entrada. Llevo anteojos de sol y sombrero, de modo que no puedan identificarme. La casa es la G y se halla en el interior del complejo, lo que restringe mis posibilidades de actuar. ¡Cuánta admiración causan en este país los tiranos! Unos aplauden al general, otros al secretario general. ¿A qué se deberá? Nadie más fiel a un tirano que aquel que le debe favores. Al final, siempre le adeuda infinitamente más de lo que recibió. Los tiranos son usureros y sus préstamos devienen abultadas deudas eternas. Bueno eso lo descubrió Fausto.

Eso explica, tal vez, por qué tantos chilenos siguieran incondicionalmente a Honecker e ignoraran las viejas demandas de libertad de los alemanes orientales. Los hipócritas llegan a afirmar que en la RDA nunca vieron nada que les sugiriera que

---

15 Cena cotidiana.

vivían en una dictadura. Nunca presencié una detención arbitraria ni supe de secuestros ni de ejecuciones extrajudiciales, dicen. Es probable que la gratitud haya borrado de su memoria el Muro, la franja de la muerte, la represión y su propia dignidad, y por eso, sin cargo de conciencia, siguen aplaudiendo y celebrando al depuesto cancerbero, ignominia vergonzosa en la que yo misma participé como agente del HVA.

28

Sí, en algún momento, mucho después de la desaparición de los países socialistas europeos, y de que Francis Fukuyama hubiese trompeteado el triunfo definitivo de la democracia liberal y el capitalismo, comencé a visitar, como ya lo expuse, la tumba de los políticos que marcaron mi destino y me prepararon para entrar en un mundo que ya no existe. Reitero: me propuse visitar mi pasado con el propósito de otorgar algún orden y sentido a mi existencia bajo las nuevas realidades.

Con esas visitas intenté trazar el eje que cruza mi adolescencia y juventud: comenzó con Allende, siguió con Pinochet, continuó hace seis años con Castro, encapsulado hoy como un puñado de cenizas en un camposanto del oriente cubano; y fracasé en mi intento por cerrarlo con Honecker, de quien hasta hoy se ignora el paradero del ánfora con sus cenizas.

Da lo mismo. Todos comparten al menos dos características. Por un lado, modelaron decisivamente mi vida en algún momento y, por el otro, están muertos. Solo yo, sujeto y víctima de sus proyectos, sobrevivo, con lo cual late aún mi obligado relato sobre ellos, aunque sin poder librarme de manera íntegra de su sombra e influjo. Se volvieron carne de mi carne, memoria de mi memoria y, aun cuando suene impostado, alma de mi alma. Pese a sus muertes, echaron raíces dentro de mí como en el huerto de millones de jóvenes de mi generación.

No obstante, debo admitir que, si no fuera por ellos, dictadores, hombres fuertes y caudillos, no sería quien soy o, mejor dicho, soy quien soy por la acción de ellos y por mi omisión. Uno me hizo comunista; el otro, rechazar las dictaduras de derecha; el tercero, decepcionarme del comunismo, y el cuarto, Honecker, me permitió experimentar en carne propia lo que era vivir en un país amurallado, triste y hermético como una cárcel de alta seguridad, donde me enamoré de una muchacha a quien abandoné y no volví a ver sino años más tarde, cuando llegó a Santiago y constatamos que la vida nos había empujado por derroteros irremediablemente distintos.

¿Qué puedo decirle hoy a lo que resta de Honecker, cuando ni siquiera sé dónde se hallan sus cenizas? Me dicen que su nieto, un artista chileno-alemán, se desplaza por el mundo con las ánforas de sus abuelos, sin hallar sitio seguro donde depositarlas. ¿Cómo responsabilizar al dictador de los crímenes que perpetró o toleró y conseguir que me devuelvan, al menos, parte de mi idealismo juvenil que su sistema asfixió, y cuya sombra sigue recordándome, más que el par de injusticias que sufrí, las innumerables que presencié en ese Estado que terminó por desplomarse dejando sembrados centenares de cadáveres en la larga sombra del Muro?

No quiero que se me malinterprete cuando confieso lo mucho que me he paseado por el barrio donde Erich y Margot esperaron la muerte rumiando los recuerdos de sus años en el poder. Lo hago por hallar respuestas, no para cultivar el rol de víctima cuando fui exiliado. Me ofrecieron una pensión de gracia por haberlo sido, pero la rechacé. No quiero dádivas. La vida es lo que es y no otra cosa, como decía el dictador defenestrado. La verdad es que puedo considerarme satisfecho de lo que me tocó vivir y de sus felices consecuencias, entre ellas, la de haber hallado a Flora y, por lo tanto, de tener a nuestros hijos, que no volverán a esta tierra desbocada y ebria de pasiones que nutre mi identidad y de la cual no pienso volver a alejarme.

No cambiaría mi existencia por ninguna otra, la asumo en su integridad con mis errores y aciertos, mis éxitos y fracasos, con sus amarguras y euforias, con sus días de luz y de sombra, ya que todo ello me constituye y define. No, no zarparé de esta tierra, sacudida una vez más por convulsiones sociales. No me iré como los familiares y amigos de Sergio, protagonista de *Memorias del subdesarrollo*, sino que permaneceré atado a ella, como él a su *penthouse*, a las vicisitudes que jalonan nuestro veleidoso destino colectivo. No, no quiero contemplar, horrorizado e impotente, desde un exilio remoto, como tanto cubano, venezolano o nicaragüense, la suerte que corra mi país.

—No nos iremos —reitera Flora mientras cerramos el día con un carmenere bajo las estrellas—. Quiero olvidarme de las escenas europeas y pintar esto que hemos vivido en los últimos años.

Desea pintar una vibrante calle comercial del Valparaíso anterior al estallido social, donde las tiendas quebraron, emigraron o funcionan blindadas detrás de planchas de acero, dejando entrar de uno en uno a los clientes por miedo al vandalismo, los asaltos y el pillaje. Sí, somos un país de ladrones. Tenemos una proporción desmesurada de ellos. De los usuales y de los de cuello y corbata, y ninguno paga con la cárcel. ¿Será culpa de leyes demasiado laxas, de jueces y fiscales amedrentados por la delincuencia, de anónimos actuarios que esconden carpetas?

—No te preocupes, no saldremos a mar abierto —digo yo porque también quiero dejar testimonio de lo que vivimos.

Recuerdo a una pareja de alemanes, ya mayores, que conocí en la RDA en la década del setenta. Una tarde, mientras bebíamos en su casa un café con *kuchen*, me contaron que en 1960 descartaron para siempre huir a Occidente porque extrañarían a sus familiares y amigos y porque creyeron imposible que alguien pudiera dividir lo que restaba de la otrora gran Alemania alzando una valla insalvable. Se quedaron y se equivocaron, pero nunca sufrieron la nostalgia de quien no puede volver a su patria. Murieron sin poder cruzar jamás el Muro.

—Pienso como ellos —me dice Flora—. Además, a esta edad, ya no tengo la energía ni la voluntad para comenzar una nueva existencia en otra parte.

—¿Quieres que este refugio sea la antesala de nuestra partida definitiva? —le pregunto en el espeso silencio de la noche sin pretender sonar trágico.

—¿Adónde ir? ¿A otro país latinoamericano? Imposible, todo es aquí un desastre. ¿A Estados Unidos? ¿A hacer qué? ¿A Europa? No creo que se haya curado para siempre de su autodestrucción. ¿Al Asia? Ya no la entendemos. ¿África? ¿Oceanía? En un momento hay que asumir que deseamos acatar bajo estas estrellas la voluntad de las parcas.

—¿Quemamos entonces aquí nuestras naves?

—Lo que quiero es disfrutar el tiempo que nos resta, y que no lo malgastes discutiendo con otros sobre cómo ha de ser el mundo que no alcanzarás a habitar. Eres ya viejo, vamos, entiéndeme bien. Estás joven para morir, pero demasiado viejo para desperdiciar tus descuentos tratando de arreglar lo que no tiene arreglo, al menos en nuestra ventanilla de tiempo. Olvídate del país, Patricio, no vale la pena. Si ya ni nuestros hijos volverán acá. ¿Crees que dejarán Nueva York para instalarse en lo que quedó del Chile que una vez conocimos?

Ignoro si nuestros hijos volverán algún día a asentarse en esta tierra, pero lo que sí sé es que no realizaré esfuerzo alguno para convencerlos de que lo hagan. Nuestro veleidoso país no es un paisaje ni una memoria ni una estructura social, sino un estado de ánimo inestable y cambiante, y sus habitantes son cometas, cometas como el Halley, que aparecen un día saludando efusivos y chispeantes, y desaparecen de pronto envueltos en un silencio enigmático, dejando atrás una estela aciaga para volver a aparecer tiempo después, efusivos y afectuosos como antes y sin dar explicación alguna por su silencio y ausencia. No me asombra que carezcamos de conciencia histórica. Somos un convoy de rencores y silencios sucesivos, de promesas sin rubor incumplidas, seres carentes de una memoria que los hilvane.

—Tú se lo dijiste a nuestros amigos —comenta Flora, pero el arco que traza una estrella fugaz en la noche la azora y deja momentáneamente sin palabras—. Les dijiste —continúa— que, aunque no eres tan viejo, conociste países que ya no existen, la RDA, Checoslovaquia, Yugoslavia, la Unión Soviética, y que esas desapariciones te enseñaron la fugacidad de lo supuestamente permanente y que los países son como las personas: nacen, crecen, envejecen y mueren.

—Es cierto —admito pensativo—. Me asustan esos jóvenes que dan por sentada la supervivencia de todo cuanto existe como si el presente fuera eterno e imbatible.

—Entonces no sigas preocupándote por un país que ya no existe, como la RDA, y otro que ya no es lo que fue, como este. Imagínate —reclama Flora—, tú preocupado por un Estado que se extinguió hace más de treinta años y por otro que no sabemos hacia dónde va.

¿Hay un culpable de todo esto?, me pregunto, y al hacerlo me doy cuenta de que tal vez estoy como Honecker, responsabilizando de todos los males a los supuestos desfiladeros que nos imponen las circunstancias históricas.

29

—¿Tiene conciencia de la finitud de la vida? —le pregunté una mañana a don Erich.

—¿A qué se refiere? —respondió extrañado.

Esperábamos a doña Margot en la terraza para ir a una tienda especializada en víveres importados de Alemania. Mi pregunta había sido vaga exprofeso. No quise contarle que la noche anterior había leído en un viejo *Der Spiegel* sobre el atentado que sufrió cerca de Wandlitz que la Stasi mantuvo siempre en secreto.

—Me refiero a que a cierta edad uno empieza a pensar en su propia precariedad y fugacidad —expliqué con un indisimulado tufillo intelectual.

—Lo he pensado, pero no me quita el sueño. ¿Sabe por qué? Porque un comunista poco piensa en sí mismo. Todo cuanto hice fue dedicarme al partido y a su lucha contra el nazismo y luego, tras la fundación de la RDA, a construir el socialismo.

—Pero mientras Stalin se entendió con Hitler, los comunistas alemanes no lo objetaron —aproveché para volver a provocarlo.

—Errores del camarada Stalin. Todo eso quedó aclarado y zanjado en la era Kruschev.

—Comprendo —dije sin entender cómo los crímenes de Stalin podían quedar zanjados—, pero ahora que desapareció la RDA, ¿no piensa a veces que la vida lo ha castigado duro?

Honecker posó las manos sobre sus piernas y volteó la mirada hacia la buganvilia encaramada en la verja. Buscaba las palabras que le permitieran salir airoso de la pregunta. Por lo general, se defendía citando documentos de su partido o del soviético y evitando referirse a sus cuitas del alma. No creo que no las tuviera, sino que las ocultaba.

—La vida carece de sentido, Patricio, es uno quien se lo da.

—Me pregunto si tras todo lo sufrido no cree que la vida es cruel e injusta.

—Lo pienso desde que, siendo niño, comprendí que éramos pobres y que nunca dejaríamos de serlo, que la vida era demasiado breve como para escapar de la pobreza. Por eso me hice comunista. Quería unirme a quienes luchaban por un mundo como el que construimos en la RDA.

—Estoy preguntando por sus sentimientos, don Erich, no por los congresos del partido ni los planes quinquenales. ¿Qué siente usted a sus años, enfermo y en el exilio, después de, disculpe que se lo diga así, una derrota tan amarga?

Me di cuenta de que me estaba excediendo cuando vi que le temblaba la barbilla. Se sobó las manos, unas manos rosadas y de uñas de cutículas recortadas, y al cabo de unos instantes, sin alzar la vista de las baldosas, contestó:

—Cuando falleció mi nieta supe que nada más de lo que yo hiciera volvería a tener sentido. Era el hombre más poderoso de la RDA y no pude salvar a la niña. Ni siquiera nuestra clínica, equipada con la tecnología occidental más avanzada, fue capaz de reanimarla. Estuve dispuesto a ofrendar mi vida para que volviera a vivir, pero ahí comprendí que no tenía un dios a quien acudir. En fin, entendí de golpe que la vida de esa niña era infinitamente más valiosa que la mía, que yo pertenecía al pasado y que con su muerte también moría el resto de futuro que me quedaba.

—Lo siento, don Erich.

—No te disculpes. —A veces me tuteaba—. Ella siempre está conmigo, pero su muerte fue también mi muerte. Nunca más nada fue igual. ¿A qué vienen esas preguntas, Patricio?

—A que nunca había tenido la oportunidad de hablar con alguien tan poderoso como usted.

—Fui poderoso, Patricio. Pero ejercer el poder es a menudo solo una posibilidad de ejercerlo, no el ejercicio mismo del poder. Nada pude hacer por salvar a mi nieta, pero si hubiese sido un ciudadano corriente, ella habría sobrevivido.

—Y que ya no exista el Estado al que se dedicó por entero, ¿qué sentimientos le produce? —le pregunté sin aflojar el acoso.

—¿Qué puedo decir? —Se encogió de hombros—. No estaré vivo para ver a los arrepentidos de vender la RDA, pero eso ya me da lo mismo. Soy un hombre con exceso de pasado, con un presente fugaz y carente de futuro. ¿Cuánto me puede interesar el futuro de quienes se dejaron obnubilar por los escaparates y la bisutería del capitalismo? El mundo es así y está repleto de traidores, oportunistas y malagradecidos, Patricio. Lo demás es ilusión.

—¿Ha temido alguna vez por su vida? —intenté volver al atentado que tuvo lugar en la poco frecuentada carretera que unía la ciudadela de Wandlitz con la sede del comité central del Partido Socialista Unificado de Alemania, en el centro de Berlín Oriental.

Mientras aguardo su respuesta, reconstruyo lo sucedido basándome en lo que leí y complementé con pinceladas de mi imaginación y los recuerdos personales de esa zona: una despejada mañana de octubre de los ochenta, la brisa otoñal alborotando las hojas que tapizan la campiña, la caravana de Volvos azules —Honecker viaja en su limusina Citroën *beige* de doble largo— se aproxima ahora al bosquecillo que amarillea.

Detrás de un ulmo centenario que se alza junto a la carretera, espera un hombre de chaqueta verde y sombrero de cazador. Lleva un rifle en la mano. Su objetivo: matar al tirano. Solo puede tratarse de un desequilibrado o de alguien que ignora que no tiene posibilidad alguna de éxito ni de salir con vida de aquello.

Alza el arma apuntando a la caravana. Sabe —ha espiado a menudo su trayecto— que su objetivo ocupa el asiento trasero derecho del Citroën que se distingue por su forma y color de los Volvos, y que la comitiva reducirá la velocidad al entrar al bosquecillo. Los coches se deslizan como una silenciosa serpiente sobre la cama de hojas secas que despliega el otoño.

El Citroën va hoy en la cuarta posición. Honecker lee un documento y sujeta un lápiz rojo entre los dedos. La temperatura en el coche es la que prefiere para trabajar en mangas de camisa durante su trayecto al despacho.

El hombre afina la puntería y contiene la respiración. Solo faltan segundos. Su índice derecho incrementa la presión sobre el gatillo.

Suenan dos disparos ahogados, y el hombre se desploma como un monigote de trapo junto al grueso tronco de ulmo. Todo acaeció en un parpadeo, y la paz matinal envuelve otra vez el paisaje. El escolta, que desde el asiento del copiloto va barriendo con la vista el trayecto de la caravana, le calzó los balazos en la frente. Ahora la caravana acelera. Solo un carro se detiene junto al cuerpo inerte.

Dicen que el secretario general se enteró en su oficina de lo que su jefe de escoltas calificó de incidente. Ningún medio de la RDA informó al respecto. Algunos diarios occidentales se hicieron eco de los rumores que circularon sin confirmación, pero solo tras la caída del Muro un portavoz del Ministerio del Interior reveló la verdad de lo ocurrido.

—¿Nunca ha estado en peligro su vida? —le pregunto a Honecker, sintiendo que lo tengo por primera vez acorralado.

—Erich, estoy lista —anuncia doña Margot desde la puerta—. ¿Vamos?

30

Llegué al mercado persa de Santa Anita, en el corazón mismo de la población José María Caro. En este barrio pasamos con el coronel a buscar el arma con que se desplazó al sur, a Osorno, en un viaje que quisiera olvidar. Es un mundo variopinto de pasillos y vericuetos abigarrados en los que huele a café, fritangas y marihuana, y se dan cita personajes rudos y non sanctos de La Victoria, Santa Adriana y el Barrio Chino de Lo Espejo. Allí puede adquirirse de todo, y lo que no existe, alguien lo fabrica o consigue. De alguna forma aparece lo que se busca, y quien no respeta en ese mundo la palabra empeñada, lo paga caro.

En todas las ciudades latinoamericanas que visité hay a lo menos un mercado persa como ese. Reinan allí la desconfianza y la discreción, y nadie pregunta por el origen de lo que se adquiere. El coronel me enseñó el persa de Santa Anita y el de Valparaíso, el de Lima y el de Medellín, y también ese avispero veleidoso que es Ciudad Stroessner, en Paraguay.

Ahora busco al colombiano que contacté a través de un amigo alemán. Me guarda lo que le encargué. Lo conocí en 1983. Es un tuerto alto, esmirriado y de gorra, serio, que me entregará una nueve milímetros en buen estado. Si fallo, no moriré en paz, pero el anciano morirá de su enfermedad, tranquilo y libre de juicios y condenas, pues Alemania ya no lo persigue.

Los abogados convencieron a la fiscalía de que pronto cruzará las puertas de la muerte.

Sospecho que el desenlace aquí y además en la impunidad no se debe al estado de salud de Honecker, sino a un arreglo bajo cuerda entre las potencias de la Guerra Fría para garantizar la paz a quienes facilitaron las cosas y evitaron al final derramamientos de sangre. La demencia senil o el cáncer es lo que suelen esgrimir los dictadores derrocados para obtener un trato benevolente. ¿Por qué ha de ser distinto ahora que Occidente desarticuló el comunismo sin necesidad de disparar un tiro, salvo los que los camaradas de Ceauşescu dirigieron contra él y su señora?

—¿Usted es Carmen? —pregunté a la mujer que atiende el quiosco Burras, especializado en venta de repuestos de autos de cualquier modelo y año.

Ella asiente, me escruta con sus aviesos ojos oscuros y me dice que en la fuente de soda me aguarda Timoteo tomando café.

El colombiano, que fue guerrillero, está acodado en la barra ante una taza y una caja de armónica, y mira a través de unos Ray-Ban el endemoniado ir y venir del mercado. Es él: canoso, enjuto, la cicatriz en forma de hoz separándole la mejilla izquierda en dos hemisferios.

—¿Qué es de su esposo? —me pregunta, supongo que refiriéndose al coronel.

—Ya jubilado, en Berlín, bien —repuse.

—Envíele mis saludos, por favor. Ahora, con respecto a lo nuestro, no hallé la CZ checoslovaca ni la Star española, pero sí una Hush Puppies —me explicó.

—¿La de los SEAL en Vietnam?

—La misma. Una joyita por lo silenciosa. ¿Trajo la pasta?

Extraje de mi bolsa de cuero el sobre con los dólares en billetes de a cien y se lo pasé. Timoteo empujó con disimulo la caja de la armónica sobre la superficie de la barra.

—¿Está en buen estado? —pregunté.

—Como nueva, con registro borrado y suficiente munición, regalo de la casa —respondió esgrimiendo una mueca risueña mientras se guardaba el sobre en la chaqueta—. Salúdeme a su esposo —repitió antes de salir a la calle y sumergirse entre el gentío.

31

—Nunca vayas a dedicarte a la política —me advirtió don Erich mientras dábamos una vuelta por la plaza de La Reina donde las niñeras de delantal paseaban a los bebés en coche.

—Y lo dice quien dedicó toda su vida a la política —apunto yo con algo de sorna.

—Por eso lo digo. La política es un desfiladero tapizado de cadáveres, y quien alcanza la salida lo hace con las manos ensangrentadas y lacerada la lengua de proferir tanta mentira.

Me sorprendieron sus palabras. Manaban de su paupérrimo estado anímico. Tomó asiento en un banco, extrajo del bolsillo de la guayabera un mendrugo, lo molió entre las manos y comenzó a arrojar migas al sendero a la espera de que llegaran los pájaros.

—La política, Patricio, es una buscona que concita las más bajas pasiones. En ella el amigo se vuelve enemigo y el enemigo, cómplice. La política es usar los hombros y la cabeza del adversario o el aliado como peldaños para ascender al zénit y apernarse en él durante el tiempo que se pueda. No hay amistad, sonrisa, palabra empeñada ni palmoteo de espaldas que sea genuino, quien jura lealtad oculta bajo la toga la daga con que apuñalará.

—¿Y cuándo se dio cuenta de eso?

—Cuando me traicionaron. Lo peor es el fuego amigo, los disparos por la espalda.

—Fue hace poco, entonces.

—Así es.

—Demasiado tiempo para darse cuenta del fango en que se revolcaba.

—Un político no lucha toda su vida para ocupar solo por unos años la máxima magistratura.

—Pero, don Erich…

—No me interrumpas. —Me di cuenta de que me tuteaba de nuevo—. Ya sé lo que vas a decir. Me vas a soltar la perorata sobre la alternancia de los partidos en la democracia burguesa, alternancia que de nada sirve si los que se turnan son siempre los mismos y representan los mismos intereses, solo que bajo otra etiqueta.

—Es que, don Erich, usted no…

—Déjame terminar, Patricio. La justificación para mantenerse en el poder de espaldas a las reglas que inventaron dos milenios atrás unos esclavistas en Atenas nace de un deber: proteger al pueblo explotado y conducirlo al socialismo. Todo lo demás es nube, espuma, quimera.

Alzó la vista hacia la copa de un árbol, extrañado por la ausencia de pájaros. Ahora sí parecía un jubilado: arrojaba migas a las aves que no venían a la plaza, se protegía del sol con un sombrero de yarey, lucía una camisa arrugada, un pantalón desgastado y llevaba sus inseparables sandalias de cuero con calcetines.

—Entonces usted pecó igual que los políticos que critica —comenté atándolo al tema.

—Ya te dije que la vida te mete por desfiladeros que uno jamás escogería. ¿Lo olvidaste acaso? —preguntó triunfante.

—Lo recuerdo, don Erich. ¿Por eso tuvo que levantar el Muro?

Guardó silencio. Con mi pregunta había tocado algo sensible que lo descolocaba y confundía.

—¿Crees que me enorgullezco de eso? —inquirió al rato sin dejar de lanzar migas—. ¿Crees que no supe desde un inicio que era una tarea que me marcaría por el resto de mis días y que nadie me agradecería? Pero la sobrevivencia de la RDA se ubicaba por encima de mis preferencias personales. Sin muro, no habría habido ni RDA ni socialismo. Actué como comunista, privilegiando la causa de la clase obrera. La libertad es *die Einsicht in die Notwendigkeit*[16], decía Hegel. ¿Qué hubieses hecho tú en mi lugar?

Un chincol se posó en la gravilla del sendero, avanzó a saltitos hacia nosotros y empezó a picotear las migas, arrancándole una sonrisa a Honecker.

—Desde que los nazis me encerraron en 1935 en la cárcel de Barnim —continuó—, sentí envidia de los pájaros, Patricio. Los veía ingenuos e insignificantes, pero disfrutaban de la libertad que yo no tenía. Mira a este. ¿Sabrá que soy yo quien lo alimenta?

—¿Y presidiendo el comité central del partido no se le pasó nunca por la mente que tal vez había jóvenes que ansiaban volar más allá del Muro?

—Eso es poesía, Patricio, pero el poder nada tiene que ver con la poesía. Mis anhelos como prisionero de los nazis también eran solo poesía. —Se inclinó en el banco para acercar al pájaro su mano extendida con migas—. Pero recitar un verso en el comité central es lanzar un diamante al Báltico. La poesía escribe con nubes, Patricio, la realidad, en cambio, esculpe con cincel y martillo.

—Vaya, qué metáfora, don Erich.

—He estado leyendo a Brecht y Neruda —explicó ruborizado.

—¿Y entonces cómo resolvía el PSUA eso de que la realidad escribe en el mármol y la poesía en el aire?

---

[16] Reconocimiento de la necesidad.

—No se puede resolver, Patricio, esa es la verdad. Había urgentes tareas que realizar después de la guerra, y a la poesía le correspondía esperar.

—¿Y entonces?

—No entiendes que a cada generación le toca su tarea, y a la nuestra le correspondió reconstruir el país y avanzar hacia el socialismo. La poesía podía esperar. Por eso nuestros artistas dejaron de creer en nosotros. ¿Crees que no me dolían los textos de Biermann, Krug, Heym o Karat, o las películas de Konrad Wolf?

—Veo que conoce bien la escena cultural. *Chapeau!*

—apunté con una dosis de cinismo.

—No te ilusiones. Todo lo aprendí de los informes de Mielke sobre las asociaciones de escritores y artistas, y de los discursos de Kurt Hager, que enfatizaban los valores de la cultura socialista y, claro, también de mi querida Margot.

—¿No conversó con los artistas? ¿No leyó sus obras?

—Por favor, Patricio. Un estadista no tiene tiempo para eso. Mielke me enviaba versos, frases, citas escogidas, y con ellas me formaba una idea de las ensoñaciones de los jóvenes. Con un artista puedes soñar el diseño de la casa anhelada, pero jamás podrás construirla.

No transaba ni después del desplome de su propia utopía. La libertad a que aspiraba mientras sufría bajo el régimen nacionalsocialista la rechazaba para el socialismo en la RDA, Cuba o Corea del Norte. Pero ¿qué otra cosa podía esperar del viejo estalinista defenestrado?

El chincol emprendió el vuelo en cuanto don Erich dejó de arrojarle migas.

—No solo los seres humanos son ingratos —agregó sacudiéndose las palmas antes de regresar a casa. La canícula arreciaba. No debía abusar de las caminatas, menos bajo el sol veraniego, se lo había advertido el médico—. ¿Sabes?, me encantaría tener un canario —me dijo mientras caminábamos.

—¿Un canario? —repetí defraudado, porque si algo detesto es la imagen de un pájaro enjaulado.

—Pero debe ser un canario amarillo como un limón y además debe cantar muy bien, espléndidamente. No, que trine mejor, que trine como Maria Callas. ¿La conoces?

—¿La que se casó con Aristóteles Onassis?

—¡Pero qué forma de referirte a ella! —protestó—. Era una soprano que cantaba como los ángeles, que no existen, pero cantaba como ellos. Traté de contratarla para llevarla a nuestra ópera estatal, pero desechó la oferta. Anticomunista la pobre y, claro, al estar casada con el naviero ese no le debe haber faltado dinero... ¿Sabes qué pienso?

—No, don Erich.

—Que hubiese querido ser Onassis por una noche para pasarla con Maria y rogarle que me cantara el aria de *Carmen* mientras yo...

—Pero, don Erich...

—Solo una noche, Patricio, vamos, que en el desear no hay engaño —dijo sonriendo algo avergonzado—. En fin, ¿es fácil comprar aquí un canario?

—En cualquier feria los venden —repuse yo.

—Pues ese debe ser nuestro objetivo, camarada Patricio, comprar un canario y una jaula grande para que del amanecer al crepúsculo cante como Maria Callas.

32

—¡Camarada Erich!

No respondió.

—Camarada Erich...

Buscó las gafas en la oscuridad, se las ajustó con manos temblorosas y entreabrió los ojos, pero no vio nada.

—Soy Eduard, a partir de ahora estaré a cargo de su seguridad —escuchó decir.

—¿Qué ocurre? —Buscó el interruptor de la lámpara del velador. Estaba confundido. No era para menos, después de tantas vicisitudes le costaba discernir si la pérdida del poder era real o mera pesadilla.

La presión de la mano en torno a su antebrazo le reveló que su pesadilla era la realidad. Encendió la lámpara y vio a tres hombres de traje y corbata, cabello corto y mirada dura alrededor de su cama.

—¿Y estos, Eduard, quiénes son?

—Oficiales de la Stasi, camarada Erich —repuso uno de ellos.

—¿Y usted?

—También.

—¿Y mi Ralf?

—Está detenido.

—¿El jefe de mi escolta detenido?

—Por el momento, señor —explicó Eduard.

—¿Y estos qué buscan aquí?

—Basta de preguntas y levántese, señor Honecker. Debe acompañarnos —dijo uno de los desconocidos.

—¿Señor Honecker? —dijo el otro—. Intuyo por su trato que no sabe con quién está hablando.

—Lo sé bien. Por eso lo trato así.

—Está muy oscuro. ¿Qué hora es?

—Cinco y cuarenta y cinco de la mañana.

—¡Insolentes! ¿Adónde quieren que los acompañe a esta hora? —preguntó como si una respuesta pudiese restablecer el descarrilado acontecer del mundo.

—Vamos, vamos. Vinimos a buscarlo, no a conversar.

Comprendió que era cierto lo que siempre había considerado una insidia, que al alba detenía la Stasi a los enemigos del Estado.

—¿Pero dónde quieren llevarme?

—Vamos, apúrese —ordenó el que parecía ser el jefe—. Tenemos orden de llevarlo a un regimiento soviético.

—Quiero recordarles que soy el jefe de Estado de la República Democrática Alemana, y que esta osadía les significará la expulsión y pérdida de todos sus grados en el Regimiento Cherchinski —afirmó con voz aflautada.

Intentó una vez más librarse de la garra, pero esta no se daba por aludida.

—Vamos, su esposa lo espera ya en el interior del Barkas.

—Lo pagarán caro —amenazó mientras Eduard lo ayudaba a despojarse del pijama y a vestirse delante de los agentes, grave falta de respeto de la cual esos imberbes ya se arrepentirían.

—Recoja sus objetos personales y guárdelos en algún maletín, que no volverá a Wandlitz —dijo alguien—. Nosotros nos encargaremos del resto. Todo esto lo hacemos por su propia seguridad y por instrucciones del nuevo secretario general, el *Genosse* Egon Krenz.

33

El nido tiene un solo huevo. Uno mínimo, triste y solitario, si es que un huevo puede ponerse triste, y la enredadera que trepa por la cerca no lo protege de los gatos. Nunca he visto un nido de picaflores, mejor dicho, no recuerdo haber tenido tiempo para observar nidos ni pájaros, salvo los patos que con singular puntería derribaba. Este nido es una frágil bolsita de tallos verdes y musgo húmedo que cuelga mimetizada entre las hojas de la buganvilia.

Le advertiré a la señora de la limpieza que no vaya a espantar a los padres. Triste sería que abandonaran el nido por culpa nuestra. Estoy sensible, lo sé, no soportaría atormentar a un ave que no hace daño a nadie y nos alegra con su silencioso y flamígero vuelo.

La verdad es que han comenzado a gustarme los pájaros y me arrepiento de los que cacé en nuestra RDA. Aquí, los zorzales, por ejemplo, cantan lindo desde que sale el sol, y así también lo hacen los delicados chercanes de cuerpecito de botella. Su trino suena a reproche, aunque si de canto hablo, el monarca aquí es el canario. Hay un vecino que tiene uno y su trinar me insufla alegría y optimismo en mis aciagas mañanas.

Patricio me aseguró que compraríamos un canario, pero hace días que no viene. Tal vez enfermó. Raro. Parece que en este país no se avisa cuando alguien se ausenta por enfermedad.

Es como si no fuesen a volver más, me explica el camarada chileno encargado de mi seguridad, pero despreocúpese que después aparecen. Es un viejo truco para volverse imprescindibles. Estoy seguro de que Patricio regresará porque percibo que aún lo atrae la periodista. Dice que es un amor de juventud que terminó en Leipzig, hace mucho, pero donde fuego hubo, cenizas quedan.

Ella quiere entrevistarme. La verdad es que estoy harto de entrevistas, aunque sea de una ciudadana de nuestra república, pues todas me extenúan, roban tiempo y dejan mal parado. Supongo que Patricio se amoscó y por eso no ha vuelto, aunque también puede estar sufriendo de alergia a no sé qué árbol que en esta época le arranca estornudos e inflama los párpados. ¿En qué mes estamos? He perdido la cuenta porque aquí, en el hemisferio sur, las estaciones son diferentes y la primavera comienza en septiembre. Da lo mismo, un año es un año, una vuelta de la Tierra alrededor del Sol, como dice Galileo Galilei en una obra de Bertolt Brecht, quien al final era un carajete porque se nos presentaba como comunista, pero tenía pasaporte occidental y cuenta de banco en Suiza.

En fin, nadie en el mundo imaginaría que ahora me preocupa el nido de unos picaflores. Erich Honecker no puede estar preocupado de algo tan insignificante y ajeno a la política, dirían los comentaristas de los medios imperialistas, que no han escatimado en nada para tejer un pernicioso relato sobre mí, pintándome como un hombre despiadado y adicto al poder.

Nada más lejos de la verdad. Puedo vivir sin privilegios, como un ciudadano común. No soy esclavo de las cosas materiales, que poco me han significado a lo largo de mi existencia. En rigor, me basta con un techo que me proteja del frío y algo para comer y beber. En el fondo, soy austero como un espartano y socialmente sensible. Me atrevo a decir que me volví comunista para salvar a los picaflores de ser devorados por las águilas. Sé que carezco del talento para construir metáforas, pero, así como en esta terraza los pajaritos construyeron el nido para proteger a su cría, nosotros construimos la valla para proteger a los ciudadanos de la RDA de la voracidad del imperialismo.

Llegará el día en que, arrepentidos de haberla sepultado, la más bella flor que ha brotado jamás en suelo alemán, me lo agradecerán. Pero será tarde. A largo plazo estaba escrito que superaríamos económica y socialmente al vecino capitalista, pero no supimos transmitir al pueblo que el socialismo representa una forma nueva, justa e igualitaria de interacción entre todos, y que allí radica su fortaleza, aunque necesita tiempo para verse materializada. Siempre el pueblo marcha a la zaga de sus dirigentes revolucionarios, eso lo aprendí de Marx y Lenin. Pero quien nos desestabilizó y vendió fue Gorbachov, que destruyó cuanto la comunidad de Estados socialistas había construido.

El hombre de la mancha en la frente nos impidió madurar, y no alcanzamos a demostrar nuestra superioridad sobre el capitalismo. Carecía de la fe, la paciencia y la templanza de un auténtico comunista. ¿Por qué? Por su extracción social. Pertenecía a la pequeña burguesía, ese grupúsculo veleidoso y oportunista, tan bien descrito y despreciado por Lenin. Si la suerte lo sigue acompañando, terminará promoviendo McDonald's y Coca-Cola en todo el planeta y dueño de un palacete en Florida, en promiscua connivencia con la mafia cubana de Miami.

Y pensar que hubo un tiempo en que la bella Larissa lucía comprometida con el comunismo. Cuando la conocí, me recordó a mi Margot en sus treinta y tantos. En el Kremlin, Larissa derrochaba simpatía y sensualidad, presumía de culta y cuanto decía inspiraba. No me percaté entonces de que en su corazón anidaba la traición. Tarde caí en la cuenta de que Occidente la había seducido y que mientras yo brindaba con ella y Gorbachov por el socialismo con un loable champán de

Crimea, mi Buró Político se confabulaba con el partido soviético para derrocarme.

Unidos maquinaron la traición y unidos me asestaron la puñalada por la espalda. Nada pude hacer para salvar nuestra RDA. Mielke no me informó sobre la insurrección en ciernes ni que los húngaros desalambraban la frontera con Austria para que nuestros ciudadanos pudieran escapar. ¡Qué traición más vergonzosa! Nadie ha sido traicionado de peor forma que yo. Mi nombre sobrevivirá, pero ellos terminarán donde se lo merecen, en el basurero de la historia.

Lloro, pero no por mi cuerpo enfermo, sino por mi alma fracturada. Mucho tardé en comprender que la traición es el alfabeto de la política. Sin puñaladas, no hay política. Aunque algunos no lo crean, soy un ser sensible, víctima de las crueles circunstancias que impone la historia, provengo de un hogar modesto y soy un techador que tuvo el coraje y la sabiduría suficientes para liderar el primer Estado obrero y campesino instaurado en territorio alemán, y que hoy sufre no por su inmerecido castigo, sino por el destino incierto de mis ciudadanos y unos picaflores.

34

Me sorprendió que fuese el mismo Erich Honecker quien me abriera la puerta de su casa en el condominio de La Reina y me invitara a pasar. Detrás de él, a unos pasos, estaba Patricio, que sonreía inseguro.

Yo traté de conservar la sonrisa que había ensayado esa mañana ante el espejo de mi habitación en el hotel del Parque Forestal. Más que una sonrisa, era una máscara acartonada que temí no disimulara de manera convincente mis sentimientos hacia él. En fin, Honecker era más bajo de lo que recordaba, y su rostro seguía pálido y terso, casi sin arrugas, aunque sus ojos ya no resplandecían como en los retratos oficiales. Llevaba una guayabera blanca, pantalón *beige* y sandalias con calcetines.

—Pasemos a la terraza —me indicó con un gesto amable.

Cruzamos un living-comedor con muebles rústicos, sin cuadros ni adornos significativos, que me recordaron el aire ramplón de las casas de la ciudadela de Wandlitz. Sobre la mesa del comedor había unos libros, un diccionario alemán-español de Langenscheidts y un cuaderno abierto donde al parecer Honecker escribía, y un florero con cardenales.

Cuando nos sentamos afuera frente a una frondosa buganvilia, palpé con disimulo el arma a través de la bolsa. Descansaba allí, fría pero elocuente, y me hacía sentir segura.

—¿Se sirve un té o un café? —me preguntó acomodándose en la mecedora.

—Prefiero un café.

—Eso lo prepara bien Patricio. Yo soy de infusiones. Patricio: ¿podrías preparar un café para la señora y un té para mí, por favor?

Patricio se perdió en la cocina, y Honecker me preguntó sobre Jena, si visitaba Leipzig, si allá la gente seguía refiriéndose a la universidad como la Karl-Marx, y si yo tenía trabajo estable como periodista. Responder me fue fácil porque en la Stasi había aprendido a tejer historias convincentes que me permitieran ocultarme con comodidad.

La clave consiste en que la biografía falsa se nutra principalmente de datos genuinos memorizados al dedillo para no cometer errores. Nada más real que una vida real manejada al revés y al derecho, dice un principio elemental para formular un relato genuino. La trayectoria que le presenté fue la que tuve hasta que Patricio me dejó. A partir de allí asumí el rol de una compañera de mi distrito que estudió filosofía en la Karl-Marx y terminaría en la Alemania reunificada convertida en periodista.

—Patricio me contó que ustedes se separaron cuando él regresó a Chile a luchar contra Pinochet —dijo Honecker.

—Así es, don Erich —repuse yo. Y deduje que Patricio había tejido su propia leyenda, algo oportunista seguramente, ante el ex secretario general. Pero ¿qué somos, sino la leyenda que contamos de nosotros mismos?

—Y ahora quiere entrevistarme —concluyó con los ojos fijos en un punto impreciso de la terraza—. Pues adelante, le responderé lo que pueda, confiando en que usted respetará lo que acordamos a través de Patricio, pues la prensa occidental no se cansa de injuriarme.

Le aseguré que eliminaría de la entrevista todo cuanto él desaprobara, porque necesitaba ganarme su confianza. Él era mi última oportunidad para acercarme a la verdad, y no podía desperdiciarla. Pero mientras grababa su primera respuesta, se me vino a la memoria el instante en que entregué mi hija a mi madre, en su departamento de la Leninallee. Angelika dormitaba ajena al viaje sin retorno que yo emprendería esa noche.

—Vuelvo la próxima semana, corazón —le susurré al oído, estampándole luego tres besos en la frente, como siempre—. Papá vuelve esta misma noche, y mamá te traerá chocolates y un juguetito.

La estreché contra mi pecho antes de salir hacia a la Normannenstrasse. Nunca más volví a verla.

—Jamás hay que menospreciar al enemigo de clase —terminaba de decir Honecker cuando descendí desde mi nube de evocaciones—. Siempre está al acecho y con recursos ilimitados para combatirnos. Compró a Gorbachov, al Buró Político, a los húngaros, a todo aquel que fuese necesario para dar el golpe de Estado. Tontos ingenuos. Ignoraban que, si se desplomaba la RDA, la comunidad socialista entera caería de rodillas. Reagan y el papa polaco se sobaban las manos detrás de las bambalinas.

—¿Golpe de Estado, dice usted? —le pregunté.

—Desde luego —aseveró él poniéndose de pie, adquiriendo una vitalidad que encendió sus pupilas y tonificó sus gestos—. Una conjura igual a la que el imperialismo organizó contra Allende, aunque el golpe en la RDA fue silencioso y sin sangre. ¿Me entiende?

—Desde luego.

—Sin embargo, lo que nuestro pueblo perdió en 1989 fue infinitamente más que lo que perdió el pueblo chileno en 1973. ¿La razón? En Europa extirparon un Estado obrero, y en Chile solo interrumpieron un proceso revolucionario que, no tengo dudas, renacerá. Las grandes alamedas volverán a abrirse, como dijo Allende, mas lo nuestro fue letal y definitivo. Siglos transcurrirán antes de que vuelva a abrirse de nuevo *La avenida de los tilos* para que irrumpa el socialismo.

Patricio volvió con las bebidas y, tras dejarlas a nuestro alcance, se alejó dejándonos solos.

Irritada por el repentino fervor revolucionario del anciano, acaricié la empuñadura de la Hush Puppies, y me pregunté si no estaba perdiendo el tiempo con la entrevista. Tal vez debía interrogar ahí mismo a Honecker y a su mujer sobre Angelika y Thomas. Él debía estar al tanto de toda la historia. No podía ser de otro modo, me decía mientras un vendaval de ideas contradictorias se agitaba en mi cabeza. ¿Y si el matrimonio negaba conocer a los míos, qué más podría hacer yo? Perdería hasta la posibilidad de regresar a esa casa. Lo que me calmó, sin embargo, fue acomodar el índice en el gatillo sintiendo que podría ajusticiar al hombre que tanto sufrimiento y desvelo me ha causado. De pronto me resultó indiferente lo que acaeciera después, que me juzgaran o enviaran a la cárcel, pues lo crucial era vengarme, pero al rato me pregunté, atemorizada, si el tirano no habría detectado el fulgor traicionero que encendía mis ojos.

—Valentina, sígame, por favor —ordenó Honecker con una voz cansada, como si el recuerdo de sus fracasos le erosionara el alma.

Dejé la bolsa en la silla y me acerqué tanto a él que recibí el aroma dulzón de la loción que se aplicaba.

—Mire —dijo apartando unas ramas de la buganvilia—. Mire qué maravilla.

Me incliné a ver.

—¿Qué es eso? —pregunté.

—Un nido de picaflores —susurró con los ojos enrojecidos por la emoción—. Solo tiene un huevito. Me preocupa lo desprotegido que está. Temo lo peor —agregó soltando las ramas con delicadeza, y volvió a la mecedora—. Anda un gato rondando por aquí. Desgraciadamente construyeron el nido a poca altura. Han de ser novatos.

—Es la selección natural —alegué yo, reconozco que con excesiva indiferencia—. Como marxista usted debe ser darwiniano y saber que de poco sirve tratar de torcer las leyes de la naturaleza.

—¿No la conmueve que el gato se coma al pichón, Valentina? Los gatos son crueles por naturaleza, juegan con sus víctimas antes de despedazarlas. No, no puedo quedarme de brazos cruzados.

Guardé silencio, incapaz de hacer encajar a ese hombre agobiado por el destino de un ave con el tirano que encarceló durante lustros a mi pueblo y toleraba que se disparara contra los fugitivos. ¿Sería auténtica o impostada su conducta, acaso una mera forma de aparecer bajo una luz conveniente en la entrevista? ¿Impartía una lección de humanidad para que yo escribiera al respecto?

—¿Sabe, estimada Valentina? —preguntó de pronto—. Lo mejor es que dejemos la conversación aquí.

—Pero, don Erich, si apenas hemos comenzado. ¿Dije algo inapropiado?

—No, para nada.

—Si lo ofendí, le pido disculpas. —Estuve a punto de implorarle que siguiéramos viéndonos.

—No ha dicho nada ofensivo —repuso él procurando tranquilizarme.

—Es que no hemos comenzado —alegué, y mi mano volvió a bucear en la bolsa—. Ya confirmé la entrevista a Berlín. Por favor, don Erich, no me haga esto.

—Es que no me siento bien. Le propongo lo siguiente: a través de Patricio la avisaré cuando esté en condiciones de recibirla de nuevo, ¿le parece? Ha sido grato conocer a una orgullosa ciudadana de nuestra RDA. Gracias por su visita. ¿Dónde se habrá metido Patricio?

35

Sra. Valentina Bode
Koblenzer Str. 399
Bad Godesberg

Bonn

Valentina:

Dios me ayuda a enfrentar las dificultades, y me indicó el camino a las fichas que la Stasi mantenía sobre mi persona, aunque no era ciudadana de la República Democrática Alemana. Yo misma pedí verlas. Y mi mundo se desplomó al descubrir que el romance con Walter, a quien amé y en quien confié como en ninguna otra persona, era una farsa puesta en marcha por la Stasi.

Lo descubrí en mi acta, archivada junto a millones de otras, en la oficina federal que ahora administra los informes de esa organización ya disuelta. No puede usted imaginar el dolor que me devasta, amarga y carcome. Lo amé como a nadie y nunca volveré a amar así, pero él, un Romeo del HVA, fingió de comienzo a fin su pasión por mí.

Inspirada en el amor que vi correspondido y ebria a causa de sus atenciones, le abrí mi corazón y mi departamento, le conté de mis sueños y mi trabajo, y le permití leer carpetas que llevaba a casa. Él se presentaba como ingeniero de una empresa germano-chilena con sede en Santiago, y decía que postulaba a un cargo en Frankfurt, y me pintó un panorama, sí, a mis cincuenta y cinco años, en el que creí ingenuamente: casarnos en cuanto se trasladara a Alemania.

Pero Walter desapareció tras la caída del Muro y aún no logro ubicarlo.

No sé por qué le cuento todo esto si usted bien lo conoce, pues fue quien me lo presentó en la fiesta de la Asociación de la Prensa Extranjera, que se celebraba en el American Embassy Club y contaba con la asistencia del ministro de Relaciones Exteriores.

Hago memoria: usted y yo nos conocimos en la peluquería Kavale und Liebe a la que acudíamos en Bad Godesberg. Me invitó a un café, y un día a almorzar a uno de los mejores restaurantes de la ciudad. Era verano, estábamos sentadas en la terraza del local, bajo una fresca enredadera, cuando a la hora de los postres se acercó un apuesto hombre de cuarenta y tantos años, que usted me presentó y a quien invitó a sentarse con nosotras.

Me seguí viendo con Walter —supuestamente a espaldas de usted— y comenzó una relación medio clandestina porque él estaba divorciándose en Chile. Hasta ahora no había logrado explicarme que usted hubiera desaparecido de la escena, lo que atribuí a celos suyos.

¿Por qué le escribo?, se preguntará.

La respuesta está en los archivos de la Stasi.

Allí me enteré de que usted fue la arquitecta de mi relación con Walter en su calidad de agente del HVA, y de que su tarea consistía en ubicar a mujeres occidentales solas, separadas o divorciadas y en puestos políticos claves, para presentarles a Romeos que pudieran enamorarlas y reclutarlas.

Walter nunca me habló de su verdadera función ni menos me reclutó, pero creí en él y lo amé. Felicitaciones donde quiera que esté, al menos cumplió con éxito su tarea.

Yo continúo viviendo en mi departamento de Bad Breisig, nada lejos de Bonn, bajo detención domiciliaria, acusada de haber suministrado información sensible a la Stasi. Fui despedida del Ministerio de Defensa al que dediqué mis mejores años, y hoy lo único que podría aminorar mi pena es que el jurado se convenza de que yo ignoraba la función real de Walter, y que tomé su interés por mis asuntos como la curiosidad natural por lo que hacía su futura esposa.

Dígame, por favor, dónde podré ubicarla un día para que me cuente si todo esto es verdad, es decir, falso, y si Walter me amó de veras en algún momento.

Dra. Solange Seidel
Rheinallee 52
Bad Breisig

36

Excavar en la historia es abrir una caja de Pandora, pensé con la carta de Solange entre las manos junto a la ventana de mi cuarto en el hotel. Veía el cielo alto y despejado, las montañas deslizándose hacia el norte y el vuelo zigzagueante de los pájaros mientras la capital, muda ante el calor estival, buceaba bajo el océano verde bordado por las copas de los árboles del Forestal. En ese mar hubiese sepultado la misiva de Solange Seidel que me había reenviado un amigo desde Bonn.

Me acordaba de ella, aunque he procurado olvidarla como a otras mujeres con las que trabé amistad con el propósito de presentarles a un Romeo. La verdad es que se trataba de un proceso arduo y pedregoso, de resultado incierto pero no imposible, pues las mujeres que se enamoraban del hombre que les presentaba no reaparecían en mi vida. Supuse que, o eran felices con él, o habían optado por el silencio al sentirse defraudadas. Todas intentamos borrar de la memoria las experiencias descorazonadoras de nuestra vida, convencidas de que la amnesia es la mejor cura.

Pero ahora reaparecía la pobre Solange. ¿La razón? No podía olvidar. Los archivos tenían la culpa. Esos archivos eran en el fondo nuestras confesiones ante el Estado socialista al que servíamos. Recuerdo bien a esa mujer. Había sido bella en algún momento. Una cincuentona sin hijos de la Hardthöhe, el Ministerio de Defensa Federal, católica, prolija, discreta y servicial. Caminaba a duras penas por Bonn soportando un grueso collar de decepciones amorosas al cuello. A ella le presenté al hombre que mejor calzaba con sus anhelos. Es cierto, la abordé en su peluquería predilecta, un dato entregado por la Normannenstrasse.

—¿Qué te pareció Walter? —recuerdo haberle preguntado en el restaurante de Bad Godesberg una vez que él se hubo retirado de nuestra mesa.

—Es encantador, culto y atento —respondió con un resplandor en la mirada. Se manifestaban los primeros indicios de la primavera, el día estaba despejado y cálido, y yo sabía cuán sola se sentía y cuánto añoraba tener a su lado a un compañero que la valorara y comprendiera.

—Creo que le gustaste —le dije yo, animándola.

—¿Lo crees de veras?

—¿Que si lo creo? Se le nota a kilómetros. Y es un gran partido —agregué—. Imagínate si lo trasladan a Bonn… ¿Quieres que averigüe como que no quiere la cosa?

Así comenzó ese romance. Como otros que induje por encargo de la Normannenstrasse. Del semblante de Solange intuí que empezaba a vivir una nueva ficción. ¡Qué más daba! Al final de cuentas, somos la leyenda que enhebramos sobre nuestras vidas y las ficciones que nos seducen.

Hasta que el Muro de Berlín también se desplomó sobre ella y su relación con Walter.

¿Qué otra cosa pude haber hecho para no perjudicarla? Nada. Al menos contribuí a su felicidad durante algún tiempo. La central en Berlín Este no se había equivocado al definirla como candidata ideal para ser reclutada. Su destino estaba trazado. Además, las circunstancias casi siempre imponen sus derroteros. Eso explica mi ingreso a la Stasi y mi posterior desencanto con el sistema. Quería ser libre. ¿Era eso posible en Occidente? ¿Quién podía ufanarse de ser enteramente libre en el mundo? Hegel, el padre filosófico de Marx, lo dijo: la libertad no es más que *die Einsicht in die Notwendigkeit*. Solo con los años entendí esa frase y también que la libertad huele demasiado a maquillada resignación si es lo que pensaba Hegel.

La vida es más prosaica porque cada uno arrastra su propia cruz a lo largo de su existencia. Yo perdí a Thomas y Angelika por dejarme encandilar por la libertad en Occidente, y Solange, su trabajo y futuro deslumbrada por el magnífico Walter. *There is no free lunch*, dicen los de la CIA. Con razón. La vida es tacaña, materialista e interesada, y cuando nos regala algo, lo cobra de inmediato. Nada obsequia, solo vende o alquila, y cuando algo presta, lo hace imponiendo intereses usureros.

En Santiago descarté que Solange cruzara el Atlántico para visitarme. Imposible. Estaba detenida, y lo más probable es que la condenaran por lo bajo a tres años. Es difícil que los jueces perdonen a una funcionaria del Ministerio de Defensa ser tan ingenua, aunque haber caído en las redes de un Romeo de la Stasi pudieran considerarlo un aliciente. ¿Y cómo reaccionar si se aparece Solange en mi puerta culpándome de su desgracia? Detesto a quienes se ufanan de sus éxitos, pero no vacilan en culpar a los demás de sus fracasos. Hay que asumir la responsabilidad por la opción que una escoge al buscar beneficios. No hay apuesta gratuita, y si Solange sufre tanto como yo, entonces sabrá comprenderme y perdonarme.

37

Pero Fidel fue el más astuto de todos. Claro, Cuba no es el país de Marx, Kant o Nietzsche, ni el de Lenin, Dostoievski o Tolstói, sino una sofocante isla caribeña de breve historia y largos discursos. Lo cierto es que, pese a la traición de Gorbachov, Fidel continúa en el poder a diferencia de todos nosotros. No incurrió en el error de confiar en una banda de traidores como lo hice yo, sino que supo rodearse de gente leal inspirada en sus principios, seres a los cuales no les tembló la mano a la hora de defender a sangre y fuego el socialismo.

Hábil el comandante en jefe. Supo depurar a tiempo su entorno inmediato, y definir lo que consideraba permisible, legítimo y obligatorio. En cambio, a mí, ubicado en el corazón mismo de Europa, continente secuestrado por el espejismo del bienestar y la democracia burguesa, y teniendo al más rutilante escaparate del capitalismo mundial como vecino, las cosas se me complicaron. Razón tenía el estalinista de Ulbricht con su nacionalismo, algo excepcional tenemos los alemanes hasta para construir el socialismo. Nadie lo logró de mejor forma. Pero también es cierto que resulta en extremo complejo materializar la utopía del filósofo de Tréveris en los desolados parajes de Siberia, los Balcanes o el desierto de Gobi, toda vez que él lo concibió como la joya de la corona para los países europeos más avanzados. No, la historia no solo es cruel sino también mezquina.

Mientras la Europa socialista sucumbía el fatídico año de 1989, exactamente dos siglos después de la caída de la Bastilla, en el Caribe Fidel convocó al pueblo a las calles, lo preparó para afrontar tiempos aún más difíciles, marcó las casas de los contrarrevolucionarios y fusiló al general Ochoa por colaborar con el narcotraficante colombiano Pablo Escobar y dedicarse en Angola al lucrativo tráfico del marfil y los diamantes. Así, el comandante en jefe mandó a matar a algunos cómplices del Judas moscovita y a otros los condenó a prisión perpetua. Abrantes, su apuesto y risueño Mielke, no resistió el encierro. Rápido se lo llevó un soplo al corazón del que no sufría. Espulgando por aquí y por allá, Fidel descalabró el derrocamiento que preparaban en su contra. *Wo gehobelt wird, da fallen Späne.*[17]

El cubano demostró que lo del camino intermedio hacia el socialismo es una ficción, que, como nos enseñó Lenin, la historia la hace la clase obrera o la burguesía, los explotados o los explotadores, el marxismo-leninismo o el filisteísmo; y por ello el futuro se define entre la revolución o la barbarie; el verde olivo o la bandera de la mafia de Miami. Todos tuvieron lo que se merecían. *Jedem das Seine.*[18] Lo esencial: la revolución sobrevivió. *Wer suchet, der findet.*[19]

Estoy convencido de que nuestra mayor ingenuidad fue asistir en 1975 a Helsinki a firmar el documento sobre las libertades individuales que nos impuso Occidente. Vaya, qué error tan garrafal. Olvidamos que, en el socialismo, no es el individuo sino el colectivo nacional quien decide, y que esa

---

[17] «Donde se cepilla, caen virutas».

[18] Frase de Goethe usada como letrero del campo de concentración nazi de Buchenwald.

[19] «Quien busque encontrará».

voluntad se expresa a través del partido de vanguardia, que en la RDA es —corrijo: era— el PSUA.

Ya mencioné que le di vueltas y vueltas a la oferta de Fidel para que me exiliara en Cuba. Lo sopesé noches enteras con Margot en la embajada de Chile en Moscú, una casa de dos pisos, a la que llegué gracias a la invitación del embajador, el socialista Clodomiro Almeyda, y que tuve que dejar meses más tarde, arrastrado por la KGB. Buen hombre el miope y friolento de Almeyda, siempre arrebujado en un grueso abrigo que compró en París. ¿Por qué le pidió a Allende la embajada en la Unión Soviética? Cercano al presidente, como era, pudo haberle solicitado la embajada en nuestra capital si tanto le gustaba posar de consecuente, o la de Estocolmo si le atraían la nieve y la socialdemocracia. ¿Pero irse a Moscú? Cuesta entender los laberintos románticos del alma chilena.

¿Qué son los chilenos en realidad? ¿Qué son más allá de sus canciones plañideras y sus interminables lamentaciones por lo que les deparó la vida? En los actos de solidaridad terminaron agotándome la paciencia con sus conciertos de zampoñas y charangos y sus gritos de «Venceremos» y «El pueblo unido jamás será vencido». ¿Por qué no tocar mejor la prístina flauta o el enternecedor violín, y por qué no deshacerse de sus charangos, ese cruel instrumento de cuerdas cuya caja de resonancia es la coraza del pobre armadillo? ¿Cuándo van a entonar esos charangos himnos a la alegría si su voz emerge del dolor, la tortura y la muerte?

Si conocieran al menos algo de la historia contemporánea, comprobarían que les tocó el palco de los afortunados. Nada saben de lo que vivimos durante el nazismo ni de cómo las potencias mundiales castigaron y dividieron a Alemania tras la derrota, y menos saben de Hiroshima y Nagasaki, del Holocausto y el exterminio del pueblo armenio o eritreo, de la división de Corea, Vietnam o Camboya. Y como poco saben, creen que la suya es la mayor tragedia del globo. Les falta conocimiento de mundo y modestia, y conciencia de lo que han sido y lo que han hecho.

¿Qué son estos pobladores del último rincón del planeta? ¿Son honestos o cínicos, genuinos o impostados, constantes o veleidosos, corajudos o pusilánimes, románticos o mitómanos, confiables o veletas que cambian de posición con cada embate de la ventisca? Muchos de los que recibí ayer en la RDA con los brazos abiertos y hoy ejercen el poder acá reniegan de mí, me recomiendan ser cauteloso al emitir opiniones, y me advierten que no haga olitas ni olvide por un instante que soy un refugiado. Quieren que los chilenos no se acuerden de que vivo acá. Es de no creerlo. ¿Cuántos miles de actos les permití y cuántos centenares de viajes les financié cuando vivían en mi país que ya no existe? Hoy me pagan con cheques de amnesia la solidaridad que les brindé y adhieren a Allende en sus banderas, aunque lo abandonaron ayer a la hora de los mameyes, como diría Fidel.

Me comentan que este país alcanzó preeminencia regional durante el siglo XIX, y que en el XXI aspira a ocupar un sitial parecido. Se enorgullecen de un pasado que pintan glorioso y fantasean con un futuro deslumbrante que —para mi azoro— dan por hecho. Viven atentos a lo que otros países dicen del suyo, y tal vez esa es la causa de su malestar. Y es triste que no consigan tender el puente que los lleve del pasado al futuro y queden atascados en un berenjenal de palabras, leyes y conceptos, en un intervalo perpetuo de evocación y ensoñación, donde el presente es apenas la piedrecilla en el zapato que entorpece la marcha hacia un futuro supuestamente deslumbrante.

Buen hombre Almeyda, en todo caso. Afable e inteligente, algo barroco, eso sí, y dado a la divagación teórica como muchos de sus compatriotas, que en los años sesenta se convencieron de que, apartándose de los clásicos, podrían instaurar el socialismo a través de los votos. Cosecharon una inmensa urna mortuoria en 1973. Pero Almeyda fue solidario conmigo. ¿Será chileno? Me tendió la mano en mi peor momento y me mantuvo en la embajada hasta que lo doblegaron las presiones de Bonn y los reaccionarios incrustados en el Gobierno de Santiago. Cuando me ayudó en Moscú, lo que en verdad hizo fue devolverme la mano, pues yo lo acogí con generosidad en la RDA después del gobierno de la Unidad Popular y el suicidio de Allende. Fueron cerca de dos mil quinientos los chilenos que se exiliaron en nuestra república.

Entonces le otorgué a Almeyda un sueldo de sultán en parte en marcos de los nuestros y en parte en dólares, un departamento de varios cuartos en un excelente barrio de Berlín y una visa múltiple para cruzar la frontera a Occidente cuando le viniera en gana. Además, lo recibí en el comité central cada vez que me lo pidió. En Moscú honró mis gestos de entonces, a diferencia de otros chilenos que en Berlín Este se golpeaban el pecho jurándome lealtad, pero a la hora de la verdad, cuando perdí el poder y ellos se tornaron acá poderosos, me dieron la espalda y renegaron de mí. *Man diene, wie man wolle, so ist Undank der Lohn*.[20] Demasiado duró el Chile de Allende con gente de esa calaña.

Pero hablaba de Fidel, de su invitación a exiliarme en Cuba.

Esa me la llevó su embajador en Moscú a la residencia de Almeyda, una casa que tenía más micrófonos de la KGB que una cápsula Soyuz. Y ahí conviví con el embajador Holger y su joven asistente O'Ryan, diplomáticos enviados por Santiago para ocuparse de mí, aunque en un inicio pensé que eran agentes de Bonn por el aspecto y lo bien que hablaban el alemán, aunque ya apunté que los chilenos viven en perenne tensión identitaria por no saber qué son. Después no supe a qué jugaban, pero Holger y O'Ryan nos trataron con dignidad, y entre

---

[20] «Sirva como uno sirva, el pago es la ingratitud».

sonrisas y palmoteos y sobajeos de espalda también a mí me doblaron la mano y me convencieron de que me sumergiera.

Como dije, recibí tres invitaciones de los dignatarios aliados que quedaban: Cuba, Siria y Corea del Norte, porque en 1991 el socialismo había desaparecido de Europa. También hubo un atisbo del estrafalario Muamar el Gadafi, pero deseché irme a Libia. Eso tiene mal aspecto y peor pronóstico, y terminará en un drama porque al beduino, pendenciero como todos los que nadan en petróleo, le encanta darse de trompadas con Washington y, como es de suponer, acabará noqueado.

La otra fue la invitación de Kim no sé cuánto, hijo o nieto de Kim Il-sung, si no me equivoco, el de la dinastía norcoreana. También la rechacé, con cordialidad, eso sí, porque, como se trata de un emperador deificado, no me animo a incordiarlo ni con el pétalo de una rosa. Los norcoreanos no tienen humor ni se andan con chicas, y a la primera sueltan misiles o mandan a ejecutar a sus críticos estén donde estén; pero a Pyongyang no me habría ido ni encadenado. Solo imaginarme escuchando a diario los maratónicos discursos del gran líder me causa tercianas.

Bueno, y la última invitación fue la de Fidel, que ya dije que también rechacé. No soporto el calor húmedo de La Habana, ni el tamtam de tambores ni a la gente que se descoyunta bailando en las calles o pierde el tiempo jugando al dominó en los portales. Los trópicos son prolífica cuna de escritores y declamadores, me cuentan, pero no de economistas ni científicos ni filósofos. Y no es que yo sea precisamente amigo de los economistas ni menos de los filósofos, porque Marx resolvió hace mucho los asuntos centrales sobre la economía y la filosofía. Tampoco me apetece una isla que ya no produce ni mangos ni bananas ni azúcar, carece de carne, cerveza y papel higiénico, y menos me entusiasma recorrer una ciudad que fue la Perla del Caribe y hoy es apenas una Cartago, pero en ruinas, que nunca cesó de engullir nuestras subvenciones.

No, no y una vez más no. Enfermo y agobiado, enclaustrado en la embajada de Chile en Moscú, tuve la suficiente entereza de ánimo y sólidas razones para desechar las gentiles invitaciones de los camaradas, y viajar finalmente a Chile, donde vive parte de mi familia, tengo camaradas y amigos, y duermo a buen recaudo de la revanchista justicia alemana.

38

Honecker me comunicó a través de Patricio que ya se sentía mejor y estaba dispuesto a continuar la entrevista. La noticia me hubiese alegrado si no hubiese sido por la demoledora carta de Solange, que me devolvió a un pasado que yo hacía mucho luchaba por olvidar.

Hasta ese día supuse de forma errónea que el dolor y la impotencia que me consumen desde el secuestro de Angelika y el asesinato de Thomas me eximían de la responsabilidad que me cabe por haber sido agente del HVA. Creía que el dolor sufrido neutralizaba el dolor infligido. Supuse que de victimaria —eso era yo con respecto a Solange y otras mujeres—, la fuga me había transformado en víctima, y que mi deserción me facultaba para juzgar a los Honecker desde un pedestal superior.

Pero la carta fue un bofetón, porque la funcionaria de la Hardthöhe me hizo ver de modo claro e irrefutable que moralmente yo no estaba por sobre el tirano, y que sus cómplices, si bien arrepentidos, no diferíamos en forma sustancial de él. El tirano es sus cómplices, y los cómplices son el tirano. Llegué, por lo tanto, puntual pero insegura a la casa de La Reina. Llevaba un *kuchen* de manzana, pues sabía que a Honecker lo deleitaba, pero aún no logro explicarme qué pretendía yo con esa ofrenda en honor del hombre que detestaba.

Me lo agradeció esbozando con amabilidad su sonrisa de Gioconda y me invitó a tomar asiento bajo los quitasoles de la terraza, donde Patricio me brindó café. El sol entibiaba la mañana, y al parecer Margot aún dormía en el segundo piso.

—¿Cómo se siente en este barrio burgués? —le pregunté con cierta insolencia mientras observaba los verdes alrededores, confiada en que no volviera al tema del nido.

Patricio aprovechó para retirarse.

—Aunque no lo parezca, yo sigo viviendo en la RDA —respondió Honecker—. Físicamente estoy en Chile, como ve, pero emocionalmente no he salido ni saldré nunca de mi país. Es demasiado grave la crisis como para que me ausente y deje a la deriva a quienes creyeron en mí. Quien piense que se puede echar atrás la rueda de la historia y borrar del mapa a una nación como la nuestra sin que nada más se desbarate y desplome, se equivoca. Acuérdese de mí, lo que espera a Europa después de lo que nos hicieron son guerras.

—Entiendo que no se acostumbre al exilio, don Erich, porque yo tampoco podría acostumbrarme —le dije—. Fíjese que no me adapté ni siquiera a Leipzig, donde lo tenía todo, porque de Jena extrañaba su tranquilidad provinciana resguardada por las casas escalonadas en las colinas y la vegetación tan frondosa.

—Por eso aún no me voy de la RDA, como anhelan mis enemigos. Cuando despierto aquí por las mañanas y abro la ventana al jardín, imagino que veré el de mi casa en Wandlitz, y la verdad es que me duele amanecer bajo este cielo contaminado. Ponga eso en mi entrevista, por favor, para que los camaradas sepan que no los he abandonado.

—¿Por qué todos los dirigentes vivían allá? —pregunté extrayendo la grabadora de mi bolsón. No cargaba esa mañana con la Hush Puppies.

—¿Ya está grabando?

—No, aún no. Cuando lo haga, le avisaré.

—Hubo que imponer la medida por razones de seguridad. ¿Cree que me gustaba vivir al lado de mis colegas, verlos a diario y los fines de semana y todos los días festivos? Antes era mejor, los dirigentes residían diseminados en el tradicional barrio berlinés de Pankow, no en racimo, como en la ciudadela de Wandlitz.

—Vivían en Wandlitz entonces por razones de seguridad.

Honecker se encasquetó el sombrero, se cercioró de que le quedara inclinado, y agregó:

—Claro, si en Pankow teníamos Berlín Occidental a una calle de distancia. Podían cruzar la frontea a decapitarnos durante la noche sin que nadie se diera cuenta.

No quise decirle lo que los alemanes orientales condenábamos: que se hubiesen refugiado en un gueto al cual nadie más podía acceder. Patricio regresó trayendo trozos de *kuchen* en platillos de loza, y volvió a alejarse. Lucía incómodo en su rol de mozo, pero lo cumplía a cabalidad.

—Por ahí leía que le gusta el *Apfelkuchen* —comenté. Honecker se llevó un trozo a la boca, asintió con la cabeza y sonrió para sus adentros como recordando otros tiempos. Yo estaba a punto de preguntarle sobre qué sintió al recibir el encargo de levantar el Muro de Berlín, pero él cambió de tema:

—Mire bien esa buganvilia —dijo—. Allí anidó una pareja de picaflores y desde hace algunos días anda un gato merodeando. Temo que se zampe al pichón en cuanto nazca. Quizás me convendrá comprar un perro faldero para que lo mantenga a raya.

—Don Erich, ya hablamos de eso. ¿Por qué no continuamos mejor en lo que estábamos? No me convence su justificación sobre Wandlitz —agregué, lo que por cierto lo incomodó.

Dejó el platillo en la mesa, se quitó el sombrero y lo puso sobre sus piernas.

—Francamente, de pronto no sé por qué hablo con usted, Valentina. Apenas la conozco, y disculpe mi franqueza, pero podría ser una agente de la CIA o el BND.

—Don Erich, por favor.

Fue todo cuanto dije para no empeorar las cosas. No me atreví a plantearle que para la CIA y el BND él ya era seguramente un hombre muerto. Y como si hubiese leído mi pensamiento, añadió:

—Fueron los camaradas soviéticos quienes nos instruyeron construir la ciudadela. ¿La razón? Allá estábamos protegidos por un regimiento soviético y cerca de la frontera con Polonia, un firme aliado. ¿Contenta con eso? Ahora me gustaría mostrarle el nido para que vea de qué hablo.

39

—¿Ha sido feliz, don Erich? —le pregunté una mañana en que Valentina Bode acababa de cancelar la conversación de ese día a causa de una carta que había recibido de Alemania.

—¿Feliz? ¿A qué se refiere con feliz? —me preguntó.

Le iba a responder a sabiendas de que mi pregunta era estúpida y vana, y que cuando uno se acerca a un tirano defenestrado, no sabe qué preguntarle ni qué decirle porque supone que quien ha ostentado el poder total sabe infinitamente más que el que vivió bajo su férula.

Pero él se levantó de la mecedora, cruzó el living y entró al baño de visitas.

Mientras lo esperaba sentado en el sillón con la taza de café entre las manos, pensé que mi pregunta había sido además cursi y frívola, pero también que era sorprendente cómo en poco tiempo había logrado yo internarme en la intimidad del hombre que torció mi vida, devastó mi utopía política y destrozó mi relación con Valentina, y que, de manera paradójica e involuntaria, había vuelto a reunirme con ella.

¿Qué me hace nadar como rémora junto al tiburón?, me pregunté. ¿Qué buscaba yo, más allá de una escuálida ventaja económica y la reconstrucción de una confianza parcial con el partido en el que habíamos militado mi padre y yo y al cual no me interesaba volver?

Pero, volviendo a Honecker, ya mencioné que hoy veo con claridad lo que en mi juventud no vislumbré, la inmensa seducción que ejercen los tiranos en este continente. A unos los cautivan su verbo y las utopías que pintan, a otros la obtención de favores y beneficios. Todo dictador cuenta, junto con una corte de aduladores y bufones, con una abultada alforja y una masa de incondicionales que justifica los crímenes que perpetra. Por eso, responsabilizar al término de una dictadura solo al tirano es un recurso pusilánime, cuando no el pretexto perfecto de sus acólitos para proclamar su propia inocencia y sentar al defenestrado en el banquillo de los acusados.

Los peores son quienes solidarizan con un tirano sin vivir en el país que sojuzga, izquierdistas que apoyan desde lejos dictaduras derechistas, derechistas que apoyan a la distancia dictaduras izquierdistas, unos y otros cerrando en secreto negocios y cosechando en la oscuridad prebendas. ¿Cuánto derechista latinoamericano que admiraba a Pinochet pasó, tras su caída, a fotografiarse alegremente con Fidel Castro para alcanzar favores, cargos y beneficios?

En el caso de Honecker, no puedo analizarme empleando un rasero moral benevolente. No puedo negar que fue durante mi privilegiada juventud en Chile que me encandiló el régimen comunista que mantenía a la población encarcelada y del cual me decepcioné al vivirlo en carne propia; y por eso sigo sin entender que me haya halagado un decenio más tarde recibir la invitación a ser su intérprete. No hay excusa para ello. A partir de cierta edad, cada uno es responsable de las decisiones que adopta y de sus consecuencias.

Don Erich volvió del baño y comenzó a columpiarse acompasadamente en la mecedora.

—Con respecto a su pregunta —continuó—, más que feliz, me siento orgulloso de seguir siendo el representante del primer Estado de obreros y campesinos en la historia alemana.

—Lo sé, don Erich, pero ¿qué significa eso?

Se acomodó las gafas y posó su vista en mí. No siempre hablaba mirando a los ojos.

—Yo era feliz cuando volvía a casa —prosiguió bajando la vista a las baldosas—. Mis responsabilidades en el comité central y el consejo de Estado eran arduas, reuniones maratónicas de la mañana a la noche, cada día, sin cesar. Y en todas ellas me anunciaban el cumplimiento de las metas de producción de nuestras fábricas de propiedad del pueblo y de las cooperativas campesinas y, como si eso no bastara, Mielke me informaba que la Stasi tenía todo bajo control. *Keine Panik, ich habe alles fest in Griff, Genossen*[21], repetía con su quijada desajustada por la placa dental que a causa de los años y el encogimiento de su mandíbula le iba quedando ancha.

—¿Y usted creía en eso? —pregunté yo.

—La verdad es que uno intuye que no todo puede ser un lecho de rosas, pero a veces es preferible creer a dudar. Creer permite dormir tranquilo, al menos.

—¿Y por qué no dejó antes el cargo, don Erich? No habría terminado, vamos, de la manera en que lo hizo.

—No tenía escapatoria, Patricio, el final habría sido el mismo, porque a mí desde 1961 me convirtieron en el símbolo del Muro.

—Tal vez las cosas pudieron haber sido diferentes…

—Mi día comenzaba cuando me subía al Citroën, ¡qué coche aquel!, amplio, silencioso y mullido como la alfombra de Aladino. ¿Leyó usted *Las mil y una noches*? Yo vi la película, pero antes hojeé un resumen del *Reader's Digest*. En fin, mi Citroën iba variando de lugar en la comitiva de Volvos, todos iguales y azules, seguidos de la ambulancia, como corresponde a un estadista.

—¿Y entonces?

—¿Entonces qué?

---

[21] «No se preocupen, camaradas. Lo tengo todo bajo control».

—Que su día comenzaba cuando se subía al Citroën para volver a Wandlitz…

—La verdad es que comenzaba cuando la caravana dejaba el Berlín que reconstruimos de modo magistral y enrumbaba a Wandlitz a una velocidad crucero, nunca ni más rápido ni más lento, menos en las curvas, pues me mareo, hasta que nos internábamos por los campos sembrados y los bosques, y corríamos cerca del lago y entrábamos a la ciudadela.

Leí hace unos años que Honecker volvía a diario a encerrarse en su casa y, según quienes lo asistían, a ver en la televisión occidental reportajes sobre viajes. ¿Anhelaba acaso cruzar la frontera y desplazarse lejos? Nunca logré extraerle una reflexión al respecto. Algo le impedía abordar el tema, aunque en algún momento dijo que a cada generación le correspondía un desafío específico y que el de la suya había sido construir el socialismo para que sus descendientes superasen un día —¡vaya ilusión!— en prosperidad el capitalismo.

¿Qué más puede esperarse de un dictador? Hitler fue pintor frustrado, Stalin un *apparatchik*, Castro un caudillo, Pol Pot un académico, Kim Il-sung un campesino. ¿De dónde surgió la fatal admiración y tolerancia de los latinoamericanos por los dictadores?

—¿Y qué lo hacía feliz en Wandlitz? —insistí ese día.

—¿Por qué le interesa tanto eso, Patricio?

—Porque quiero saber cómo discurre la vida de alguien poderoso.

Me miró de lado y masculló:

—¿A quién le preocupa genuinamente la vida que tuvo un viejo hoy herido de muerte y ya sin poder? ¿Tiene sentido desperdiciar mi tiempo volviendo la vista atrás?

—No se ponga tan pesimista. Uno es lo que recuerda, dicen por ahí.

—Uno es lo que recuerda, pero también lo que los demás cuentan sobre uno. Y no soy pesimista, por el contrario, me nutro del optimismo que emana de la convicción de que al socialismo le pertenece por entero el futuro de la humanidad, pero tampoco soy ingenuo, y sé que el enemigo se ha encargado de calumniar con virulencia y éxito mis años de incansable entrega a la causa popular. Me da lo mismo, porque un día mi pueblo me reivindicará a mí y a la gloriosa RDA, pero será demasiado tarde y no habrá nada más que hacer. Será mi pequeña venganza.

40

Sra. Valentina Bode
Koblenzer Str. 399
Bad Godesberg

Bad Breisig

Valentina:

Sé que lee mis cartas y que no las responderá. No se atreve porque el traidor no soporta la mirada del traicionado ni su propia mirada en el espejo. Pero le seguiré escribiendo.

Sé también que mi caso la desvela porque intuye que un abogado llegará un día no lejano a responsabilizarla por cuanto nos hizo a tantas mujeres.

La dictadura no se circunscribió a encarcelar, torturar o asesinar a germano-orientales. También cruzó el Muro para hacer daño a personas de otros países que, como yo, vivían solas y decepcionadas del mundo, pero cumpliendo con la ley y añorando jubilarse para refugiarse en un oasis donde nadie pudiera lastimarlas. ¿Es mucho pedir eso de desear un refugio donde a una nadie la lastime?

La dictadura no fue solo Honecker y su mujer. No, la dictadura fue también los millones de seres como usted —espías, porteros, burócratas, deportistas, sacerdotes, maestros, médicos, abogados, obreros, cooperativistas, artistas, nocheros, choferes, sindicalistas, esposos, amantes, estudiantes, viudos, proxenetas, huérfanos, padres, hijos, sastres, jardineros, tractoristas, soldados, prostitutas, diplomáticos, sicólogos— que colaboraron con ella.

Usted fue mucho más que un tornillo de esa maquinaria atroz y, al igual que los cómplices que actuaron amparados en la noche estalinista, anhela que la justicia jamás se entere de su colaboración, o bien la olvide para que, a pesar de su connivencia con la represión, pueda reanudar ahora su existencia, esta vez libre de mácula, gracias a las tinieblas que despliega la amnesia colectiva.

Me ocuparé hasta mi muerte de que usted pague por tanto dolor causado.

Dra. Solange Seidel

41

Recuerdo que pasaron los días y la entrevista para el medio berlinés se amplió a un nuevo proyecto, que Honecker aceptó con sorprendente entusiasmo. La idea de Valentina era publicar un libro de conversaciones íntimas con él, lo que encontró eco en una modesta editorial comunista de Wuppertal. Por esa razón ambos comenzaron a reunirse dos o tres veces por semana en sesiones a las que, a partir de un momento, preferí no asistir porque alteraba el desarrollo natural del diálogo.

Y la verdad sea dicha: las conversaciones que alcancé a escuchar desde la cocina dejaban mucho que desear porque, ante la frustración de Valentina, Honecker alargaba los prolegómenos de los encuentros como para atrasar la parte medular de los mismos, mientras doña Margot —que en un comienzo puso reparos a la publicación, aunque terminó por aceptarla— salía con chilenas que habían vivido exiliadas en la RDA y cuyos maridos eran ahora funcionarios del Gobierno en Santiago.

—¿Qué buscas con ese libro? —le pregunté a Valentina una mañana en que Honecker no bajaba aún—. ¿Te está resultando atractivo el personaje?

—No se trata de que me caiga bien o no —repuso seria—, sino de lo que me corresponde hacer como periodista y ciudadana del país que desapareció. Pienso que mi deber es dejar testimonio del Honecker íntimo a través de sus propias palabras, pues perjudicó y destruyó la vida de millones. Es, cómo decirlo para no sonar grandilocuente…, mi deber personal ante la historia.

A juicio de Flora, Valentina corría riesgo al poner su firma bajo una entrevista que ante muchos germano-orientales podía resultar benévola para con el dictador. Creía además que la morosidad impuesta por Honecker a la entrevista buscaba precisamente eludir o maquillar pasajes conflictivos de su vida.

—No hay dictador ingenuo —sentenció Flora mientras contemplábamos las estrellas en nuestra parcela—. Viejo, enfermo y desmemoriado como está, contará lo que él quiera y no abrirá su corazoncito, si es que lo tiene, ante una periodista que vivió encerrada en su feudo.

Una mañana Honecker nos anunció en la terraza, al momento en que yo servía el café, que quería compartir algo importante con nosotros. Tanto me intrigó el asunto que decidí quedarme. En esos días lo veía satisfecho con el discurrir de las conversaciones, no así a Valentina, afectada por noticias que recibía de Alemania, pero sobre las cuales prefería guardar silencio.

—¿De qué se trata, don Erich? —pregunté.

Lo vimos levantarse de la mecedora, alisarse la chaqueta safari y caminar hasta la jaula de Stradivarius, nombre con el cual había bautizado al canario que le compré en una feria. Tras cerciorarse de que este contara con suficiente agua y alpiste, se dirigió al nido de los picaflores. La verdad es que nunca supimos si el gato o el diminuto pájaro había salido airoso de la terraza, y preferíamos obviar el tema. Luego de examinar el nido, Honecker nos dijo:

—Como a estas alturas ya no me engaño a mí mismo y vivo convencido de que soy solo pasado, historia, una circunstancia que me concede ciertas licencias, les pregunto en qué creen que fallamos y por qué razón mi gente no me quería. ¿Han pensado en eso? ¿Por qué no me querían si les di cuanto necesitaban?

Nos miramos extrañados con Valentina.

—Aunque me aplaudía y coreaba mi nombre, la gente no me quería, esa es la verdad —continuó Honecker—. Pienso y pienso al respecto y no entiendo por qué me rechazaban si yo dediqué mi vida entera a defender sus intereses. Castigamos a los nazis, expropiamos a industriales, banqueros y terratenientes, eliminamos la miseria y construimos el socialismo, pero nada. En noviembre de 1989 las masas cruzaron a Occidente y volvieron obnubiladas por los escaparates exigiendo mi cabeza y el retorno del capitalismo, y mi partido no tardó en entregarme para apaciguarlas y terminó perdiendo el poder. Así de brutal fue todo.

Supongo que Valentina nunca había visto a Honecker devastado. Digo que lo supongo porque ella, y eso me resultaba cada día más ostensible, evitaba ciertos temas conmigo.

—Tal vez fueron demasiados años, don Erich —me escuché decir, y hoy me avergüenzo de ese comentario pusilánime.

—Pero no me vengan con la alternancia política de la democracia burguesa, porque es una farsa, así que esa no es la respuesta, Patricio. Nosotros aplicamos los principios de Marx, conquistamos el poder siguiendo las lecciones de Lenin, y derrotamos al nacionalsocialismo bajo la conducción de Stalin. Triunfamos en todos los campos de batalla, pero no en el corazón ni la mente del pueblo, que fue conquistado por el egoísmo y el materialismo del sistema capitalista. Hicimos todo lo que había que hacer y mira cómo me pagaron.

—La brecha histórica entre ambos mundos era demasiado grande, don Erich —agregué yo—. Siglos separan a la Europa Oriental de la Occidental. El socialismo necesitaba mucho tiempo para equiparar las cosas.

Era al menos lo que sostenían los camaradas del partido en los años setenta en Leipzig para tratar de explicar lo que era imposible de disimular entonces: la insalvable brecha entre uno y otro modelo. Valentina guardaba un silencio que a mí me incomodaba, y el semblante de Honecker delataba que estaba enfermo no solo del cuerpo sino también del alma. Me pareció como si de golpe todo —la enfermedad, la pérdida del poder y el exilio— se hubiese confabulado para desplomarse con el Muro sobre su persona.

—Algunos me acusan de oportunista —afirmó con amargura, ajeno a nosotros, como si estuviese solo en la terraza—, pero nadie puede negar que mi compromiso fiel con la clase obrera es de siempre. No me hice comunista por cálculo, señores. Fui comunista desde mi cuna en el Sarre e ingresé al Grupo Infantil Comunista de Wiebelskirchen cuando tenía apenas diez años.

—¿Y qué sabe de política un niño de esa edad? —apuntó Valentina con crueldad.

—Raro que la pregunta venga de usted, que nació y creció en nuestra república y debe haber ingresado a los Jóvenes Pioneros con siete años —respondió Honecker.

—Con seis, don Erich.

—Por eso. Como tuvo una vida privilegiada en el socialismo, ignora las penurias y los abusos que sufre un niño proletario en el capitalismo. A mí nadie me cuenta cuentos, yo lo viví y no lo olvido.

—Eso fue hace más de setenta años, don Erich, el mundo cambió desde entonces.

—En el Grupo Infantil Comunista encontré refugio, consuelo e inspiración para la vida —continuó Honecker, nostálgico—. Íbamos de excursión, aprendimos a identificar los árboles por su tronco y las hojas, seguíamos las huellas de los animales, cantábamos himnos revolucionarios. Hasta representamos obras de teatro. ¿Qué me dicen? ¿Saben que aún puedo recitar cosas de memoria?

Nos miró esperando nuestra respuesta con un fulgor gozoso en los ojos.

—No, don Erich —dijo Valentina.

Él comenzó a pasearse por la terraza lentamente y en un momento alzó el rostro al cielo, y con voz engolada, como la de quien se apresta a anunciar a un artista famoso, dijo:

—Nada menos que *Espartaco, el libertador de esclavos.*

—Es un drama revolucionario —apuntó Valentina.

—Correcto. Entonces yo acompañaba a mi padre a sus mítines políticos. Cuando joven, él militó en el Partido Socialdemócrata, pero renunció en cuanto supo que lo financiaba la burguesía. Como ven, toda mi vida he sido de una sola línea, la del pueblo, y por eso acusarme de oportunista es una infamia.

Lo vimos hundir las manos en los bolsillos de la chaqueta y, una escena que hasta el día de hoy no puedo olvidar, empezó a recitar en tono lastimero.

Marchando hombro con hombro,
cantando las viejas canciones
que resuenan en los bosques,
sentimos cierta la victoria.
Nos acompaña el nuevo día.
Nos acompaña el nuevo día

Permaneció inmóvil al término de su breve y emotiva declamación. Esperaba tal vez nuestro aplauso, pero lo único que escuché fue el trino de Stradivarius desde la jaula.

—¿Cuál ha sido el peor día de su vida? —preguntó Valentina, y sospecho que esa pregunta fue un salvavidas que le arrojó para superar la incómoda, y hasta me atrevería decir, penosa escena.

Honecker la miró defraudado, y dijo:

—La vida puede ser una secuencia infinita de malos días, pero a veces encuentras un trébol de cuatro hojas que debes atesorar, porque la esperanza termina doblegando a la realidad.

—¿Como el día en que conoció a Charlotte? —le pregunté tratando de aportar solidez a su metáfora, pues sabía cuánto se esforzaba desde hacía algunas semanas por emplearlas en sus conversaciones.

—Buen aporte —dijo, sonriente.

—¿Cuál es su texto predilecto? —le preguntó Valentina.

—Los documentos de fundación de nuestra república, el 7 de octubre de 1949.

—Pero eso alimenta una nostalgia dolorosa, ¿no?

—Los días luminosos son la excepción en la vida de un comunista, Valentina. Sabiendo eso resistí el decenio en la cárcel nazi y la avalancha de críticas imperialistas durante la construcción de la valla antifascista en 1961.

—¿Se refiere al Muro? —atacó Valentina.

—Al Muro que impidió una tercera guerra mundial y nos permitió evitar que el socialismo se desangrara a causa de la emigración ilegal.

—Pero usted mismo dice que noviembre de 1989 demostró que la gente ansiaba otra cosa —insistió Valentina, sin soltar presa.

—Sabía que usted iba a volver a eso, porque aún no aquilata las bondades del país en el que vivió y olvida factores que también juegan un rol en la historia, como el azar, la estupidez y la traición.

—¿A qué se refiere? —preguntó Valentina, y yo pensé que al estirar en exceso el elástico y frustrar a Honecker podría perder la entrevista.

—¿A qué me refiero con el azar? Al chapucero de Schabowski y su anuncio de que habíamos abierto el Muro, por ejemplo. Y la estupidez no requiere explicación: ¿cuánta gente nuestra se dejó embaucar por la propaganda imperialista? Y con respecto a la traición, piense en la confabulación del Buró Político con Gorbachov, o la de Hungría con Bonn para abrir su frontera para que nuestros ciudadanos huyeran al otro lado.

Stradivarius volvió a trinar.

42

—La verdad, Enrique, y disculpa que traduzca tu nombre al castellano, pero un líder de mi talla no puede fingir que habla alemán pronunciándolo como mi amigo Fidel chapucea el inglés. No, quien llegó por mandato popular al sillón de O'Higgins no puede permitirse semejantes deslices por elemental respeto a la dignidad del cargo que el pueblo le confirió.

—No se preocupe, presidente Allende, puede llamarme Enrieh-ke con toda confianza.

—Me alegra, pues quería explicarte que nunca visité la RDA por falta de tiempo. Mi cargo de senador de la República y después de presidente demandaban todo mi tiempo y mis atenciones, y por eso restringí las visitas a países como Cuba, el faro de América, el victorioso Vietnam y la generosa Unión Soviética.

—Creo que sí visitó en una oportunidad mi país, presidente.

—La verdad es que no lo recuerdo, Enrique, pero te aclaro eso sí que nunca celebré, como tú, al criminal de Stalin.

—Más vale no discutir asuntos de otras épocas, presidente. No comparemos peras con manzanas, aunque quisiera recordarle que fue papaíto Stalin quien derrotó a Hitler.

La manía de estos caudillos latinoamericanos por cambiarme el nombre. Fidel me dice Eric y Allende, Enrique, y ambos confunden las siglas de la RDA con las de la RFA. Lo esencial es que Salvador llegó a visitarme, y nada menos que a mi cuarto, donde yo hacía la siesta tras almorzar un pesado pastel de choclo, habiendo eludido previamente la palta reina, un plato que rezuma mayonesa por todas partes, pero sin haber podido evitar el pisco sour, que me tumbó como un tronco en la cama hasta que Allende, sí, el suicidado, me despertó.

No voy a examinar los tenues deslindes entre mi memoria y mi fantasía, ni mi nexo con la realidad. Lo crucial es que admiro su tenaz resistencia y heroico sacrificio en el Palacio de La Moneda, pero no le perdono que a menudo se haya desentendido públicamente de nosotros como Estado, e imagino la razón. No quería que lo fotografiaran junto al Muro, que él condenaba para sus adentros, aunque no tenía reparos contra los paredones castristas ni la brutalidad del Vietcong. Su aparición me sorprendió porque tengo el vago recuerdo de que se suicidó hace veinte años en su despacho, ese que visité.

—Cuénteme la verdad, presidente —lo picaneé—, ¿por qué tanto remilgo con visitarnos en Berlín?

—Se la diré de frente, Enrique, pues un líder popular como yo habla siempre con una mano puesta sobre el corazón y la otra enarbolando la verdad.

—¿Y entonces?

—Me pareció inapropiado visitarlo porque su Muro es indigerible en nuestro continente, para qué voy a andar con cuentos, porque un muro como el suyo rima con prisión y muerte, mas no con libertad. Y además, aunque le ruego encarecidamente que esto quede entre nosotros, a los chilenos nos dicen los suizos de América por nuestro irrestricto apego a las leyes y no vemos con buenos ojos eso de encerrar a todo el mundo.

—También les dicen los prusianos de América.

—Efectivamente.

—Y los ingleses de América.

—Eso ya es redundancia —me respondió—, pero, aunque estamos en América Latina, nos sentimos más cerca de Europa Occidental, y por eso mi socialismo, a diferencia del de Rusia, China, Cuba o el suyo, donde las revoluciones fueron impuestas mediante las armas, triunfó en las urnas. Apunte el dato, por favor, porque es un ingrediente novedoso y único en la historia revolucionaria, y es un aporte mío al mundo.

—Muy a la inglesa o suiza será su país, presidente —continué, más molesto—, pero la verdad es que a usted lo sacaron a cañonazos de La Moneda.

—Tiene razón, Enrique, terminé mi mandato en lo que podría llamar su mejor tradición prusiana.

Carajete este Salvador. Me la devolvió con creces.

—En todo caso, su país no se parece a Cuba, Libia ni Angola —agregué para calmar los ánimos.

—La verdad es que nos creíamos una cosa y la realidad nos enseñó que somos otra, tal como le ocurrió a usted, que creyó que el pueblo lo adoraba y resulta que le volteó la espalda en cuanto comenzó el rechinar de candados y cerrojos en la frontera.

—En la valla de resistencia antifascista, para ser más precisos. Y a juzgar por su reacción, concluyo que le fastidió mi pregunta.

—No te burles de mi vía pacífica al socialismo, Enrique —me advirtió con dureza, irritado—, que, a diferencia de la tuya, impuesta por las bayonetas soviéticas, se distinguió por su carácter respetuoso de la democracia burguesa. Así que, distancia y categoría, Enrique. Pero como te permites ciertas licencias conmigo, te leeré la cartilla, querido amigo, y ojalá no te enfades.

La verdad es que estoy dispuesto a que me pregunte lo que quiera, porque a los suicidas no se les falta el respeto. En rigor, su trayectoria voluntarista revela mucho sobre este continente: tratando de construir el socialismo a su aire hundió a su país en una crisis que ni nosotros conocimos, aguantó apenas mil días en La Moneda —nosotros cuarenta años— y fue derrocado por quien se aferró después casi tantos años como yo al poder. Pero este hombre de gafas e impecable traje azul oscuro es hoy un héroe y yo, que logré el reconocimiento internacional de la RDA, construí un Muro que le trajo paz y estabilidad a Europa y bienestar a nuestros ciudadanos, terminé desacreditado y refugiado aquí, en un valle de su propia patria.

—Admito que fracasé en mi intento de construir el socialismo por la vía pacífica —continúa tras ajustarse la corbata y acomodarse las gruesas gafas negras frente al espejo del ropero—, y supongo que mi experimento te lleva a concluir que soy un romántico, un modesto trovador, ¿verdad?

—En cierta forma —admito yo.

—Pero ¿sabes? —continúa—, es justamente eso, el fracaso seguido del suicidio, lo que me otorgó un sitial en la historia y diferenció de los revolucionarios de papel que solo buscan fama, fortuna y ventajas materiales en nombre del pueblo. Así que nunca olvides cuál es mi destacado lugar en todo esto y cuál el tuyo. La historia, compañero, es una moneda lanzada al aire, veleidosa y cruel como Salomé. ¿Me entiendes?

Preferí callar porque dicen que trae mala suerte contradecir a los clásicos, y la mía ya ha sido funesta. Como marxista no soy supersticioso, pero de que existe la mala suerte, no hay duda de que existe.

—Tienes otra gran debilidad —agregó el doctor como si todo lo que me dijo no bastara.

—¿A qué se refiere, presidente?

—A que toleraste que el mundo te identificara con toneladas de hormigón y kilómetros de alambre de púas.

—No había otro modo de salvar a la RDA, presidente. El pueblo, que siempre marcha pasos detrás del líder revolucionario, se fugaba en estampida. Tres millones nos dieron la espalda en cuanto anunciamos que construiríamos el socialismo. A ese ritmo íbamos a quedarnos hasta sin militantes. Eso me obligó a concebir el Muro.

—Enrique, esa fue tu soga al cuello. A un líder lo pueden representar el viento tempestuoso, las olas embravecidas o un águila avezada, pero nunca una carretilla de hormigón ni menos un rollo de alambre de púas. Tus símbolos eran incapaces de emprender el vuelo, no invitaban a remontarse hacia las estrellas, por el contrario, se agotaban en su propia pesada y sucia materialidad. ¿Puede haber algo más deprimente que ofrecer a un pueblo un muro, alambradas, una franja de la muerte, torres de vigilancia y cancerberos?

—No tuve otra alternativa. La historia me arrinconó.

—Ojalá haya sido así, porque si fuiste tú mismo quien escogió los símbolos, te suicidaste políticamente para siempre, y nadie podrá librarte de esa muerte y de ese olvido.

—Cada hombre es víctima de sus circunstancias, presidente.

—¿Conoces a Ortega y Gasset? —me preguntó alzando una ceja, asombrado.

—¿Es chileno?

Sacudió la cabeza, yo diría que esta vez, más que defraudado, alarmado, y carraspeó y se ajustó el nudo de la corbata lanzando una mirada rápida al espejo.

—¿Lees poesía? —me preguntó después de una pausa en la que guardé silencio, porque me cuesta descifrar el barroquismo latinoamericano.

—Leo poca poesía —confesé.

—Yo, en cambio, hasta tuve un amigo poeta. Pablo Neruda. ¿Lo ubicas?

—Ese sí es chileno —dije, y me parece que Neruda tampoco quiso visitar la RDA porque el Muro le causaba urticaria en los brazos y eccemas en la espalda. No, al gran vate no lo seducía el este de Europa ni la estepa siberiana, lo suyo eran París y Capri, Madrid en la Guerra Civil a lo sumo.

—Bueno, al menos recordarás que obtuvo el Nobel y antes también el Premio Stalin, que de seguro aplaudiste a rabiar. Hasta le dedicó un poema a Stalin, ¿sabías? Y tú, Enrique, ¿tienes algún amigo poeta?

—En realidad, uno que haya sido amigo amigo no, presidente.

—Craso error. Todo verdadero político debe recitar de memoria al menos un poema de amor y tener al menos un amigo poeta. Los buenos versos alivian los pesares y permiten digerir nuestros discursos. El pueblo es una mujer romántica a la que uno debe susurrarle algo bello al oído, Enrique, y no solo estadísticas sobre los planes quinquenales. ¿Cómo crees, si no, que llegué hasta donde llegué?

—Conozco a Brecht y a... otros poetas —tartamudeé.

—No me refiero a la poesía militante ni al folclore social, sino a poemas de amor, Enrique, ese sentimiento que rejuvenece el alma, alegra los días e ilumina la sórdida existencia de los trabajadores en este mundo cruel. El elíxir de la vida para nuestro pueblo es el amor por alguien y el sueño de redención social, que vienen a ser lo mismo.

—Sí, he leído poemas románticos y tengo amigos, tenía más bien, miembros de la Asociación de Escritores de la RDA y...

—No intentes engañarme. Leí un discurso tuyo, por cierto pobremente traducido por la agencia TASS, y no pude terminarlo. Vaya, qué intragable compilación de cifras, subvenciones, metas de producción, citas de Marx, Lenin, Brézhnev y hasta de la Academia de Ciencias soviética; es decir, de gente que nada sabe de sueños, nostalgias ni pasiones, ni conoce las cuitas de amor que acabaron con el pobre Werther.

—Grande Goethe —apunté con voz segura porque sí recuerdo que lo escribió el poeta de Weimar.

—De poesía vive el pueblo y no solo de anuarios estadísticos, Enrique —afirmó el doctor alzando una mano con el índice erguido—. Y por no entender eso, estás donde estás. Te

recomiendo buscar en las librerías chilenas algo de Jorge Tei-
llier, Enrique Lihn y Gonzalo Rojas, porque la poesía sirve
tanto en el reino de los vivos como en el de los muertos, y a
tu edad conviene ser bilingüe.

EL OASIS

43

Un mañana Honecker me pidió que detuviera la grabadora y lo siguiera al segundo piso, pues quería mostrarme algo. Margot había salido temprano de compras con amistades. Subimos por una escalera de madera bruñida y alcanzamos un pasillo que distribuye las habitaciones.

Era la primera vez que yo accedía a ese nivel. Honecker iba adelante cerrando puertas, hasta que se detuvo ante una que tenía adosada una placa de bronce con el escudo de la RDA. Sacó una llave de su bolsillo y abrió. Las penumbras se disiparon en cuanto descorrió las cortinas.

Lo que vi me turbó: sobre un escritorio había una lámpara, un teléfono y una ruma de carpetas, y al costado un archivo metálico. De la pared colgaban la bandera y un mapa de la RDA, y en los estantes había libros intercalados con fotos de Honecker junto a jefes de Estado. En una sonreía junto a Brézhnev, en la otra estrechaba la mano de Willy Brandt, más allá posaba con Fidel Castro, o saludaba con el puño en alto junto al presidente angolano Agostinho Neto.

—¿Qué le parece? —me preguntó sentándose detrás del escritorio con los ojos teñidos de nostalgia.

No supe qué decir.

—Solo yo entro aquí —puntualizó—. Ni siquiera la señora que limpia. No crea que vivo aferrado al pasado, pues he visto lo suficiente como para comprobar que la historia no solo es pasajera sino también cruel e injusta.

Comprendí que Honecker comenzaba a perder sus facultades y me pregunté qué era en su caso lo humanamente relevante que debía destacar a la hora de describirlo, porque la verdad es que se trata de un sujeto más bien plano, sin estribaciones ni contrafuertes intelectuales. ¿Podría pintarlo como el anciano, solitario y despojado del poder que era, sin parecer empeñada en despertar compasión hacia él? Me pregunté al mismo tiempo si bastaba con retratarlo como al dictador que la vida castigaba al final con dureza.

Lo cierto es que no sabía en qué recodo del camino había quedado tendido el tirano que le arruinó la vida a millones detrás del Muro, entre otros a mí. No, el infalible y todopoderoso ser que regía desde el monumental edificio gris del comité central del PSUA no era el mismo que yo percibía ahora bajo la piel de pergamino de un anciano que no superaría jamás el sentimiento de culpabilidad por la muerte de su nieta, que no entendía el brusco vuelco de la historia ni la traición de sus camaradas, y al cual ahora no agobiaba el dolor que había infligido a sus compatriotas, sino la suerte de unos picaflores.

Nadie debía confundirse con lo que yo dejaría escrito sobre el dictador a modo de testamento. Mi misión consistía en presentarlo en cuerpo y alma ante los lectores, única forma de que estos adquiriesen una noción de la banalidad y malignidad de su existencia. No quería que, al constatar defraudados que no lo condenaba, los lectores me tomaran por una oportunista que, engatusada por los rasgos privados del tirano, justificaba o relativizaba sus excesos y atrocidades.

Tal vez debía ver a Honecker como un Jano, la deidad de doble rostro, uno perteneciente al del sujeto público que fue dictador, el otro al del sujeto privado que sufría por la pérdida de la nieta y unas aves. Despiadados asesinos fueron tanto Hitler como Stalin, pero algunos intentaban edulcorarlos destacando, en el primero, su flexibilidad de espiga ante los caprichos de Eva Braun, su mujer y cómplice y, en el segundo, el delirio que le causaba su hija Svetlana; y había quienes eludían la crítica a dictadores celebrando algún rasgo privado. Abundaban los exégetas de Fidel Castro que destacaban su prodigiosa memoria; los de Papa Doc que alababan su diamantina galantería hacia sus voluptuosas amantes; los que extrañaban a Somoza por las bien regadas fiestas que ofrecía. No, los dictadores no son sujetos solitarios aislados, sino que, por el contrario, cuentan con una claque de serviles simpatizantes que se benefician de sus favores y les son fieles hasta que pierden el poder. Así es la vida y no otra cosa, así es el ser humano, solía decir Honecker en sus últimos días, y endosaba de paso sus propias felonías y arbitrariedades a una supuesta imposición de la historia.

¿No sería que mis dudas con respecto a cómo describir a Honecker las habían sembrado en mi alma las desoladoras cartas de Solange Seidel? ¿No era yo a quien ella retrataba con nitidez situándome en el mismo peldaño moral del jerarca alemán y su mujer? Pensé que, más que misivas, la mujer de Bad Breisig me enviaba espejos para que me viera tal como yo era, y no solo como la víctima de una represalia espantosa que buscaba olvidar que había sido victimaria. ¿Tenía yo acaso autoridad moral como para juzgar y castigar a los Honecker? ¿Es que el arrepentimiento como victimario me legitimaba para convertirme en víctima?

Pero desconcertada en el singular despacho del tirano defenestrado, solo comenté:

—Este es un lugar ideal para escribir, don Erich.

—Pues aquí escribo mis memorias —repuso él—, no en la mesa del living como supone. Parto antes que amanezca y, cuando usted llega, ya he cumplido con mi cuota diaria de palabras.

—¿Y escribe con las cortinas corridas?

—Siempre. No me gusta sentirme espiado.

—Entiendo.

—Reflexiono sobre nuestra historia y, aunque no lo crea, recibo llamadas de políticos que aún me saludan con afecto. El aparato —indicó al teléfono— es el mismo que tenía en mi oficina en el comité central.

—¡Conque los viejos amigos no lo olvidan!

—Y son de uno y otro color político. ¿Sabe por qué? Porque existe una amistad indeleble entre quienes han tenido el privilegio de gobernar el mundo, y aunque yo esté hoy en el exilio, esta es la verdadera sede del Gobierno de la RDA y ellos lo saben y la respetan, estimada Valentina —agregó antes de garabatear algo con su lapicera al pie de una cuartilla salpicada de timbres—. Menciónelo en la entrevista: aquí sigo siendo el jefe de la RDA.

—Disculpe, pero su república ya no existe —le advertí.

—Pero claro que existe, Valentina. Existe en mi exilio. Actúo como actuaron los franceses durante la ocupación nazi, los republicanos españoles en Francia y los exiliados chilenos en la RDA cuando gobernaba Pinochet. Me pueden haber derrocado, pero los sueños de la clase obrera volverán a florecer, porque la RDA sigue siendo la redención del pueblo alemán.

—La RDA ya no existe, don Erich, desapareció por voluntad de sus ciudadanos y se integró a la República Federal.

Recuerdo que un temblor sacudió su barbilla y descendió hasta apoderarse de sus manos de uñas bien recortadas, lo que él disimuló hojeando una carpeta.

—Quiero ser franco —me dijo alzando la vista del documento—. Todos me deben respeto, pues represento a la RDA, no he firmado acta de rendición o anexión alguna, y menos de renuncia a mis convicciones. De hecho, encabezo un Estado reconocido por más de cien países.

—Don Erich, por favor, la RDA ya no existe, como tampoco existen su bandera, su himno ni sus fuerzas armadas. Todo eso desapareció —porfié exasperada.

—Valentina, he atravesado peores momentos que estos. De niño sufrí hambre y frío, durante el nazismo pasé diez años en un campo de prisioneros, en la RDA sobreviví al estalinismo, dirigí la construcción del Muro, conquisté el poder y consolidé la existencia de la RDA y la convertí en el país socialista más desarrollado del mundo. Yo sé lo que digo.

—¿De qué existencia consolidada me habla?

—No me interrumpa —alegó Honecker asestando un sorpresivo puñetazo sobre el escritorio—. Todas esas etapas parecían irremontables, el naufragio final, el último canto del cisne, pero vea, aquí estoy, íntegro y más convencido que nunca de la justeza de mis convicciones, y dispuesto a seguir luchando.

—Si usted lo ve así, permítame una pregunta, don Erich.

—Las que quiera.

—¿Desea que lo retrate así ante Alemania? ¿Sentado en su oficina afirmando que aquí radica hoy la soberanía de la RDA, que ella sigue existiendo y que usted no se arrepiente de nada de lo que ha hecho, como si el mundo no hubiese cambiado desde noviembre de 1989 a la fecha?

—Escúcheme —dijo Honecker sin perder la calma.

—¿Pero qué hacen aquí? —preguntó la señora Margot asomada a la puerta. Llevaba una bolsa de compras en la mano.

—Don Erich me invitó a subir —expliqué.

—¿Y aún no termina su famosa entrevista?

—Ha habido contratiempos.

—Pero ¿de qué medio viene usted? —me preguntó, disgustada—. ¿No se trataba al comienzo de una sola entrevista? ¿Y ahora quiere escribir un libro?

El anciano observaba aquello estupefacto y con las manos enlazadas sobre el escritorio.

—La entrevista saldrá pronto, pero el libro requiere más tiempo —repuse tratando de sonar amable.

—Pues la próxima vez que vaya a subir, lo consulta antes conmigo —ordenó ella, y dirigiéndose a su esposo—: no tenía idea de que ahora estás terminando las entrevistas en el segundo piso.

—Aún no la terminamos —aclaré yo—. Y fue don Erich quien me invitó a subir.

—Yo soy quien aprueba las entrevistas, ¿verdad, querido?, y de esta visita no tenía idea.

—Solo le estaba mostrando la oficina.

—Como la señora parece no entender, se lo diré de otra forma —lo interrumpió Margot, y me clavó su par de ojos azules fríos y deslavados—. Me disgusta que gente extraña suba acá, el solo hecho de que transiten por el living me incomoda.

—No volveré a subir —aseguré.

Honecker cerró la lapicera, se puso de pie y con voz trémula me dijo:

—Sígame a la puerta de salida, por favor.

44

La tensa escena en la oficina de Honecker, que no tardó en describirme Valentina tras un viaje que hice a Alemania como traductor, tuvo consecuencias. Si Margot marcó su territorio ante la intromisión de mi amiga, Honecker se sintió culpable de que esta sufriera un trato vejatorio de parte de su esposa, lo que lo indujo a mostrarse condescendiente hacia la periodista.

Me llamó a Frankfurt para pedirme que transmitiera a Valentina su mensaje «Aufgeschoben ist nicht aufgehoben»[22], lo que les permitió conservar la relación, esta vez a espaldas de Margot. Durante mi estancia en Alemania traduciendo para una delegación comercial chilena, perdí la posibilidad de seguir de cerca el diálogo, y nunca supe cómo coordinaban las reuniones sin que Margot se enterara. Lo cierto es que las prosiguieron e incluso profundizaron, de modo que cuando regresé, Valentina me contó que el semanario publicaría la entrevista y que avanzaban las conversaciones para el libro.

—Comenzamos a entendernos mejor —aseguró al teléfono la tarde en que retorné a Chile.

Supongo que Honecker separó aguas con su mujer en este asunto, porque aspiraba a que el libro maquillara su trayectoria y exilio, retocara aspectos comprometedores de su vida y

---

22 «Postergado no significa anulado».

lo situara bajo una luz beneficiosa para su propósito de quedar mejor parado ante la historia.

En estos días, años de su arribo a Chile, y cuando la incertidumbre política envuelve al país y la economía se debilita, tiendo a pensar que entonces Honecker comenzó a sentir una atracción, precisaré que senil, por Valentina. Refuerza mi suposición el recuerdo de que sus ojos volvieron a brillar, sus gestos se tornaron vigorosos y la sonrisa afloró con más frecuencia en sus labios. No me cabe duda de que las visitas de mi amiga lo contagiaban de entusiasmo, y que eso bien puede haber sido amor o algo similar. Y supongo también que la animadversión de Margot hacia Valentina se debía a que había detectado en la periodista el tipo de mujer que atraía a su esposo, lo que a la vez representaba una amenaza para la sólida complicidad matrimonial.

Con el tiempo he comprobado que la vida de Honecker en el exilio chileno le importa ya un pepino a nadie. Los comunistas prefieren olvidar el desplome de su sistema mundial a fines de los ochenta, y con mayor razón el ocaso del dictador alemán en un arbolado barrio de Santiago. Los derechistas, por su parte, siguen sumergidos en su canibalismo endémico y su afasia de ideas, a merced del impetuoso oleaje que intenta arrasar con el viejo orden e imponer uno nuevo, que veo ondular como alevoso espejismo entre los Andes y el Pacífico.

El repentino silencio que se apoderó de ambos bandos, a comienzos de 1993, a la llegada de Honecker a Santiago nos dejó sordos y mudos y además nos despojó de cierta parte de la memoria. Ya nadie recuerda que durante un año y medio, hasta su muerte, el padre del siniestro Muro de Berlín se paseó tranquilo por las calles de Santiago. No es de extrañar, Chile parece ser la cuna de la memoria selectiva y el sarcófago de la memoria inclusiva. Por eso, Honecker sobrevive hoy en este país como pesadilla solo para quienes sufrieron en carne propia su régimen represivo, y también para mí que, aunque fui su víctima, lo acompañé como rehén y cómplice, con algo de síndrome de Estocolmo, en su fase santiaguina, de lo cual hoy por cierto me arrepiento.

—¿Algo que reportar? —me preguntaba de vez en cuando Rómulo, Rómulo a secas, sin apellido, el arisco joven comunista encargado de su seguridad.

—Lo veo tranquilo, preocupado de sus cosas y de buen ánimo —respondía yo, sorprendido porque en el día a día Honecker carecía prácticamente de escolta.

—Recuerda, cualquier movimiento de gente extraña rondando por el condominio o que los aborde, en fin, me lo reportas de inmediato —solía repetir con aire misterioso antes de desaparecer por unos días.

Impresionante la fragilidad de la memoria, pienso ahora. Para el resto del mundo tampoco existe ya el coordinador de la construcción del Muro que encerró a diecisiete millones de alemanes durante tres decenios en el corazón de Europa. Sí, la Europa cuna del Renacimiento y de la Ilustración. Flora me dice que eso —lograr que ciertas figuras de la historia se desvanezcan y en cambio otras perduren— es un artilugio de la batalla política que se libra en el planeta. Algunos, junto con crear la sensación de que Augusto Pinochet sigue gobernando, tacharon de nuestra memoria al otro dictador, al comunista que se refugió y murió aquí. A través de la prestidigitación política, invisibilizaron al dictador de sombrero de ala corta y chaqueta safari y tornaron omnipresente al del uniforme gris. Una suerte de trueque político-ideológico. Mientras uno se movilizaba en una caravana de carros con escoltas armados, el otro, el extranjero, bajo el mismo cielo capitalino, deambulaba ciertas mañanas por las calles de La Reina observando las aves precordilleranas y los árboles de troncos añosos. Chile, un cuento invernal de la incoherencia.

Me pregunto si hoy acompañaría a Honecker como lo hice en los noventa, si hoy lo hubiese asistido en su exilio como lo asistí entonces —más por curiosidad que por conmiseración, lo reitero—, y mi respuesta es un categórico no. El arrepentimiento tardío por haber apuntalado al causante de tanto dolor es lo que, como las aguas de un río caudaloso, me arrastra a dejar constancia de los ya por suerte distantes días en La Reina.

Tardé demasiado entonces en caer en la cuenta de que Valentina también había cambiado. Claro, nadie sobrevive incólume y sin cicatrices a una dictadura totalitaria. En Santiago, Valentina no era ya la militante fiel de la FDJ en Leipzig, sino una mujer defraudada por el enclaustramiento durante el cual supuestamente había enseñado marxismo-leninismo en la Escuela Superior de la Juventud Wilhelm Pieck, de Bogensee. Solo en parte se había disipado su belleza juvenil, pero sepultada estaba ya su antigua fe en el socialismo. A decir verdad, ya no existía la militante de rebelde melena y escotada camisa azul de la juventud comunista germano-oriental, la muchacha que pronunciaba en la Karl-Marx-Universität hábiles arengas revolucionarias; en su lugar afloraba ya una mujer madura, taciturna, decepcionada de la vida, que admitía con huellas de amargura que la grisácea RDA jamás habría llegado a competir con las seductoras democracias occidentales.

—No podía tener éxito un Estado dirigido por un simple techador —me dijo en un café de Bellavista un día de 1993—. Honecker nunca se esforzó en conseguir título profesional alguno, pues su poder dependía del apoyo de Moscú y sus camaradas del Buró Político, los que ostentaban, salvo excepciones, oficios tan modestos como el suyo.

—Pero también había economistas en el Ministerio de Economía, y médicos en el de Salud —alegué yo haciendo el papel de abogado del diablo.

—Y Margot era telefonista, Patricio, telefonista. ¿Te das cuenta?

Verla renovada políticamente en Santiago —claro, tras la caída del Muro— me trajo a la memoria nuestras animadas conversaciones en los bares del Leipzig de los años setenta, cuando ella se ufanaba precisamente de eso, de que los dirigentes del PSUA eran obreros y campesinos y no como en el capitalismo, vástagos de la elite. Eso probaba, en teoría, que la filosofía de Marx y Lenin, así como la sabiduría de la clase obrera, afirmaba ella, bastaban para conducir al país al comunismo.

En 1993 Valentina comenzó a ver las cosas de otro modo, aunque, junto con renegar de Honecker, reconocía estar impresionada por su sencillez, orfandad y vulnerabilidad. ¿Dónde había quedado el hombre todopoderoso que decidía los destinos de la Alemania amurallada? No cabía duda de que mi amiga se debatía en un torbellino de contradicciones. Le causaba lástima verlo enfermo y hundido en el pozo de los recuerdos de su infancia, de la prisión nacionalsocialista y su ascenso en el partido y, claro, también reptando en su ineptitud para entender el giro de la historia que había borrado de un brochazo a los Estados socialistas del mapa. Solo más tarde entendería que ese cambio de ánimo frente al dictador y su esposa, esa conmiseración, esa actitud plagada de dudas, era simulada, fingida, pero entonces me pareció fruto de los golpes de la vida.

Pero Valentina tenía razón. El oficio de techador, la militancia comunista y el adoctrinamiento en Moscú entre 1932 y 1935 no habilitaban para ejercer un cargo tan complejo como el de jefe de Estado, de Gobierno y de la seguridad nacional de la RDA. Su formación ideológica decimonónica era insuficiente para guiar en la segunda mitad del siglo XX a un país recién creado en el centro de Europa. No podía competir con los seductores gobernantes de las democracias occidentales educados en universidades europeas o estadounidenses, refinados gracias a sus familias y el roce internacional, al debate libre de ideas propio de estos países, personajes que se erguían como triunfadores en sociedades competitivas y productivas, que ampliaban a diario la brecha que las separaba de los esclerotizados Estados socialistas.

Recuerdo una de las reuniones de Valentina con Honecker en la sala de estar, porque lloviznaba. Rómulo acababa de husmear alrededor de la casa antes de desaparecer, Margot no estaba, desde luego. Valentina había llevado un delicioso *kuchen* de arándanos comprado en una pastelería de moda del barrio alto de Santiago.

Las cosas no se dieron como ella esperaba, porque en cuanto Honecker terminó de saborear el *kuchen* acompañado de una taza de té, se quedó dormido en la mecedora, para mi sorpresa y desilusión de Valentina.

Valentina sacudió la cabeza y después le retiró el plato del regazo.

—*Genosse*, ¿está bien? —le preguntó.

No respondía. No podía hacerlo. Su cabeza descansaba en el respaldo de la mecedora.

—Don Erich, ¿me escucha?

Como no reaccionaba, aproximó la oreja al rostro del anciano y se quedó quieta en esa posición. Al cabo de unos instantes hizo un gesto de alivio. Todo estaba bien. Juraría que hasta lo miró con algo de ternura.

—¿Hay música? —me preguntó.

Hice un gesto hacia el tocadiscos que tenía un compartimento lateral con vinilos de larga duración. Los Honecker disfrutaban a veces, a la hora del crepúsculo, los valses de Richard Strauss y las canciones de Ernst Busch y Gisela May. Valentina revisó las carátulas y extrajo un disco de Karat, su banda predilecta de la juventud. Puso la aguja en un surco y volvió a sentarse sin apartar la vista del anciano.

—Don Erich —susurró—. ¿Se acuerda de esta canción? Es *Der Schwanenkönig*, de Karat.

Honecker entreabrió los párpados, miró a su alrededor, volvió a cerrarlos y la voz aguardentosa de Herbert Dreilich comenzó a hamaquearlo.

45

Sra. Valentina Bode
Koblenzer Str. 399
Bad Godesberg

Bad Breisig

Valentina:

Cuando leas esta carta en el benigno invierno chileno, tal
vez en el desierto de Atacama o en la distante Isla de Pascua
o bien en la estremecedora región de los lagos, ríos y volcanes,
yo estaré cumpliendo condena en una cárcel de Nordrhein-
Westfalen. Sí, tal como lo lees, mientras la victimaria recorre
el país del fin del mundo, su víctima estará detrás de los barrotes en Alemania.

No me creyeron los jueces que yo ignoraba la verdadera
profesión del hombre que me presentaste y del cual me enamoré. Es cierto que de modo ligero compartí con él informes
que llevaba a casa para estudiarlos, pero no es cierto que se los
suministrara a sabiendas de que terminarían en la Stasi. Es
cierto que lo amaba y estaba dispuesta a dejar el ministerio si él
me lo pedía. Total, me sugirió que viviéramos juntos porque
él representaría en Bonn a una empresa chilena de la cual era

socio (una patraña), pero no es efectivo que me haya confesado su rol de espía.

Mi error fue confiar en ti y después en él. Me mentiste cínicamente y lo hiciste bien, y él me engañó con vileza y lo hizo mejor. Ustedes se ajustaron a las reglas de un juego que yo ignoraba, y ahora me toca pagar por ingenua. Tienes suerte, porque si me hubiesen absuelto ya hubiese llegado yo hasta tu vivienda.

Me esperan años detrás de estas rejas, que cumpliré convencida de que debo salir viva para ir a verte. Una mañana cuando bajes a la calle te encontrarás conmigo, o bien una noche cuando te dispongas a acostarte, tocaré a tu puerta. Ten la seguridad de que nos veremos y que pagarás por el daño que me has infligido. De eso no tengo duda.

Si entrevistas a Honecker, cuéntale que eras uno de sus puntales para mantener el Muro y que entre tus víctimas me encuentro yo, condenada por haber creído en el simulacro de amor que me declaró uno de sus espías.

Te seguiré escribiendo mientras dure mi condena, y después tocaré a tu puerta.

DRA. SOLANGE SEIDEL

46

—El pueblo me aplaudía por doquier, Valentina. Es la verdad. No solo eso, clamaba mi nombre y me vitoreaba agitando banderitas de la RDA, entonando canciones de lucha, y eso en las empresas propiedad del pueblo, en las cooperativas agrícolas, la Academia de Ciencias, la Central Sindical, el Ejército Popular Nacional, la Policía Popular, la FDJ, el partido, en fin, donde yo fuera. Y de un día para otro, todos se volvieron en mi contra y renegaron de mí como un regimiento de Judas.

Se mecía, defraudado, en la silla de la terraza con un vaso de agua en la mano, que derramaba a intervalos sobre el pantalón. Llevaba chaqueta clara de bolsillos y botones grandes, y sombrero *beige* de ala corta. Ni el aire matinal que le entibiaba los huesos ni los zorzales que cantaban en los árboles lograban tranquilizarlo.

—¿Nunca tuvo la sensación de que las manifestaciones de afecto popular eran preparadas? —picaneó Valentina.

—Esto no es parte de la entrevista, ¿verdad? —inquirió Honecker.

—Ahora sí estamos en la entrevista. Se lo pregunto de otra forma: ¿no sabía usted que esas recepciones populares se preparaban? Se llamaban *Spalier stehen*[23], y el partido y la FDJ

---

[23] Formar un pasillo humano.

contaban con brigadas especiales que ensayaban esos coros y aplausos y transportaban banderillas y pancartas con textos aprobados por la sección de agitación y propaganda del partido.

—Pero todas las actividades se preparan, Valentina. Somos alemanes, un pueblo ordenado, que organiza lo que hace y nada deja al azar, así que eso no se lo discuto. ¿Pero usted cree que en el capitalismo es distinto? Yo conocí el nacionalsocialismo, y ellos tampoco improvisaban. Lo mismo Kohl y Reagan. ¿Cree que soy ingenuo? Pero el fervor y cariño popular, la confianza del pueblo en el socialismo, todo eso, era genuino. Se lo asegura un viejo comunista: los sentimientos populares eran auténticos, yo lo veía en cada rostro que me sonreía emocionado.

—Tal vez no conocía bien la RDA, don Erich.

—¿Cómo se atreve a decir eso? La conocí como la palma de mi mano. La conocí a fondo desde su nacimiento y sigo viviendo allí. Cada mañana, al despertar, lo primero que se me viene a la cabeza es que debo sumarme cuanto antes a la caravana de autos y partir al comité central, donde me espera una montaña de documentos por firmar.

Dupré llegó a la terraza equilibrando la bandeja.

—¿Y esto qué es? —preguntó Honecker.

—Una masa frita chilena bañada en sirope, le dicen sopaipillas en chancaca —dijo Valentina—. Se comen cuando hace frío o llueve. —El anciano lanzó una mirada al cielo tachonado de nubes—. Las compré en una cafetería para usted. Están recién hechas. Ojalá le gusten.

Honecker apartó el vaso y tomó en las manos el platillo. Dijo sentirse honrado por el obsequio, lo saboreó asintiendo con la cabeza, y agregó:

—¿Ve? A esto me refería con lo de los sentimientos populares. Usted me trae esta delicia en señal de amistad, y yo leo en sus ojos que es genuino su sentimiento. Sé que usted no podría traicionarme. El solo hecho de que me haya buscado en Chile, no para arrancarme una frase fuera de contexto, sino para conversar conmigo, me indica que sus intenciones son honestas. ¿Sabe?, en nuestras actividades oficiales se regalaban flores, libros, diplomas. Nunca comida.

—Ojalá no vea esta conversación como un asunto oficial. Usted sabe que me interesa lo que siente, no las frases oficiales que son el manto con que se cubren los sentimientos.

Dupré volvió al interior de la casa.

—Tal vez fue un error nuestro no haber tenido una relación más íntima con el pueblo —comentó el anciano como si no hubiese escuchado a Valentina—. No es lo mismo entregar un cartón impreso con firmas y timbres, o un ramo de claveles cosechados por las anónimas cooperativas, que un pastel amasado por un pastelero con rostro sonriente.

—¿Me cree, don Erich, que las manifestaciones de respaldo popular no eran genuinas?

—Los preparativos se organizaban como corresponde, pero los sentimientos populares eran genuinos.

—¿Y cómo explica las masivas protestas populares en su contra que sus camaradas aprovecharon para deponerlo?

—He reflexionado al respecto en estos días. Se explican por el alma humana, Valentina. La ingratitud es la esencia de la condición humana —respondió Honecker con amargura—. Y en lo concerniente a mis antiguos camaradas, solo le digo que son lobos esteparios que huelen a la distancia al venado herido en medio del rebaño y luego lo aíslan y despedazan para devorarlo. Pero aún no me explico por qué hablo estas cosas con usted si no la conozco, salvo que vivió en nuestra RDA y hoy es periodista. Usted bien puede haber sido enviada por la CIA o el espionaje alemán occidental. ¿No estará al servicio de ellos?

—Don Erich, por favor, no me insulte de nuevo —reclamó ella, y tuvo que morderse los labios para no decirle que probablemente si algo de la RDA les interesaba a esas alturas a la

CIA y el BND era la identidad de los topos comunistas en Occidente durante la Guerra Fría.

—De noche o de día, en la paz como en la guerra, el enemigo siempre está activo —afirmó Honecker tras saborear otro trozo de sopaipilla. Unas gotas de chancaca le mancharon la chaqueta.

—¿A cuál enemigo se refiere?

—A Bonn, que conspiró sin pausa en contra nuestra hasta que me sorprendió durmiendo en Wandlitz.

Valentina sintió que su alma se fracturaba. Paradójicamente las cartas de Solange Seidel, que la pintaban como cómplice del dictador, la aproximaban a él. Debía reconocer que sentía una incipiente conmiseración hacia ese anciano incapaz de desentrañar las causas de su fracaso y de asumir el sufrimiento que había infligido a sus compatriotas. Sin embargo, en cuanto recordaba que ese sujeto derrumbado ante los escombros de su Estado era el responsable último del asesinato de Thomas y la desaparición de Angelika, se adueñaba de ella un irrefrenable deseo de venganza.

—Vuelvo en unos días —le susurró en el oído a su hija dormida cuando la entregó a su madre en el departamento de la Leninallee.

—Ve tranquila, y que Dios te acompañe —respondió su madre con la dulce sonrisa de siempre.

Le estampó un beso en la frente a Angelika y salió de la vivienda cerrando la puerta a su espalda. Debía cruzar a la brevedad la frontera hacia Occidente.

—Bonn, Gorbachov y mis camaradas contribuyeron al golpe de Estado —aseveró Honecker.

—¿Golpe de Estado?

—Sí, Valentina, un golpe de Estado como el de Pinochet contra Allende, pero silencioso, sin tanques ni derramamiento de sangre. Y lo que el pueblo de la RDA perdió en 1989 fueron conquistas reales; lo que perdieron los chilenos fue la utopía de Allende. Lo nuestro era la madura materialización de esa utopía. Lo de Allende eran aspiraciones, pero lo nuestro, realidades. El enemigo siempre está al acecho —repitió Honecker colocando el platillo de sopaipillas a medio terminar sobre la mesita a su lado—. Me dieron un golpe de Estado.

La verdad es que ya no odiaba al viejo con la misma intensidad de antes de conocerlo, y que tras leer las devastadoras líneas que le enviaba la funcionaria del Ministerio de Defensa ahora detenida, comenzaba a despreciarse a sí misma y a resultarle repugnante la idea de ejecutar a Honecker. La ostensible fragilidad de su ser, la pequeñez de su cabeza, su voz aflautada, sus lentos gestos de anciano venerable, su andar titubeante, su docilidad ante Margot, sus estados de somnolencia y su amor por su hija Sonia y el nieto, todo eso la desconcertaba y desarmaba, limaba los colmillos de su resentimiento.

No, ya no sentía el mismo odio contra el dictador, o al menos no en la mortífera medida que era necesaria para vengarse de él. Le costaba imaginar que debía eliminar al dictador defenestrado, al violador de derechos humanos que ahora vivía preocupado de las aves, de pasear, escribir memorias, escuchar música y contemplar y comentar el mundo desde la pulcra limpieza de su hogar, libre de toda culpa y todo cargo de conciencia. Entre las paredes de su casa el arquitecto del Muro se volvía esposo, padre y abuelo, un Sísifo encadenado, y los abusos que había cometido o tolerado se licuaban bajo el contaminado cielo de Santiago, concluyó Valentina, alarmada de su propia magnanimidad.

Tal vez el cambio de actitud hacia el hombre se debía a la educación ideológica que había comenzado a recibir en el jardín infantil y la escuela primaria de Jena: esa gratitud ilimitada al partido, el desprecio profundo hacia los desafectos al sistema, la fe ciega en el futuro luminoso de los Estados socialistas liderados por la patria de Lenin. Claro, entonces faltaba mucho, faltaban decenios para que empezara a germinar en su alma el desencanto político.

Y esto había acaecido gradualmente durante sus viajes como espía por Alemania Occidental. Contemplando desde el tren sus modernas ciudades con parques bien cuidados y calles atochadas de vehículos flamantes, las casas restauradas y los campos sembrados con esmero, cayó en la cuenta de que el régimen le había mentido de forma inmisericorde durante toda su vida. Bastaba con mantener en sus viajes a la Alemania enemiga los ojos bien abiertos y escuchar las conversaciones de las personas, con leer los titulares de los diarios en los quioscos o detenerse a observar las abarrotadas vidrieras de las tiendas, para comprobar que la brecha entre ambas Alemanias no solo era irremontable, sino que se ensanchaba a diario. Sideral era la distancia en términos de bienestar, libertad y democracia, y también en el desarrollo de la cultura, la ciencia y la tecnología, y, por cierto, la azoraba la desfachatez con que todos discutían de todo y también los políticos.

No, el anquilosado socialismo jamás podría llegar a competir con el sistema enemigo. Es más: las primeras brisas de la libertad lo asfixiarían. La estremecedora constatación erosionó su lealtad hacia el régimen que para existir precisaba del Muro como la vida precisa del oxígeno. El Muro no se había levantado para proteger al socialismo de una supuesta invasión imperialista, sino para impedir que sus ciudadanos escaparan, una idea que comenzó a rondarla, luego la inquietó y finalmente obsesionó. La vida, como decía el título de una novela de Milan Kundera, estaba en otra parte, y esa vida, que era la única que tenía, no esperaba, no se detenía, sino que seguía adelante consumiéndose, acortándose, dejando ir las promisorias oportunidades que avizoraba cada vez que cruzaba el Muro como espía.

Honecker volvió del interior de la casa trayendo implementos de jardinería.

—Quiero arreglar algo en la enredadera para que el gato no trepe nunca más hasta un nido —anunció encorvándose ante la buganvilia.

—No intervenga en las leyes de la naturaleza, don Erich —le recomendó Valentina—. Es inútil, diría Darwin. La vida es lo que es, no otra cosa, como dice usted.

—Es que no puedo quedarme de brazos cruzados —repuso él—. Siempre he creído que la misión de un comunista es mejorar el mundo. ¿No creía usted lo mismo cuando militaba en la FDJ?

47

Sra. Valentina Bode
Koblenzer Str. 399
Bad Godesberg

Valentina:

Pese a estar presa por tu culpa, tengo acceso a diarios y libros, a diferencia de lo que ocurría en las cárceles de la siniestra institución que integraste. No he perdido el tiempo. En estas semanas me dedico a buscar pistas y huellas sobre el hombre al que serviste con lealtad y sobre el cual planeas publicar un apologético libro.

¿Sabías esto? Una de las primeras instrucciones que impartió Egon Krenz, sucesor de Honecker en el partido y el Estado ya en coma de la RDA, fue de carácter secreto. El pueblo se rebeló en las calles contra el sistema, y Krenz, durante decenios líder de la Juventud Libre Alemana, ordenó a las tropas guardafronteras que en caso de que alguien ingrese a la frontera estatal se lo detenga mediante la aplicación de violencia y el uso de armas de fuego. Esto lo cito de documentos oficiales de tu Estado.

La orden deja al desnudo la cruel instrucción impartida a las tropas guardafronteras por Honecker: disparar a matar a quien intentara la fuga del socialismo. La iniciativa del comunista Krenz anula la criminal instrucción del comunista Honecker, hasta 1989 jefe de tu partido y de tu Estado.

No hay duda: Honecker mantuvo la orden de disparar contra todo ciudadano que intentara llegar a la otra parte de su patria, donde los acogíamos como ciudadanos con todos sus derechos. Te lo repito para que te des cuenta del horror al que contribuiste con tu función de espía: miles de uniformados apostados a lo largo de la frontera interalemana tenían la instrucción de abatir a los compatriotas en fuga. Eso expresa la crueldad y perversión de tu utopía.

Valentina: ¿sabes cuánto tiempo pasó Honecker detenido por coordinar la construcción del Muro, haberlo perfeccionado con armas de disparo automático y haber ordenado acribillar a quienes buscaban huir del país? ¿Sabes a cuánto ascendió entre 1961 y 1989 el número de muertos, heridos, lisiados y encarcelados por tratar de alcanzar la libertad?

Tengo en la mesa de mi celda datos oficiales: más de doscientos alemanes cayeron acribillados en la frontera. Honecker estuvo ciento sesenta y nueve días en la cárcel de Berlín-Moabit; es decir, menos de un día por muerto. Menos de un día por muerto. Menos de treinta segundos por cada herido, lisiado y condenado por intentar la fuga.

El cáncer y no la inocencia libró de la cárcel al peor dictador alemán después de Hitler. Tuvo suerte porque lo benefició una amnistía que le otorgó por razones humanitarias la democracia occidental que tanto ha vilipendiado. Ni siquiera se le condenó a un fin de semana tras los barrotes por mantener encerrados durante decenios a sus ciudadanos detrás del Muro.

Y hoy vive en un aburguesado barrio de Santiago, pasea feliz por las calles arboladas, descansa en plazas donde cantan los pájaros y lee, escribe, escucha música y cuida las flores de su jardín, tarea en la que lo asisten Margot y sus fieles camaradas chilenos.

Cuando me encuentro con estos datos, pienso en ti y en lo que, al final de cuentas, hiciste con mi vida. Seguiré escarbando en el estiércol hasta hallar todo lo que existe sobre tu persona. No te confíes, algún día te estaré esperando a la salida de tu vivienda cuando vuelvas a Alemania.

Ojalá que los datos que te voy aportando te sirvan para redactar el libro sobre el tirano.

DRA. SOLANGE SEIDEL

48

Los eventos extraordinarios comienzan bajo la apariencia de un modesto hecho rutinario que adquiere de pronto una velocidad portentosa y que, si se descarrila y vuelca, se pone de pie de inmediato y avanza con renovados bríos y corcoveos, surcando senderos desconocidos y arrastrando a la persona a escenarios que no había imaginado.

Lo digo por cuanto fue lo que viví a fines de 1993, cuando parecía que la vida de los Honecker se apagaba libre de demandas y sobresaltos judiciales en el barrio La Reina de la capital chilena. Sin embargo, los acontecimientos se encargaron de demostrarnos que la historia suele discurrir por caminos que nadie anticipa.

Aún hoy me cuesta reconstruir lo acaecido por cuanto no presencié todos los hechos ni participé en todas las conversaciones y mi memoria se ha deteriorado, de modo que lo que afirme puede ser una fusión entre reminiscencias, lonjas de mi fantasía y segmentos de sueños y pesadillas que he tenido, así como el deseo de que las cosas hubiesen sido de otro modo. Por ello mis versiones del pasado proyectan imágenes borrosas y de sonido distorsionado. Escenas que se cortan como las películas de los antiguos cines de barrio.

Sí recuerdo que Valentina conquistaba a mediados y fines de 1993 la confianza y tal vez el corazón de Honecker, aunque no la buena voluntad de Margot. Con el paso del tiempo, y sin que yo acertara a explicarme cómo, porque no asistía a sus conversaciones, Valentina empezó con cierta frecuencia a sentarse a la mesa con don Erich, y compartía el austero *Abendbrot* que incluía pan de centeno con jamón y queso y rodajas de pepino, acompañado de té inglés, que tomaban en la cocina.

Un atardecer en que los tres nos servíamos esa suerte de cena —no era usual que Margot o yo participáramos, pero en esa oportunidad estuve presente—, Valentina profirió sin decir agua va la confesión que nos dejó a todos atónitos:

—En el marco de la confianza que nos tenemos, *Genosse*, debo revelarle que integré el departamento HVA del Ministerio para la Seguridad del Estado.

Honecker apartó con lentitud la taza con la infusión de manzanilla de sus labios sin poder dar crédito a lo que escuchaba, y preguntó con voz apenas audible:

—¿Usted integró nuestro servicio de espionaje? ¿Trabajó para Markus Wolf?

—No directamente bajo sus órdenes, pero sí en la Frontera Invisible —respondió Valentina—. Mis objetivos estaban en Bonn. Eran los partidos y las fundaciones políticas, así como las organizaciones empresariales.

Recuerdo la sonrisa entre escéptica y solidaria que asomó en el rostro del anciano mientras Valentina lo miraba a sabiendas de que había tocado su fibra más sensible. Se instaló allí uno de esos interminables silencios en que es posible oír el tictac de un reloj, y que en el Caribe atribuyen al paso de un ángel, y recién al cabo de algunos instantes me animé a preguntarle cuándo había ingresado al ministerio.

—Poco después de que te marchaste —respondió Valentina—, y, en cuanto obtuve mi título, ingresé al equipo que infiltraba organizaciones germano-occidentales.

Me quedé frío y, paradójicamente, interpreté su decisión como una traición personal, aunque aquello había ocurrido después de mi salida de Leipzig. No supe entender entonces que aquel paso había sido un intento de ella por recurrir al *kintsugi* japonés para reconstruir el jarrón roto de su vida. Pero no puedo negar que también me conmovió y defraudó su confesión de haber sido espía. Ella, la idealista y bella muchacha de Jena, que yo consideraba ingenua, provinciana y tímida, había ingresado al HVA para conspirar nada menos que en el corazón mismo del gran enemigo de la RDA, en la capital germano-occidental, en la pequeña ciudad junto al Rin donde también yo viví y fui feliz por un tiempo.

Honecker me pidió que le acercara la botella de Doppelkorn que guardaba en el refrigerador, y no tardó en alzar la copa brindando emocionado por Valentina y su lealtad a la RDA, a la Stasi, al partido y a la clase obrera, a pesar de que ya ni la RDA ni la Stasi ni el partido, ni esa clase obrera, existían.

—¿Con quién trabajaba entonces, *Genossin*? —preguntó Honecker tratándola de camarada, mientras procuraba recuperar el aplomo, y sospecho que su pregunta ocultaba que dudaba en alguna medida de la veracidad de la confesión de Valentina.

Y recuerdo también que ella, antes de responder, cogió el Doppelkorn de la mesa y, en un acto irreverente, llenó la copa que el anciano había dejado a medias.

—Trabajé bajo las órdenes del teniente coronel Blumen —dijo ella antes de beber al seco el aguardiente.

—¿Blumen, dice usted?

—Blumen. Vivía a orillas del Wandlitz, casado con la hija del general Koblenz, del Ejército Nacional Popular.

Supongo que Honecker reaccionó aliviado porque debía ubicar a esa gente. Debía conocer a los conspicuos vecinos del lago, entonces ya pasados a retiro tras la desaparición de la RDA.

—¿Desde cuándo trabajó usted para la Frontera Invisible? —preguntó.

—Oh, eso es una larga historia —repuso Valentina.

49

Su reclutamiento tuvo lugar durante un seminario sobre política internacional en la imponente Escuela Superior de la Juventud Wilhelm Pieck, construida bajo el régimen estalinista de Walter Ulbricht en una finca con lago, el Bogensee, al noreste de Berlín, cerca de donde decenios más tarde se construiría a su vez la ciudadela del Buró Político.

La propiedad había sido obsequiada por la ciudad de Berlín al jefe de la propaganda nacionalsocialista, el criminal Joseph Goebbels, y al término de la guerra los soviéticos se adueñaron de ella para albergar a sus oficiales. Años después la entregaron al gobernante PSUA como centro para la formación de cuadros políticos. De esa forma la finca pasó de manos nazis a manos comunistas, y tras la reunificación alemana volvió a Berlín, que la ha querido privatizar, aunque nadie se interesa hoy por ella; y es así como el paso del tiempo le va hincando implacable sus dentelladas.

La Stasi observaba a Valentina desde el inicio de sus estudios en la Karl-Marx-Universität, una de sus canteras predilectas, de modo que analizó minuciosamente su relación con el estudiante chileno, que constituía, por cierto, un factor de riesgo por ser extranjero. Pese a su romance, la prefectura local la describió como leal al sistema, sólida ideológicamente y con pasta de líder, y destacó su participación en actos antiimperialistas, donde enfatizaba su condición de hija de campesinos cooperativistas de Turingia, agradecida de cuanto le debía al socialismo.

Su desventaja consistía en que, si se casaba con el chileno, plantearía en algún momento su intención de dejar la RDA, como solían hacerlo las esposas de occidentales. Pero, aunque así ocurriese, opinó un análisis de la Normannenstrasse, podrían plantarla como agente en Santiago, pues era atractiva, discreta, hablaba bien español y conocía la desconfiada mentalidad chilena. Unos oficiales dudaron de que fuese la carta ideal, pero terminaron por apoyar su reclutamiento en cuanto se enteraron de que el novio solicitaba visado para marcharse de la RDA.

El currículum de la estudiante era contundente: siempre alineada con las posiciones del PSUA, defensora del Estado socialista ante los inconformistas, brillante en los cursos de marxismo-leninismo y efectiva como responsable de agitación y propaganda de la FDJ en su facultad. Y como si eso fuera poco, pronto terminaría la carrera y su Romeo acababa de salir de la ecuación.

Escogieron por lo tanto a un agente parecido a Patricio tanto en el físico como en los intereses, que se le aproximó la misma noche en que ella dejaba el andén de la estación de Leipzig tras despedirse para siempre del joven que amaba.

—Disculpa —le dijo cuando ella bajaba la escalinata con las mejillas bañadas en lágrimas y el corazón desgarrado—. Te vi despedirte de tu amigo y me conmovió porque hace poco pasé por un trance parecido. Lo siento, de veras. Acepta, por favor, esto para que la separación te resulte menos amarga. Las compré para otra persona, pero no importa.

Solo en ese instante Valentina reparó en que el joven le alargaba un ramillete de rosas color burdeos, las que adoraba desde niña.

—No, no, gracias —repuso ella—. Además, los negocios ya cerraron y no podrás comprar otras.

—No importa, tómalas. Te hará bien y te acompañarán.

Aceptó el ramo porque la alivió sentir que un desconocido se compadecía de su tristeza.

Era el momento preciso para reclutarla, según la Stasi: autoestima baja, soledad, sentimiento de abandono, necesidad de sentirse acogida y con ganas de cambiar el mundo.

El apuesto joven de las flores la visitó semanas más tarde en la Strasse des 18. Oktober para invitarla al seminario en la Escuela Superior de la FDJ, en Bogensee, establecimiento del que había oído hablar, pero no conocía. Aceptó, y una semana más tarde, en una oficina adyacente al salón de actos de la escuela, recibió la oferta que no pudo rechazar: convertirse en informante de la Seguridad del Estado e ingresar a la escuela de cuadros del ministerio al terminar los estudios. Como el joven fue designado su mentor, comenzaron a reunirse semanalmente en un departamento de seguridad de la Stasi en la concurrida Mädler Passage, de Leipzig.

Todo salió a pedir de boca para la Normannenstrasse, pero ni Valentina Bode ni Thomas Klein percibieron entonces que en la misma medida en que ella aprendía nociones básicas del espionaje —cargar buzones, chequear seguimientos, detectar debilidades en las personas—, se estaban enamorando sin remedio.

No pudieron imaginar que pronto terminarían en el altar y siendo los padres de Angelika.

50

Pese a mi tensa relación con Margot, las reuniones con Honecker continuaron. Un día este me pidió que lo llevara a la Alameda Bernardo O'Higgins, a la que se refirió Allende en su último discurso poco antes de suicidarse. Entonces dijo, de forma poética, que en el futuro las grandes alamedas volverían a abrirse para dejar el paso libre al hombre nuevo que construiría el socialismo. Me lo sabía de memoria, pues Patricio me había explicado en Leipzig el emotivo simbolismo que encerraban las últimas horas del Gobierno de Allende.

Ahora el ex secretario general quería recorrer, guiado por mí, el principal eje vial de Santiago, pues la visita a La Moneda lo había conmocionado.

Cuando descendimos del taxi en las inmediaciones del palacio presidencial, Honecker se sintió defraudado. Le pareció que tanto peatón presuroso e indiferente, tanto vendedor ambulante anunciando a viva voz sus mercancías, tanto músico tocando quena y charango, y tanto ciego y mendigo apostado pidiendo limosna mancillaban el respeto que el presidente suicida merecía por el sacrificio hecho defendiendo al país del fascismo.

—Pero esto es ahora la vida hoy, lo demás es pasado —repuse yo mientras esquivábamos a los lustrabotas y a los comerciantes con sus productos desplegados en la acera.

—Y en los edificios tampoco veo el impacto de la metralla fascista —alegó Honecker—. Nosotros dejamos las huellas de la guerra en todas las ciudades para que el pueblo no olvidara jamás el nazismo, y cada año conmemorábamos las fechas que comprometían a nuestra gente con la paz y el socialismo.

—Es que aquí no hubo guerra, solo intercambio de disparos entre soldados y francotiradores, principalmente en torno a La Moneda. Con los años las empresas fueron restaurando las fachadas, según leí.

—Me cuesta entender que la vida pueda seguir igual después del golpe de Estado y la dictadura. En realidad, cuando visité la sala donde Salvador fue asesinado…

—Donde se suicidó. Recuerde que Allende se suicidó.

—Me lo han dicho, ¿pero está probado eso?

—Se disparó con el fusil que le regaló Fidel Castro —le aclaré—. «Al compañero que, por otros medios, intenta llegar al mismo objetivo», decía la inscripción en la culata del arma.

—Da lo mismo. Si no lo hubiesen bombardeado, no se habría visto obligado a suicidarse.

Caminamos un rato largo bajo el sol por la vereda norte de la Alameda de las Delicias. Honecker iba con su tradicional indumentaria de verano, sombrero claro, chaqueta safari, pantalones *beige* y sandalias con calcetines. Cuando noté que respiraba con dificultad, lo conduje a una fuente de soda para que hiciera una pausa y se tomara un refrigerio. Nos sentamos junto a una ventana que daba a la calle y ordenamos agua mineral, té y un churrasco para compartir.

—La noche en que entré a la sala donde Salvador falleció —me dijo Honecker mientras exprimía la bolsa de té contra el interior de la taza—, pedí que me dejaran solo porque quería hablar con el presidente, usted me entiende. ¿Y sabe lo que se me vino a la cabeza cuando estuve a solas con él?

—No, don Erich.

—La verdad es que más que pensar, me lo pregunté. Entre los muros de La Moneda me pregunté si no debí haber hecho yo lo mismo cuando me derrocaban.

—¿Qué cosa? —exclamé sorprendida.

—Suicidarme.

—¿Suicidarse? ¿Y para qué? —Aquello me pareció absurdo—. ¿No vio lo que le pasó a Allende? Esa misma mañana, en el palacio, un amigo periodista se quitó la vida antes que él. El resto ni siquiera se acercó a La Moneda para acompañarlo en la resistencia, aunque hoy lo usan como bandera y símbolo. Pero a la hora de la hora, cada uno pensó solo en preservar su propia vida.

—Aun así, creo que la muerte por mano propia es preferible.

—Pamplinas, estar vivo es una ventaja. Vivo puede defenderse, buscar la verdad, arrepentirse y confesar. Todos tenemos algo de qué arrepentirnos y algo que confesar, lo importante es partir de este mundo con la conciencia en paz. ¿No tiene nada de qué arrepentirse?

—Nada, porque siempre actué de acuerdo a los principios del partido.

—¿Y eso lo tranquiliza?

—Claro que sí.

—¿Seguro no hay nada de lo que se arrepienta?

—De no haber imitado el ejemplo de Allende —afirmó enfático tras una pausa—. Claro, ya no existiría, pero ante la historia sería otro. Sería un inspirador y un mártir del socialismo. Y si Allende se hubiese marchado al exilio como yo —hizo otra pausa, trémulo—, habría terminado igual que yo: solo, enfermo y rematado por la historia, los ingratos, los aduladores y los traidores.

—Mejor no especular sobre lo que no ocurrió, don Erich. Alguien podría alegar que Allende, a diferencia suya, fue cobarde y empleó el arma para no rendir cuentas ante el país. Usted, en cambio, se puso a disposición de la justicia.

—Y mire cómo terminé.

—Defendiendo lo que hizo. «So ist das Leben und nicht anders»,[24] dice usted.

Lo vi sorber el té y luego examinar el sándwich que un mozo acababa de poner sobre la mesa, y que yo partí en dos con un cuchillo.

—Échele esa pasta de ají si quiere, pero es picante —le advertí.

—¿Sabe? —continuó rechazando el ají y sin decidirse por una de las porciones—. El suicidio ante el fracaso transmuta y dignifica al suicida, porque la muerte por mano propia lo vuelve héroe y leyenda. Fíjese en Allende, lo que lo convirtió en héroe fue un acto que tardó un segundo, no su obra presidencial de tres años. De haberse entregado, estaría tan jodido como yo, exiliado tal vez en La Habana.

—Eso no está escrito, don Erich. Cuando parta, debe irse con la conciencia limpia, habiendo pedido perdón y entregado la información que demandan los familiares de las víctimas del socialismo, que las hay.

—Debí haber usado un arma de caza cuando escuché que entraban a detenerme —prosiguió el anciano sin ni siquiera atender a lo que yo le había dicho en un intento vano por conducirlo hacia la información que supuse él manejaba.

Lo vi coger la mitad del sándwich que dejé en el platillo.

—Puede agregarle mostaza o mayonesa si quiere —le sugerí.

—Debí haber dicho que necesitaba llevarme un medicamento del escritorio —agregó—, y en mi despacho pum, pum, y listo. Santo remedio. Pero me quedé petrificado en la cama, sin dar crédito a lo que hacían conmigo quienes hasta la víspera me obedecían como perritos falderos.

—Pero ya no lo hizo, don Erich. Epa, cuidado que se manchó la camisa con el kétchup. Margot le llamará la atención.

---

[24] «Así es la vida y no de otra forma».

—O debí haberme pegado un tiro en la sien cuando la KGB llegó por mí a la embajada chilena en Moscú. Seguro Almeyda me hubiese prestado un arma. Solo un hombre de honor sabe de honor y entiende su precio.

—¿Me permite que le humedezca la mancha con la servilleta? Parece que le corriera sangre por la barbilla. Es el kétchup.

Simplemente no escuchaba, inmerso como estaba en imaginar qué debió haber hecho en Moscú y Berlín, ajeno al insignificante percance culinario en una fuente de soda de Santiago.

—Todo fue una trampa acordada entre Gorbachov, Kohl y el papa —añadió al rato—, y coronada por el borracho de Yeltsin, que comunicó a través de la KGB que yo no tenía cáncer con el solo propósito de deshacerse de mí, el aliado más leal de la Unión Soviética, y enviarme de vuelta a Berlín, para que Kohl pudiera apurar la farsa judicial en mi contra. Pero los anexionistas me dejaron ir porque yo era una papa caliente para el imperialismo. Necesitaban deshacerse de mí, solo por eso me enviaron a este país.

—¿Está seguro?

—Son maquiavélicos. Querían borrar cuanto antes la historia de la RDA y por eso me enviaron al fin del mundo, a este rincón del planeta donde todo se olvida. ¿Y sabe dónde me encerraron antes de desterrarme a Santiago?

—No, don Erich.

—En la penitenciaría de Berlín-Moabit, la misma donde me tuvieron preso los nazis… Imagínese la afrenta para un luchador como yo. Usted debería saber que combatí a Hitler y que él me encarceló por militar en el Partido Comunista. ¿Lo sabe?

—Lo sé, don Erich, y lo estudié en algún curso, pero le sugiero que baje el tono porque hay gente mirándonos.

—No perdonaré esa afrenta —continuó en voz baja—. Era verano en Moscú cuando me detuvieron, para ser preciso, el 29 de julio. Ese mismo día la KGB me embarcó en avión hacia Berlín, donde me encerraron en Moabit con el número 2955/92. Eso hicieron conmigo —golpeó fuerte sobre la mesa y atrajo la atención de algunos comensales—, conmigo, el presidente de la RDA, el país con el cual Alemania, Estados Unidos y la URSS mantenían relaciones diplomáticas. ¡Esos infames me lanzaron a la misma cárcel en que me encerraron los nacionalsocialistas!

—Cálmese, por favor. Ahora está aquí, en Santiago. ¿Qué le parece el sándwich?

—Me mantuvieron durante ciento sesenta y nueve días con sus respectivas noches en Moabit —prosiguió sin inmutarse—, y me soltaron solo por el avance de mi cáncer. De lo contrario aún me tendrían en esas mazmorras por el supuesto delito de haber dirigido el primer Estado obrero y campesino en suelo alemán. —Sacudió la cabeza, un hilo de queso derretido le colgaba ahora de la barbilla—. Si en Moscú me hubiese conseguido una Makárov, todo habría sido distinto. No estaríamos aquí y el mundo me recordaría como a Salvador Allende...

51

Ignoro si Margot fue una mujer fiel, pero durante mis visitas a la casa de La Reina noté que era en extremo celosa. Tampoco sé si amaba a su esposo o no, aunque en la tranquilidad de mi oasis, a través de internet, me he ido enterando de las contradictorias versiones que circulan al respecto.

Lo que sí resulta inobjetable es que ella acompañó hasta el final a Honecker, que no se separó de él ni cuando yacía en su lecho de muerte y que se ocupó de atenderlo y de mantener un círculo de protección alrededor suyo. ¿Tuvo acaso Margot motivos para dudar de los sentimientos de su marido hacia ella?

Algunos comentan que hasta poco antes de su muerte, el anciano mantuvo una singular correspondencia con una mujer de setenta años, que puede arrojar algo de luz sobre su vida sentimental. Se trata de Eva Ruppert, alemana residente en Bad Homburg, de la cual yo nada sabía.

Al parecer, la relación se estableció en el período en que Honecker estuvo recluido en la penitenciaría de Berlín-Moabit, y se intensificó cuando dejó Alemania rumbo a Chile. Hace un mes compré en AbeBooks un libro que publicó esas cartas que resultan tan enigmáticas como sospechosas. Me pregunto si esa relación epistolar se fundaba en la genuina solidaridad de la mujer hacia el jerarca defenestrado o si latió allí un amor al menos platónico, el último de Honecker.

Ese vínculo se fue intensificando hasta tornarse íntimo, lo que me permite suponer que existió entre ellos una historia previa, clandestina, y que el gran cariño y la ternura que exudan las misivas pudieran explicarse por el refrán «donde fuego hubo, cenizas quedan». Lo concluyente es que Eva fue entonces, lo confirmé mientras escribía estos apuntes en mi refugio, uno de los pocos contactos no políticos ni jurídicos que cultivaba.

Sin sentir amor por su destinataria es difícil explicarse que don Erich haya escrito cartas con encabezamientos como el siguiente: «Meine liebe kleine Genossin»[25], que suena ajeno a él y al trato cotidiano que brindaba incluso a personas de su mayor confianza. No hay duda de que las misivas de la profesora jubilada apelaban, tanto en la prisión berlinesa como en el exilio santiaguino, a las emociones que comparten quienes mantienen relaciones románticas de cierta solidez, especialmente en el caso de Honecker, que sostenía nexos más bien formales, cuando no gélidos, con las mujeres.

Según algunos biógrafos, esta incapacidad de expresar sentimientos se debía a que al permanecer preso durante diez años decisivos de su vida —entre los veintitrés y los treinta y tres— no tuvo oportunidad de aprender a relacionarse de modo natural con las mujeres, lo que explicaría sus supuestos déficits en su relación con el sexo opuesto. Algo parecía incomodarlo en la interacción con las mujeres, lo que lo llevaba indefectiblemente a conversar con ellas de modo preferente sobre temas políticos y económicos.

Afirman periodistas que fue en Chile donde Margot descubrió la relación epistolar entre su marido y Eva, y que tras comprobar con alarma la intensidad de esta, le exigió a Honecker cortarla de inmediato y de raíz. Él simuló obedecerla, pero, al igual que con Valentina, prosiguió de modo clandes-

---

25 «Mi querida y pequeña camarada».

tino el tierno diálogo por escrito. ¿Quién lo ayudaría a mantener en secreto esto? ¿Tal vez el militante comunista chileno encargado de su seguridad?

¿Se conocían de antes Honecker y su pequeña camarada? ¿Fueron amantes previo a que se casara con Margot? ¿Se vieron Eva y Erich antes de que este viajara al exilio en Chile? ¿Viajó Eva Ruppert a Santiago a despedirse de él? Nada de esto lo sé. Carezco de información al respecto, pero no puedo descartar nada porque yo no lo acompañaba a todas partes ni era el único que andaba alrededor suyo.

En todo caso, poco tiempo después de que arribara Honecker a Chile —yo ya lo asistía entonces— su contacto con la profesora de Bad Homburg se fue enfriando y espaciando, hasta el punto de que ella no volvió a recibir las amorosas cartas a las que se había acostumbrado, sino que a su buzón llegaban burocráticas misivas sobre asuntos políticos, escritas a máquina y no de su puño y letra como antes, firmadas con una E mayúscula, la E de Erich, bastante similar a la que Honecker trazaba en las instrucciones destinadas desde la cúspide del poder a algunos de sus camaradas.

Mientras apunto todo esto, y tal vez porque comencé esta reflexión preguntándome si Margot era celosa o no, me viene a la memoria la tarde en que ella apareció de manera sorpresiva en el living de la casa durante una visita de Valentina.

Serían cerca de las cuatro, creo yo, la periodista acababa de llegar al condominio, y estábamos por pasar a la terraza, cuando doña Margot entró al salón.

—No se preocupen porque no vengo a interrumpir —anunció. Su cabellera púrpura le caía sobre los hombros y contrastaba con su pálida tez y, pese a sus años, la volvía atractiva—. Solo vine a exigirle a usted —se dirigió a Valentina— que deje en paz a mi esposo. Cada vez que lo entrevista, queda frustrado y decaído. Así que espero que esta sea la última vez que se aparezca por acá.

—*Aber, Margot, lass uns doch mal bitte in Ruhe.*[26] —Honecker alzó una voz trémula y atiplada.

—Señora, su esposo escoge los temas que prefiere —repuso Valentina con aplomo y parsimonia—, y los términos de la entrevista ya los acordamos en conjunto y los estamos respetando.

—¿No se da cuenta de que es un hombre enfermo, que necesita descanso y mantenerse alejado de la voracidad periodística? —reclamó Margot—. No quiero que venga a sonsacarle palabras para aumentar tirajes y honorarios. Por su delicado estado de salud, Erich merece tranquilidad. Lo suyo raya en el sadismo.

—Insisto, señora, con don Erich ya acordamos los términos de la entrevista.

—Pues no lo siga torturando con preguntas crueles. Él nada tiene que ver con los sucesos en la frontera. La RDA era un Estado soberano que siempre la resguardó de acuerdo con sus propias leyes, tal como lo hacen todos los países del mundo.

Honecker observaba aquello molesto y avergonzado, sin decir palabra, y a mí me ocurría otro tanto.

—Le repito: mi esposo no tiene responsabilidad por lo ocurrido. Los responsables son los estúpidos que trepaban por el Muro. Debieron haberlo pensado mejor y, como no lo hicieron, tuvieron que atenerse a las consecuencias.

—Pero usted no puede ser tan cruel —reclamó Valentina, airada.

—Eran todos mayores de edad, señora Bode. Sabían a lo que se exponían. Pero no se confunda y escúcheme: que esta sea la última vez que la encuentre en mi casa —respondió Margot, y dirigiéndose a su esposo, anunció con suavidad—: Voy a mostrarle la puerta de salida a tu amiga y vuelvo de inmediato, corazón.

---

[26] «Déjanos tranquilos, por favor».

52

Tengo la prueba de que Margot desconfía de mí y debe estar averiguando sobre mi persona con gente de su confianza en Berlín, lo que amenaza mi plan. Seguro que ya sospecha algo, porque la conciencia de haber hecho tanto mal desde el poder terminó por convertirla en una paranoica, en un ser amedrentado por la posibilidad de que sus víctimas, o los descendientes de ellas, atenten contra su vida.

Ejercer durante decenios el cargo de ministra de Educación y ser la esposa del líder máximo de la dictadura dejó una huella indeleble en su persona, impregnó por completo su carácter. Intuye que ni para ella ni para su marido habrá perdón ni olvido, porque varios de sus abusos estarán registrados de forma minuciosa debido a nuestra acribia nacional, esa manía de apuntar todo cuanto nos ordenan y ejecutamos, según ha demostrado la historia.

Me pregunto hasta cuándo seguiré emponzoñando mi alma con esas visitas a la guarida del matrimonio que finjo apreciar y respetar y que, sin embargo, aborrezco.

¿Los aborrezco de veras? ¿Por cuánto tiempo más seré capaz de actuar sin perder la máscara que llevo al caminar con aspecto despreocupado por la casa de La Reina y entrevistar de buen talante a Honecker? ¿No me basta acaso con saber que ellos son al fin y al cabo los últimos responsables de mi drama? ¿No me basta acaso con las cartas de Solange Seidel, verdaderos torpedos contra mi línea de flotación, que me avivan la memoria y arrojan a los lúgubres pasadizos de una etapa que me propuse olvidar y que sus misivas resucitan?

—La Bruja Púrpura maneja las adopciones forzadas de los hijos de los desertores —me aseguró Karl Heinz, del BND, en Bonn, tras los primeros intentos fallidos por liberar a mi Angelika—. Ella no estampaba su firma bajo documentos comprometedores. Es la práctica usual de los dictadores.

Y, cuando los del BND se convencieron de que sería imposible ubicar y premunir a Angelika de un pasaporte falso para cruzar la frontera, se contactaron con el despacho del abogado Wolfgang Vogel, que representaba en Occidente los intereses de la RDA en materia humanitaria; es decir, en la venta de presos políticos y asuntos afines. Aquella venta de prisioneros constituía un lucrativo negocio para el Estado socialista, siempre anémico en divisas.

Exigían aproximadamente veinticinco mil marcos occidentales por enviar a cada preso político a Occidente, una modalidad en extremo sencilla, que implicaba trasladar a la persona de la prisión a la estación de la Friedrichstrasse y facilitarle allí el cruce fronterizo.

Con ello sonaba el timbre de la caja.

Estas operaciones propiciaron un círculo vicioso que reportaba anualmente pingües ingresos al régimen del PSUA. Más de treinta mil prisioneros vendió así la RDA a Bonn.

—Lo lamento —me informó al cabo de unos meses el oficial del BND—, hasta ahora el despacho de Vogel solo nos tramita y, lo que resulta más preocupante, nada logramos por intermedio de nuestro representante permanente en Berlín Oriental.

—¿Qué dicen? —pregunté, ilusionada aún con la posibilidad de que los Honecker accedieran a que Angelika cruzara la frontera.

—Nada. No hemos recibido ni una línea de ellos. No quieren verse involucrados en el caso.

—¿Estás seguro?

—Es un secuestro estatal, Valentina.

En casos complejos, la Stasi requisaba todos los documentos del menor y se los ofrendaba a sus ávidas trituradoras de papel. Desaparecían así certificados de nacimiento y registros de filiación biológica, y al mismo tiempo en otro piso nacía una nueva identidad, una bajo otro nombre, con otras raíces y otra historia, lista para ser incorporada en la sociedad socialista.

—¿No me tendrán compasión? Soy viuda, Karl Heinz, y mi hija es lo único que tengo, y como madre sé, es más, estoy segura, que me extraña y me busca tanto como yo a ella.

Un manto gris se había desplegado sobre la ciudad despojando a los transeúntes de su sombra, volviéndolos inmateriales. ¿Por qué aquella noche, en el Kempinski, no me opuse más resueltamente a la idea de Thomas de desertar? ¿Por qué me dejé convencer si no lo habíamos conversado antes? Todo hubiera sido tan diferente. Todo sería ahora tan diferente. Pero no lo hice y ya no puedo culpar a Thomas por esto. Yo también soy responsable y por eso me corroe el remordimiento.

—No cambiarán de actitud por dos motivos —dijo Karl Heinz—. Porque así imparten una lección a todo agente que en lo sucesivo planee desertar, y porque son rehenes de su propia crueldad.

Sentí náuseas. Es el tormento perfecto. Sé de dictaduras latinoamericanas que hacían desaparecer a sus víctimas, pero el método de la RDA era más cruel porque los padres sabían que el hijo existía, seguían preguntándose por su paradero. Transcurrían los años y se atormentaban cada vez que veían pasar en la calle a algún muchacho o muchacha de la edad y con el aire del hijo. Pensaban que tal vez ese podía ser él o ella. Y cuando lo observaban de cerca concluían decepcionados que no, pero en cuanto se alejaba volvía a asaltarlos la sospecha de que quizás sí lo era. Regresaban tras sus pasos, pero ya no lo divisaban, la ciudad se los había tragado. Es lo que me ha ocurrido varias veces. Ante niñas parecidas a Angelika que veo pasar en un bus o un tranvía o que diviso en una plaza mientras conduzco, se me destroza el alma, se me seca la boca, el corazón me late agitado, me hace detenerme, correr detrás de los vehículos, perseguir a quien creo que puede ser Angelika...

Pienso en los chilenos que se refugiaron en Leipzig durante la dictadura de Pinochet y que negaban o justificaban la violación de derechos humanos en la RDA. ¿Cerraban los ojos por simple gratitud hacia el régimen comunista o por identificación ideológica con él? Con el tiempo comprendí que, junto con ser refugiados agradecidos por los favores concedidos, eran cómplices silenciosos de la represión. ¿O de verdad alguien podía vivir en un sistema totalitario sin darse cuenta de ello?

La pregunta retorna como un bumerán. ¿Cómo yo, que en la Karl-Marx-Universität fui destacada estudiante y militante de la FDJ, que crecí agradecida del sistema que nos protegía y creí en la necesidad histórica del socialismo, me dejé reclutar por una organización que extorsionaba, ejecutaba o empujaba al suicidio a ciudadanos de otros países, que escogía como objetivo por motivos que yo desconocía? Nada, ni mi compromiso incondicional con la Stasi, el PSUA o el régimen, ni tampoco el hecho de que me haya arrepentido y haya desertado, me liberará jamás de mi responsabilidad. Tampoco me libera de responsabilidad el hecho de que hoy yo misma sea víctima de la institución a la que serví.

¿Cuánto sufrimiento les causé a mujeres solitarias y deprimidas de Alemania Occidental que trabajaban en partidos, empresas o fundaciones, mujeres con las cuales trababa una amistad que no era tal sino un detestable simulacro aprendido en la Stasi para presentarles a un Romeo del HVA, uno de esos tipos apuestos, seductores e inescrupulosos que las enamoraban para posteriormente reclutarlas? ¿Cuántas mujeres, como Solange Seidel, fueron condenadas o se suicidaron tras constatar que habían creído en un amor que era solo fingimiento y hacia el cual yo, de manera consciente, las había empujado?

Se me retuerce el estómago al recordar a mi hija perdida, a mi esposo asesinado y a las mujeres que defraudé. Mi arrepentimiento no me traerá de vuelta a los míos ni remediará el tormento que a tantas ocasioné. Nada del dolor infligido puede ser ahora remediado. No difiero de los compatriotas de Patricio que vivieron en la RDA simulando no ver el sufrimiento de sus compañeros de estudio o trabajo por no poder salir del país amurallado ni expresar su opinión sobre él. Resulta demoledor, pero no está a mi alcance el pedestal desde el cual pueda juzgarlos.

—¿Estás seguro de que ella dirige todo? —le pregunté entonces al hombre del BND sin imaginar, desde luego, que un día no lejano estaría en Chile frente a la otrora inalcanzable Bruja Púrpura, ya no teñida con el tinte violáceo al que nadie más accedía en la RDA, la por veintiséis años ministra de Educación, la desconfiada mujer con mirada de ave de rapiña que acaba de preguntarme por qué he regresado a su casa.

El arrogante fulgor de sus ojos me revela que ya ordenó a sus antiguos secuaces de Berlín investigar mi pasado.

53

—¿Quién eres?

—Soso.

—¿Soso? No sé quién es Soso ni logro verte en la oscuridad.

—Soy Koba.

Mis dedos buscaron el interruptor de la lámpara de velador.

—Déjame encender la luz.

—No perdamos tiempo. Soy Josif Vissarionovich Dzhugashvili.

—¿Quién?

En ese instante logré prender la luz, pero no distinguir al hombre corpulento y de recia cabellera oscura peinada hacia atrás, con bigotazo negro y uniforme verde olivo, que reclinaba un hombro contra el marco de la puerta. Tuve la impresión de estar viendo una trizada postal en sepia.

—Stalin —respondió él y mostró dos hileras de grandes dientes al sonreír.

Un escalofrío me sacudió el cuerpo y me hizo incorporarme abruptamente en la cama. Me apoyé en el respaldo preguntándome si el de la pipa humeante de verdad era quien afirmaba ser. He vivido tanta cosa inverosímil en los últimos años que su aparición en la penumbra bien podía emanar de mi imaginación o ser una pesadilla. Sí, tal vez estaba soñando.

Pero el aroma dulzón del tabaco me despertó por completo trayéndome a la memoria el perfume de Lyuba, la chica polaca que conocí furtivamente en 1932 en la Escuela Superior de Moscú, donde estudiábamos marxismo-leninismo. Una noche, mientras hacíamos el amor en las inmediaciones de una cancha de fútbol, me confesó que creía en Dios, lo que me indujo a alejarme para siempre de ella. ¡Qué labios más carnosos tenía, unos labios que de alguna forma anunciaban sus firmes y níveos muslos! Han pasado sesenta años desde aquello. Qué tristeza cuan rápido pasa el tiempo. Y ahora mi despertador marcaba las 4.47 de la madrugada, y afuera imperaba la acostumbrada oscuridad sin estrellas de Santiago. En el cuarto adyacente Margot dormía, ajena a mi visita.

—Camarada Stalin, estoy a sus órdenes —respondí sabiendo que había sido temerario de mi parte tardar tanto en reconocerlo—. Ordene para lo que sea.

—Vine a decirte que me es indiferente que hayas caído en desgracia porque en los años treinta, en la Escuela Lenin de Moscú, me aplaudías y citabas a rabiar, pero cuando volviste a Berlín no tardaste en caer en una cárcel nazi por estupideces de aficionado, entre otras, por ser un bocón. Esa es la causa por la que en 1935 te echaron diez años de cárcel. Fuiste una inversión perdida para nosotros, y la verdad es que el pellejo te lo salvó el pacto de no agresión que acordé en 1939 con Adolf para repartirnos la molesta Polonia, pacto que él violó en 1941 al atacarnos de manera vil.

—Eso fue una gran traición, camarada.

—Tú lo has dicho. Traición, una palabra que a menudo pronuncian tus finos labios porque solo abunda en boca de los traidores. La gente habla de lo que ama, no de lo que abomina. No olvides que ascendiste en el partido diciendo que eras estalinista, pero en cuanto Lavrenti Beria, mi Erich Mielke, dio en marzo de 1953, en Moscú, la orden de despacharme, tú en Berlín no tardaste un segundo en renegar de mí y celebrar al advenedizo de Nikita Kruschev. Te quejas de los traidores, pero eres uno de ellos y hueles como ellos. Yo a los traidores los noto a la distancia, por eso no necesitaba juicios largos. Me bastaba con verlos y olerlos de lejos para corroborar todo cuanto sospechaba.

—Camarada, a usted jamás lo traicioné. Por el contrario. Fui estalinista hasta su último día, y después, claro, después seguí los lineamientos de la dirección en Moscú en el sentido de respaldar al nuevo secretario general del partido soviético para preservar la unidad del campo socialista y la paz mundial. Todo eso, claro, tras su lamentable, triste y devastador fallecimiento.

—No fallecí. Me mataron, Erich. Fue homicidio. No lo olvides. Beria lo confirmó en una reunión secreta del partido. Yo lo maté y los libré a todos ustedes de él, afirmó y se los sacó en cara mientras pudo. Lo sé de buena fuente, aunque el acta está fondeada bajo siete llaves. Beria me traicionó para que Kruschev tomara el poder y me sucediera. ¿No te huele eso a Egon Krenz?

—Es diferente, camarada. Krenz entregó nuestro Estado al enemigo; Nikita, en cambio, lo consolidó y modernizó, y nos llevó al espacio con Yuri Gagarin y Valentina Tereshkova.

—Eres un insolente —afirmó con una voz profunda que me hizo tiritar en la cama—. No confundas la esencia con la apariencia, Erich. Kruschev me condenó a sabiendas de que yo era amado por el pueblo y que fui asesinado por Beria y sus secuaces de la Checa. Ellos me liquidaron a mí, al líder que salvó a la URSS de desaparecer, que aplastó la conjura internacional de Trotski y los judíos, que derrotó a la Alemania de Hitler y dirigió durante treinta años con mano firme y línea clara al glorioso PCUS en nuestra marcha ascendente hacia la sociedad comunista industrial desarrollada.

—Disculpe, camarada, permítame discrepar.

—¿Discrepar? Verbo peligroso —me advirtió acercándose a paso lento y balanceado a mi cama, mientras yo me pregunto por qué diablos osé faltarle el respeto si todos saben dónde están los límites de Koba: en ninguna parte. Lo leí en el famoso informe del XX Congreso del PCUS—. ¿Olvidas que discrepar es una fuerza centrífuga que expele todo en fragmentos desde el centro hacia la periferia, aniquilando todo lo logrado y que nos une?

—Disculpe mi torpeza, camarada Stalin. —Mi voz resonó aflautada—. Con discrepar me refiero a tomar las decisiones en el marco de nuestro consabido centralismo democrático.

—La fragmentación y disolución es el destino que aguarda a todo partido de vanguardia y país que permita la discrepancia interna. Ese es y será siempre el peor enemigo de la Unión Soviética. Destruir nuestra unidad monolítica es sepultar al comunismo bajo una lápida de granito. Sé prudente con cuanto dices. No te conviene que los tribunales te acusen de blasfemia.

No me atrevo a revelarle que ya todo sucumbió, que su ilimitada sabiduría fue confirmada por la historia, y solo le digo:

—Tiene razón otra vez, camarada. No supe expresarme bien, retiro lo dicho, pero por favor, no apague la lámpara.

La presión de su gélida garra de acero me hizo enmudecer.

—La apagué porque quiero que veas y escuches algo —anunció apretando más mi muñeca—. Calla y observa.

En el umbral de la puerta se dibuja el contorno de una mujer tocada con una cofia. No puedo ver su rostro, pero la silueta de su cuerpo espigado me resulta familiar. Viste un ajustado traje de dos piezas, tal vez de seda o algodón, qué sé yo, y se mantiene inmóvil sin que pueda dilucidar si está de frente o de espalda.

—¿Sabes quién es?

—Lo ignoro, camarada.

—Charlotte Schanuel.

—¿Te acuerdas de mí? —me pregunta ella y me estremezco de frío de pies a cabeza porque reconozco su voz y su cuerpo de firmes caderas, aunque no logro apreciar sus rasgos—.

Yo sí me acuerdo de lo nuestro en el Berlín de la guerra, mejor dicho, me acuerdo de que te amaba y creí en tu amor, Erich. Lamento haberte fallado, lamento haberte dejado un año después de la boda.

—Pero, Charlotte...

—No te reprocho tu infidelidad con Eva, Erich. Tenías razón. Yo estaba enferma, pero no solo de un cáncer como tú ahora, sino de haber sido lo que fui, de haber creído en el Führer y haberlo seguido, y haber tenido una fe desmedida en un espléndido futuro nacionalsocialista para Alemania.

—Charlotte, nunca te olvidé, nunca te fui infiel.

—Eso ya no importa, Erich. Escogiste y lo hiciste siguiendo el sentido de la historia. Yo representaba el nazismo, el pasado, y Eva el futuro, el socialismo, tu sueño de niño pobre en el Sarre. ¿Cómo podía yo competir con ella?

—Charlotte, siempre me hiciste falta. Te extrañé hasta que encontré a Margot, pero nunca te olvidé. Esa es la verdad. Eva fue apenas un desvarío, una locura, un fogonazo que me permitió aliviar el sufrimiento que me causó saber que no estarías conmigo durante la fundación de la RDA y la construcción del socialismo. Acércate, por favor.

—No lo hará —afirmó Stalin.

—¿Por qué no, camarada? —pregunté.

—Un muro insalvable te separará siempre de ella.

—Ayúdela a acercarse, se lo imploro por su hija Svetlana.

Nunca más volví a ver a Charlotte. Nunca más vi ni siquiera una foto de ella. En toda Alemania no había un simple retrato, no hallamos un solo certificado ni huella.

—Las acaparó tu vecino en Wandlitz.

—¿A quién se refiere, camarada?

—A Mielke. Él acumulaba todo, y lo sabía todo, menos que el pueblo quería otra cosa.

—Como sea, camarada, pero hágame un favor, tráigame a Charlotte de vuelta, aunque sea por unos minutos, se lo suplico.

—¿Crees aún que soy Dios? Soy un simple mortal, ¿o no viste lo que me pasó? No me exijas milagros.Tienes una vieja deuda con Charlotte. Pídele al menos perdón. En la cárcel nacionalsocialista te protegió, y después de la guerra su silencio de tumba con respecto a tu comportamiento en el nazismo permitió que ascendieras como un Katiushka en el partido. Y, pese a ello, le pagaste abandonándola cuando más te necesitaba.

—Eva fue solo un consuelo, una gruesa cortina que ocultó la agonía de Charlotte, camarada. Solo no habría soportado el tormento. La amaba y le debía la vida, por eso me casé con ella en cuanto terminó la guerra. Jamás habría podido verla apagarse como una vela en su buhardilla en la que me refugié y donde tantas veces nos amamos.

—¿Se enfermó de veras y no tuviste fuerza para presenciar su deterioro, o la envenenaron para despejar la vía hacia tu meteórica carrera, y por eso no podías mirarla a los ojos?

—No, yo enfermé de veras —intervino Charlotte—. La vida me castigó de ese modo. La vida pasa la cuenta, y uno recibe la misma moneda con la que causó dolor. Yo soy responsable de las decisiones que adopté cuando joven, ingresar al partido nazi, creer en Hitler y convertirme en gendarme en una cárcel de reeducación para los desviados del camino recto.

—¿Y crees de verdad que tu muerte fue natural o crees solo para no morir de desesperanza? —preguntó el camarada Stalin.

—Me correspondía pagar por eso. Haber sido durante años la esposa de mi buen Erich, entonces joven y apuesto, excelente orador y romántico soñador, habría sido un premio inmerecido para quien postuló a gendarme nacionalsocialista cuando la descartaron en las SS.

—Charlotte, por favor, acércate —le supliqué.

—Ya no puede —dijo Stalin despidiendo una bocanada de humo contra mis ojos, haciéndome sentir su cálido aliento etílico—. Ella fue borrada de la faz de la Tierra por Mielke y las exigencias de tu impoluta imagen oficial, así que olvídala.

—No puedo. Estuve a punto de enloquecer al enterarme del mal que padecía.

—¿La amas de verdad? ¿Por qué?

—Porque fue la etapa más genuina de mi vida, camarada. Resistir, sobrevivir y reinventarse purifica y dignifica. El poder, en cambio, ensucia y pervierte.

—Déjate de tonteras románticas. Las razones del amor siempre deben ceder ante las razones del poder.

—¿Qué significa eso?

—Deberías saberlo porque tu Dios fue el poder. Todo, vida privada, amistades, memoria, lealtades, sentimientos, incluso el amor, lo sometiste a él. Solo llegaste al sitial con que soñabas porque no cargaste sobre tus hombros con Charlotte y su oscuro pasado. No me vengas a estas alturas con que estás arrepentido.

—Es que estoy viejo, camarada Stalin.

—Despreocúpate. Eso es por fortuna una circunstancia pasajera que licúa la voluntad, obnubila el futuro y hace volver la mirada al pasado con la estúpida esperanza de que sea maleable. Charlotte está sepultada en un ayer inalterable, y atado a ella navegará siempre tu tardío arrepentimiento. Si piensas que todo pudo haber sido distinto, ya es demasiado tarde. La historia es lo que es y no otra cosa, solías decir a tus camaradas después de tus insípidos discursos.

—Charlotte, por favor.

—No loriquees. Charlotte fue apartada de tu vida para que pudieras ser quien fuiste, y eso es irreversible. Debes dejarla tranquila. Esa es la vida, camarada, y el revolucionario que no lo entiende se equivocó de ruta y profesión. Aquí no hay arrepentimiento que valga, solo órdenes cumplidas. No será Charlotte sino yo quien te espere al final del desfiladero.

—Por favor, camarada Stalin, por favor, tráigame a Charlotte de vuelta.

—Pero, Erich, ¿qué pasa? —pregunta Margot desde el umbral, envuelta en su bata—. Desvarías. Te traeré un vaso de leche tibia, pero antes déjame abrir la ventana que aquí hiede a tabaco. No me digas que has comenzado a fumar a estas alturas...

54

Evoco la última vez que vi a los Honecker. Tuvo lugar a fines de 1993, en la casa de La Reina, donde ocurrió algo surrealista y dramático, desatado por la repentina irrupción en la cocina de Margot, quien al parecer escuchaba a hurtadillas desde el segundo piso la conversación que Valentina y yo sosteníamos con su marido.

—Usted contó hace poco que trabajó para la Stasi —dijo Margot uniéndose a la mesa, donde le hicimos espacio—. ¿Es cierto?

—Absolutamente —repuso Valentina.

—¿Seguro? —insistió Margot, lo que me hizo suponer que había iniciado averiguaciones a través de sus contactos en Berlín.

—¿No me cree? Ingresé tras graduarme en filosofía en la Karl-Marx-Universität.

Ya había caído la oscuridad sobre Santiago y en el condominio penaban las ánimas porque era fin de semana y los vecinos andaban en el sur o la costa.

Cuando Margot le pidió que detallara en qué había quedado su compromiso con la Stasi después de la disolución de la policía política, Valentina hizo una mueca y dijo que había renunciado al ministerio años antes de que la RDA se desplomara.

—¿Y por qué? —preguntó Margot con una curiosidad incontenible, y yo agregaría maligna, mientras Honecker escuchaba atento y untaba una rebanada de pan de centeno con mantequilla.

—Yo renuncié —aseveró Valentina.

—¿Por qué? —terció Honecker.

—Me cansé de tanta mentira y represión.

—¿A qué se refiere? —indagó Margot.

—A lo que dije: a que abandoné la Stasi porque estaba harta de extorsionar a gente.

—Usted no está bien de la cabeza —retrucó Margot.

—Por el contrario, porque estaba mal de la cabeza, renuncié. Irme era la única forma de sanarme, de lavar mi conciencia y poder trabajar un día sin tener que lastimar a nadie más.

—*Na, Erich, was sagst du dazu? Bleib doch nicht stumm, du hast sie doch hierher gebracht.*[27] Y usted, Patricio, ¿tiene algo que decir? ¿No es ella acaso una antigua conocida suya?

—No tenía idea de nada de esto —repuse desconcertado, porque me costaba imaginar a Valentina en esos trances. Ella no me había mencionado nada al respecto, y en realidad no tenía por qué hacerlo, pero ese giro en su vida me azoraba—. Cuando nos despedimos en Leipzig, Valentina era una brillante alumna de la Karl-Marx-Universität y militaba en la FDJ, y todos le auguraban una espléndida carrera política. Y lo cierto es que no la vi más. Hasta que llegó a Chile a entrevistar a su marido.

El ambiente se había tornado irrespirable, y supuse que era lo que Valentina buscaba. De pronto la vi levantarse de la mesa, alejarse unos pasos y mirarnos con desdén.

—Valentina, ¿puede explicar todo esto que resulta tan decepcionante? —preguntó Honecker.

---

[27] «Bueno, Erich, ¿qué dices a eso? No te quedes callado, tú la trajiste aquí».

—Claro que sí: aprovechando una misión a Occidente encargada por el HVA, mi marido y yo decidimos no regresar a Berlín Oriental.

—¿Se convirtieron en desertores? —tartamudeó Honecker.

—¿Desertores? —alegó doña Margot—. ¡Traidores!

—Pero no estábamos equivocados, señora, porque pocos años después el país entero les volvió a ustedes la espalda, y nos dio la razón.

Los ánimos se caldeaban peligrosamente, y Valentina no daba señales de querer apaciguarlos. Yo, por mi parte, no me explicaba qué pretendía ella con esa provocadora revelación.

—Señora Bode, deje de insultarnos, por favor —pidió Honecker, afligido, adolorido—, y dígame qué se propone, porque su conducta ya no se condice con la de una periodista profesional.

—Fue como lo dije. Con Thomas nos entregamos al BND porque no podíamos seguir manipulando a mujeres deprimidas para exprimirles la información que pasaba por sus manos.

—Escúcheme, señora Bode, porque ahora seré yo quien hable claro —anunció Margot, roja de ira.

—No me interrumpas —alegó Honecker, lívido.

—Déjame esta impostora a mí, Erich, no es periodista. No es Valentina Bode. Es Valentina Klein, la viuda del traidor Thomas Klein, la que abandonó a su hija o algo así. Es una agente provocadora del BND. Nos ha engañado vilmente desde un inicio aprovechándose de nuestra confianza y hospitalidad. Otra malagradecida. Escúcheme, señora Klein. Váyase de inmediato de mi casa o pediré a la policía que la saque de aquí. Ahora mismo. No quiero verla ni en pintura. ¡Fuera!

El *Abendbrot* había degenerado en una discusión inesperada e irremediable, y lo único que yo deseaba era que Valentina se marchase y el altercado quedara en nuestra memoria como una experiencia ingrata, pero sin nada grave que lamentar.

Pequé de ingenuidad, sin embargo, porque en ese instante Valentina recogió su bolso que colgaba de la silla que había ocupado, hurgó en él y de pronto su mano derecha emergió portando una bruñida pistola con la que nos apuntó.

55

No volví a ver a Valentina hasta finales del 2022.

Es decir, casi treinta años después de vernos en Santiago de Chile, nos encontramos de nuevo, esta vez en Leipzig, como si un ciclo misterioso buscara cerrarse en la misma ciudad en que nos conocimos. Por otra parte, habían transcurrido más de cuarenta años desde que yo había dejado esa ciudad con destino a Bonn en un sucio vagón de la Deutsche Reichsbahn.

Ahora volvía a Leipzig en un flamante Intercity, acompañado de Flora, y en las vísperas de que se celebrase un nuevo aniversario de la caída del Muro. Honecker había muerto en Santiago en mayo de 1994, y Margot en el mismo mes, pero de 2016, libres ambos de demandas y enredos judiciales.

Una noche, después de comer en el tradicional restaurante Auerbachskeller, y mientras caminábamos de regreso a nuestro Airbnb en las inmediaciones de la Thomaskirche, le dije a Flora que pretendía enviarle a Valentina un mensaje a un correo electrónico que me había proporcionado un periodista de la *Deutsche Welle* de apellido Kummetz. Tras la extenuante reunión en que ella salió de la casa de los Honecker apuntándome con su arma, nunca había respondido a mis intentos por reanudar el contacto. Simplemente había desaparecido del mapa.

—¿Y con qué propósito le escribirás, si hace tanto que no responde? —me preguntó Flora aferrándose a mi brazo, alarmada por mi obsesión por esa fase de mi vida que se inició en la RDA, o quizás años antes, cuando siendo escolar, ingresé a la juventud comunista.

—Simplemente para probar. Me gustaría conversar con ella. Tú sabes cómo acabó el último encuentro, y no me resigno a que se haya hecho humo para siempre. A esta edad, en cualquier momento uno parte al otro mundo.

—Pues, inténtalo, aunque no creo que reaccione. Debe causarle vergüenza volver a verte. La escena aquella en La Reina fue de opereta. Pero no hay peor diligencia que la que no se hace.

Le escribí desde nuestro departamento, que miraba hacia la iglesia donde Johann Sebastian Bach trabajó como *kantor*[28] y descansan sus restos.

A la mañana siguiente hallé su respuesta. Vivía ahora en Weimar, pero ese día se encontraría en Leipzig, por lo que me propuso vernos al atardecer en el Riquet, un café ubicado en la céntrica callejuela Schuhmachergässchen.

Arribé con antelación al local y me instalé en una mesa situada en la vereda, bajo un quitasol superfluo en el invierno, aunque temperado con un calefactor a gas. ¿Mi propósito? Verla llegar. Solía hacerlo en el Leipzig de los setenta con el mismo fin, espiarla de lejos mientras caminaba. Se acercaba con premura, a pasos largos y ágiles, la negra cabellera bailando sobre sus hombros, y una tenue sonrisa dibujada en los labios. Me sentía feliz y orgulloso de que fuese mi novia. A veces imaginaba que no la conocía y que pasaba frente a mi mesa para ir a sentarse con otro muchacho, y entonces hervía de celos por unos instantes, pero se disipaban en cuanto me saludaba con un beso en la boca y tomaba asiento a mi lado.

Pero esta vez, fuese por la distancia o mi desmejorada vista, me costó reconocerla de lejos. Claro, había pasado mucho

---

[28] Cantante principal en una iglesia.

tiempo desde su abrupta salida de la casa de los Honecker, su cabellera había encanecido por completo, caminaba de modo cansino, casi titubeante, llevaba anteojos y el tiempo había hecho tanta mella en su rostro como en el mío. Esa tarde no tardaría en comprender que había perdido toda ilusión de dar con Angelika o el asesino de Thomas, que vivía defraudada de la justicia, decepcionada de la Alemania unificada y arrepentida de haber intentado torcer su propio destino.

—Por eso los griegos creían en las parcas —comentó tras darme un abrazo y sentarse a la mesa lanzándome miradas furtivas intercaladas con las que dirigía a los transeúntes, aún incómoda, sospecho, con el espectáculo que había ofrecido en Santiago—. Las parcas velaban por que ni los dioses pudiesen modificar el destino personal. Con Thomas lo intentamos, y todavía lo estoy pagando.

—¿Y por qué te trasladaste a Weimar? —le pregunté para encauzar de algún modo la conversación.

—Porque conseguí allí una plaza para enseñar español —me explicó ordenándose la melena—. No pude abrirme paso en el periodismo. Hoy sobran los periodistas. Así que no fui ni filósofa ni política ni periodista.

—Ni parlamentaria de la FDJ —añadí con un humor fuera de lugar.

Encendió un cigarrillo sacudiendo la cabeza, pedimos café y me preguntó por Flora y nuestros hijos.

—¿Lograste saber de Angelika? —le consulté tras contarle que nuestros hijos residen desde hace mucho en Estados Unidos y que Flora sigue feliz con su pintura y el huerto, y que andaba comprando los incomparables pinceles y pigmentos alemanes para su arte.

—No he sabido nada —dijo cortante.

Que no agregara algo más me conmovió. Calculé que, si vivía, su hija debía tener unos treinta años.

—¿Y sobre Thomas?

—Tampoco.

No me atreví a seguir preguntando, y ella a su vez pareció escudarse detrás de su silencio mientras el cigarrillo se consumía entre sus dedos. Agregamos al pedido unas palmeritas de masa dulce, como las que decenios atrás solíamos comer en el desayuno dominical leyendo el *Neues Deutschland*, y coincidimos en que las de nuestra juventud sabían mejor. Pero más allá de ese detalle y de los dormitorios estudiantiles de la Strasse des 18. Oktober, ya poco me unía a Valentina, y de Leipzig me atraía ahora la iglesia de San Nicolás, donde surgieron las manifestaciones y el grito de «Wir sind das Volk!», que dieron la vuelta al mundo y derribaron el comunismo. Comprobé esa tarde, en el café al aire libre, en el mismo Leipzig en que nos enamoramos como estudiantes, que entre ella y yo se había abierto una brecha insalvable, testimonio inapelable de que nuestros caminos se habían apartado para siempre.

De pronto me atreví a preguntarle lo que me intrigaba desde que salió apuntándome con la pistola de la casa de los Honecker:

—¿Por qué le diste entonces el tiro de gracia a tu relación con ellos, los únicos que podían ayudarte?

—Porque comprendí que eran un callejón sin salida, y que la búsqueda de Angelika y del asesino de Thomas se estrellaría siempre con el silencio de ambos. No podían ceder, hacerlo implicaba reconocer sus crímenes y reconocerlos implicaba afrontar nuevos juicios.

Añadió algo que me permitió comprender mejor su amarga resignación. A su juicio era iluso suponer que los dictadores podían ser castigados. No había castigo posible, pues el dolor que causan es irreparable e irreversible. No existe equivalencia entre el tormento que inflige un dictador y la pena aplicable en su contra, porque a la hora en que la justicia llega ya nadie es el mismo.

Mientras hablaba mirando a la gente que pasaba, aproveché de escrutar su semblante con detenimiento. Había envejecido más de la cuenta y perdido definitivamente el brillo en los ojos. Su aspecto era el de una mujer derrotada y resignada, que vestía prendas *vintage* y empezaba a encorvarse ante el dolor.

—Saqué el arma solo para mantenerlos bajo control y evitar que pidieran auxilio, pero no pensaba matarlos —dijo ella.

—¿Qué pretendías, entonces, al amenazarlos?

—Infundirles miedo, causarles pánico, hacerles sentir que se hallaban a merced de una jueza implacable que los ejecutaría sin asco. Me bastaba con eso como venganza. Aunque ya había entendido que en rigor era yo, y no ellos, quien carecía de alternativa. Lo percibí mientras los encañonaba. Ante un fin que consideraban inminente, el terror se engastaba en sus ojos. Sin embargo, no pude ajusticiarlos.

—¿Por qué?

—Tal vez porque esa misma noche, antes de salir hacia la casa de los Honecker, recibí en el hotel la llamada de un antiguo colega del HVA, también desertor, que se ocupaba de ordenar la correspondencia que llegaba al buzón. La noticia me devastó: Solange se había quitado la vida en su celda.

—¿Solange?

—No me preguntes detalles. Fue una de mis víctimas, una más —se le quebró la voz al decirlo— de mi trabajo para la Normannenstrasse.

No siguió hablando, y clavó sus ojos en una joven pareja que pasaba empujando un coche de bebé. Yo guardé silencio hasta que ellos pasaron y nosotros ordenamos *espressos* y Doppelkorn, sí, copas del mismo aguardiente con el que Honecker y ella habían brindado un día en La Reina. Fue entonces que me contó detalles sobre Solange Seidel, la funcionaria del Ministerio de Defensa, y me quedé sin palabras.

—La llamada me convenció de que yo era Honecker y Margot a la vez, que los dictadores son ellos mismos, pero también sus cómplices, y que ajusticiarlos hubiese sido reconocer que yo igualmente merecía morir —dijo Valentina antes de vaciar de un sorbo la copa de Doppelkorn—. Creo que Honecker decía la verdad cuando esa noche juró por su nieta que no tenía idea del paradero de sus seres queridos, pero no porque hubiese escogido mentir, sino porque ya estaba senil para recordar sus crímenes, y porque a lo largo de sus conversaciones descubrí que habitaba un mundo donde no había víctimas suyas.

—¿De verdad se lo creíste?

—Es la historia la única culpable, repetía una y otra vez.

—Pero él era el culpable.

—Su cáncer y su mala memoria lo liberaron, al menos ante mí, de culpa —me explicó—. Su manía de repetir consignas, estadísticas y resoluciones del partido no era solo un vil recurso para rehuir responsabilidades. Acuérdate de su patético despacho en la casa de La Reina.

—¿El despacho le salvó la vida, entonces? —pregunté sin poder creerlo.

—El despacho y su enfermedad —sentenció ella—. Para negar la realidad se vistió siempre con el ropaje del dogmatismo y pronunció discursos que anunciaban un futuro que nunca llegó, metas que jamás se cumplieron y expectativas que no se satisficieron. Y lo increíble: cuando joven había sido apuesto y buen orador. Está claro que el ejercicio del poder dictatorial agrió su rostro y su palabra.

—¿Y ella?

Valentina aspiró el cigarrillo, despidió el humo por la nariz y aseguró que Margot no conocía el arrepentimiento ni guardaba consideración alguna hacia sus víctimas y, lo que era peor, había endurecido en el exilio su defensa del Muro y la dictadura. Soñaba con los años sesenta, cuando el socialismo, con la Unión Soviética a la cabeza, conquistaba, según ella, el planeta.

—¿Nunca te demandaron por lo de aquella noche? —pregunté.

—Prefirieron no agitar las olas para no despertar a los perros dormidos —explicó—. Los desvelaba la posibilidad de que surgieran nuevas causas en su contra. Y a ti, Patricio, ¿qué te dijeron cuando yo me marché?

—Después de que salieron del baño, no hubo reproches. Solo silencio. Estaban en shock. Ella le sirvió a él una taza de leche tibia y le pasó una pastilla. Los convencí de que yo no sabía nada de nada y les ofrecí llamar a Carabineros, pero lo rechazaron.

—¿Lo rechazaron?

—Me pidieron en cambio que alertara al camarada de la seguridad. Me fui en cuanto llegó. Al día siguiente este llamó para decirme que prescindían de mis servicios y que me pagarían lo adeudado siempre y cuando yo guardara absoluto silencio sobre lo ocurrido. Solo se lo he contado a Flora, y hasta hoy no me pagan.

El mensaje de que me pagarían si callaba fue, desde luego, una amenaza, pensé, una que a su vez me lleva a recordar el momento más álgido de esa noche en que Valentina, fuera de sí y en lágrimas, amenazó con que los mataría si no le revelaban el paradero de su hija y el nombre del asesino de su esposo, que los mataría como los rumanos habían ajusticiado, esa palabra utilizó, ajusticiado, al criminal matrimonio Ceaușescu.

Al ver el terror reverberando en los ojos del matrimonio, intenté calmar a Valentina. Le dije que eso sería un crimen tan cobarde como disparar en la frontera contra los alemanes que trataban de trepar el Muro, que matar no conducía a nada y que había otras formas de conseguir lo que buscaba.

—¡Tú te callas! —me ordenó con una mirada escalofriante que no le conocía, una mirada dura y a la vez despavorida—. Si vuelves a entrometerte, te meto un tiro, te lo juro.

Debo reconocer que a menudo me persigue la dramática escena en la cocina. Veo todavía a Valentina amenazando a todos con la pistola, a Honecker suplicando clemencia con manos temblorosas y a Margot insistiendo en su inocencia, y en verdad nunca más he vuelto a sentir el aliento de la muerte tan cerca como esa noche en Santiago de Chile.

—¡Pónganse de pie! —les gritó Valentina a los Honecker, y a punta de pistola los obligó a entrar al baño de visitas, ubicado junto a la puerta de entrada a la casa.

—¡Pero, Valentina! —grité yo.

—¡Tú te callas y te quedas sentado o te meto un tiro! —me advirtió. Y no bromeaba, así que no me quedó más que obedecerla porque yo recuerdo que, bajo presión, era decidida y capaz de hacer cualquier cosa.

La vi echar llave por fuera al baño y apagar la luz, y temí que los acribillara a través de la puerta para no mirarlos a los ojos mientras lo hacía. Y todo lo que vino después se me vuelve borroso, impreciso, enrevesado y sombrío. Lo único cierto es que quedé petrificado en la silla, sin ánimo para moverme, solo deseando que aquello terminara de alguna forma, pero que terminara de una vez. Ignoro qué más pasó en ese intertanto, solo recuerdo que de pronto Valentina tropezó con la puerta de la cocina, luego con un banco y que el nerviosismo y el pánico le desencajaban el rostro. Salió de allí caminando de espaldas, como un alacrán, despeinada, sudorosa, sin dejar de encañonarme.

—Si hubieses apretado el gatillo contra ellos, te habrían condenado a cadena perpetua —le dije en el Riquet. Oscurecía bajo las nubes de Leipzig.

—Tal vez —dijo ella mirando a la gente que transitaba, mientras el sol moría detrás de los edificios—. Pero quiero creer que si algo de justicia queda aún en este mundo, los jueces hubiesen considerado el secuestro de Angelika y el asesinato de Thomas como atenuantes.

—En todo caso, te habrían condenado a más años de cárcel que a Honecker y Margot juntos.

—Por eso actué como actué —afirmó y tras guardar silencio, repasando quizás la escena de La Reina, agregó que había desistido de la venganza porque al ver a los ancianos entregados a su suerte, terminó de convencerse de que no existe venganza apaciguadora en contra de quien se odia sin límites.

En La Reina comprendió que ni matándolos podría calmar su sed de justicia, y antes que eso, su sed por abrazar a la familia y por derrotar la soledad que la amargaba. Entendió que no recuperaría a los suyos ajusticiando a los Honecker y que, por el contrario, eliminarlos significaría segar la última fuente de la cual podría brotar la información que necesitaba para recuperar cierto sosiego y equilibrio interior. Solo perdonando a Erich y a Margot sobreviviría su esperanza de dar con el paradero de los suyos. Solo dejándolos vivos, continuarían ellos agonizando defenestrados, huérfanos, lejos de casa, conscientes de que pronto morirían despreciados y en el exilio. Sí, solo vivos y conscientes de su propia situación podrían sufrir el cruel destierro que habían impuesto a miles de compatriotas.

—Confié en que alguien me llamaría una noche para entregarme una dirección donde estaría la respuesta, pero se fueron a la tumba envueltos en su terco silencio —se lamentó Valentina apagando el cigarrillo.

—¿Otro café? —le pregunté mientras se enjugaba las lágrimas con una servilleta.

—Prefiero otro Doppelkorn y un vaso de agua mineral con mucho hielo —me respondió, lo que ordené de inmediato.

En su mirada percibí el último tizón del brillo que me deslumbró cuando la conocí en la librería universitaria de Leipzig. Valentina acababa de ingresar al primer año de marxismo-leninismo y buscaba un manual de la Academia de Ciencias de la Unión Soviética, y yo redactaba un ensayo sobre la dialéctica entre historia y novela bajo la dirección del destacado latinoamericanista, profesor Zeuske que, dicho sea de paso, nunca terminé. Éramos endemoniadamente jóvenes e irresponsables entonces, además de bellos e idealistas, dueños de una risa fresca y ojos chispeantes; y ahora, decenios después, nos contemplábamos ante los rescoldos de nuestra promisoria juventud definitivamente sepultada.

—Lo siento —me dijo poniéndose de pie y recogiendo su bolso de la silla como aquella noche infausta en la casa de La Reina—, debo volver a Weimar.

Un automóvil se había detenido cerca de nuestra mesa. Un hombre canoso y de anteojos esperaba al volante.

—¿Podemos seguir conversando en otro momento? —pregunté.

—Pongámonos de acuerdo por correo electrónico —dijo Valentina—. Ahora debo irme, Patricio.

Me besó en ambas mejillas con premura, ignoro si fue porque el sujeto nos observaba desde el auto o porque la entristecía esa nueva despedida, y se dirigió al vehículo, que no tardó en desdibujarse en medio del tráfico sin que ella se volviera a hacerme seña alguna.

Ordené otro Doppelkorn y permanecí bajo el absurdo quitasol en el inicio del invierno sajón evocando mis años en el Leipzig ya esfumado y las conversaciones en La Reina con el antiguo secretario general del PSUA, preguntándome si había acaecido todo tal cual yo lo recordaba, y si con Valentina habíamos resuelto nuestros temas pendientes, algo que aún ignoro, pero el golpe seco de la copa sobre la mesa me arrancó del ensimismamiento.

Bajé el trago de un sorbo, al igual que antes lo había hecho Valentina, y me quedé contemplando los cubos de hielo que flotaban en su vaso de agua recogiendo la luz de las primeras farolas, mientras la brisa crepuscular de Leipzig me estremecía.

56

Ocurrió durante el último verano austral. Yo tomaba un *espresso* bajo el parrón leyendo a Séneca, y Flora pintaba en su taller escuchando composiciones de Berenguier de Palou, cuando alguien hizo repicar desde la calle la campana de nuestra parcela.

Al cruzar el sendero hacia el portón reconocí el inconfundible jadeo de los escarabajos Volkswagen de mi infancia.

Abrí la puerta y me encontré con un hombre mayor, canoso y de anteojos, según me explicó, que venía en un viejo y bruñido *kleinbus* que esperaba frente al portón con el motor encendido.

—Traigo un mensaje de Valentina Bode —me anunció.

Destrabé de inmediato el portón, le indiqué que estacionara a la sombra de los espinos y lo invité a tomar un café. Vestía chaqueta *beige* estilo safari, como la favorita de Honecker, polera negra, jeans y zapatillas, una combinación inusual, en rigor, para los más de setenta años que cargaba con donaire sobre los hombros.

Nos sentamos a la sombra del parrón y, tras arrancarle un largo sorbo a la taza de un café tibio, dijo:

—Hubiese preferido no traer esta noticia, pero se lo prometí a Valentina.

—Por favor...

—Ella falleció en Berlín hace unos meses en un accidente —se humedeció los labios y después continuó—: cayó a la línea del metro en la estación Magdalenenstrasse. La verdad, fue un suicidio —agregó—. Habían fracasado todos sus intentos por dar con el paradero de la hija y el asesino de su marido. Fue una decisión extrema porque su sufrimiento, soy testigo de ello, fue extremo. Ahora, al menos, descansa en paz.

—Terrible —masculló sin poder contener la emoción—. Lo lamento, lo lamento de veras. La conocí bastante. Mucho. Es escalofriante. Murió como su esposo.

—A él lo asesinaron —corrigió el alemán, y volvió a hundirse en el silencio.

Me pareció que no tenía nada más que decirme y que carecía de fuerzas para marcharse. Tampoco supe yo qué agregar. Nunca he sabido cómo consolar a alguien por la pérdida de un ser querido, porque creo que las palabras en ese caso siempre sobran. Lo concreto era que Valentina estaba muerta. Me dije, como inútil consuelo, que al menos ella descansaba en paz, como bien decía el alemán inmerso aún en su mutismo. Deseé que llegara Flora para que con su tacto contribuyera a superar ese momento difícil, pero no apareció, y el alemán terminó su café, colocó la taza sobre la mesa y se puso de pie dispuesto a retirarse.

Le recordé que no me había dado sus señas.

—Disculpe. Soy Andreas Fischer, y esta es mi tarjeta.

Cruzamos el sendero de vuelta al *kleinbus* mientras yo sentía que iba armando la historia para mí hasta ese instante incompleta. Cuando abrió la portezuela de su vehículo, que chirrió rogando por unas gotas de lubricante, me atreví a preguntarle:

—¿Dónde la conoció?

—En Berlín Este, hace mucho. Nos tocó viajar juntos por asuntos laborales a Alemania Occidental y América Latina. Eran otros tiempos, aún existían ambas Alemanias.

—Entiendo —dije, y de hecho comprendía, o mejor dicho imaginaba, lo que hacía y eso en alguna medida me tranquilizaba el alma.

Estreché su mano, él abordó el *kleinbus* y lo echó a andar mientras yo abría el portón. La calle se alargaba polvorienta, desolada, flanqueada por los añosos pimientos que resisten estoicos el sol.

—La amé tanto como usted —agregó él desde la ventanilla, tras detener el vehículo a mi lado—. Pero nunca quiso casarse conmigo. Decía que su primer gran amor, un latinoamericano, la había dejado plantada en la estación de Leipzig; que al segundo lo había asesinado en Berlín el régimen tras despojarlos de la hija que tenían, y que ya carecía de la fuerza para volver a enamorarse. Todo amor, dijo, desemboca en mi vida irremediablemente en el vasto archipiélago del dolor.

—Yo soy el latinoamericano —afirmé.

Paró el motor y desde el asiento me dijo:

—Lo sé. Conocí al funcionario que lo investigaba a usted cuando estudiaba en la Karl-Marx de Leipzig. Empezó a hacerlo en cuanto Valentina solicitó la autorización para casarse. Fue él quien negó el permiso.

—¿Cómo se llama?

—Da lo mismo. Murió hace años, como casi todos los involucrados en esta historia.

—¿Sabe por qué denegó el permiso?

—Olvídelo. No lo tome como algo personal. Al sistema simplemente le disgustaba que nuestros ciudadanos se casaran con occidentales, pues siempre terminaban solicitando la salida definitiva del país.

—¿Usted perteneció a la Stasi?

—Al HVA, el espionaje dirigido por el legendario Markus Wolf. Es diferente —aseveró asintiendo varias veces con la cabeza.

—¿Llegó a coronel?

—Así es. Nosotros nos ocupábamos solo del enemigo externo. La Stasi, la organización de Mielke, en cambio, espiaba y extorsionaba a nuestros ciudadanos.

—Lo sé. ¿Entonces ustedes me consideraban enemigo?

—Simplemente un extranjero de país capitalista, por lo tanto, un factor de riesgo.

—Perdieron el tiempo. Yo era entonces un comunista convencido.

—Tanto que se marchó del socialismo —sonrió—. Pero al dar ese paso nos facilitó las cosas. Valentina era una mujer en extremo inteligente y tal vez demasiado sensible para lo que hacía. Nosotros le brindamos el amparo que precisaba, lo que le afianzó el carácter. ¿Sabe? Estuvo bien que usted dejara Leipzig. La RDA no era su mundo, Patricio, y Occidente no era el de Valentina. Usted dirá que Dios sabe por qué hace las cosas, yo creo que es la historia la que las hace. Carece de voluntad y sentido, pero a veces rectifica errores de los individuos e impone armonía y justicia. En fin, Valentina fue una gran mujer, una oficial efectiva, una sólida defensora de la causa, pero Occidente la desorientó. No todos resistían incólumes el paso por este lado del mundo.

—Me lo explicó.

—¿Nunca se reunieron en Occidente mientras ella era agente?

—Nunca.

—¿Seguro?

—Nunca. —Su insistencia me disgustó, porque si bien ya no existían ni la Stasi ni el HVA ni la RDA, ni Valentina, él seguía husmeando en la vida de los otros como si la historia no hubiese cambiado y sus reportes todavía fuesen necesarios para sus jefes.

—Valentina me pidió también que le entregara esto —dijo al sacar de debajo de su butaca un sobre grande, de manila—. Son capítulos de cosas que estaba escribiendo.

—¿La entrevista larga a Honecker?

—Desechó esa idea al volver a Alemania. No quería quedar asociada a Honecker, usted entiende. Lo que hay en este sobre son capítulos de una novela basada en un viaje de ella a Chile en 1993, cuando se reencontró con usted, un texto que reescribía sin cesar. Todo lo que me entregó está aquí. Hasta usted aparece en él.

—Pero usted se iba sin entregármelo —le reproché con delicadeza.

—Es cierto —reconoció entregándome por fin el sobre—. Tal vez porque contiene algo más.

—¿Las cartas de la amiga que se suicidó?

—No solo eso, también una copia de todos los informes que redactó sobre usted.

Sus palabras hicieron que la sangre me subiera de golpe a la cabeza.

—¿Ella informaba sobre mí? —pregunté decepcionado.

—No le quedaba otra —dijo él restándole importancia al asunto—, pero al final quiso que usted conociera sus informes. Debe agradecerle ese gesto. Estuvo a punto de pasárselos durante el encuentro que sostuvieron en el Riquet de Leipzig, pero se arrepintió.

—¿Sabe por qué?

—Tal vez temió que usted no la entendiera. Pero dígame, ¿cree que esas páginas le sirvan de algo? Son ficciones, partes de una novela, tal vez, situaciones que no ocurrieron ni ocurrirán.

Probablemente tenía razón con su pregunta. ¿De qué me servían en verdad esas páginas si Valentina ya estaba muerta?

—¿Cuándo le entregó el sobre? —pregunté.

—Hace poco, en un café de la *Altstadt* de Bonn. Supongo que ya había arreglado el equipaje y estaba decidida a marcharse de este mundo. Su vida había estallado en mil pedazos y no hallaba forma de volver a pegarlos. Decía que no toda la vida es...

—*Kintsugi*.

Sonrió. Sonreímos emocionados. Me di cuenta en ese instante de que ambos conocíamos bien a Valentina.

—Dejó su departamento en completo orden antes de viajar a Berlín para bajar a la Magdalenenstrasse —aseveró—. Usted debe imaginar por qué escogió esa estación.

Era la más próxima a la Normannenstrasse, la calle donde se hallaba la monumental y hermética sede del Ministerio de la Seguridad del Estado y del directorio de espionaje, que encabezaba el legendario Markus Wolf.

—Al menos no la asesinaron como a Thomas —comenté, aunque me avergoncé de inmediato de haber dicho algo tan torpe.

—Es curioso —prosiguió Andreas—. Nos une una mujer a la que ambos amamos. Lo suyo no pudo ser, lo mío tampoco, y el afortunado que se casó con ella murió asesinado. —Acarició con la palma de las manos el manubrio color marfil. No dejaba de asentir con la cabeza, ceñudo, tenso, la quijada trémula. Agregó después—: En fin, así es la vida.

—¿Por qué no vernos antes de que vuelva a Alemania? —le pregunté.

—Escríbame un correo y decidimos —sugirió él poniendo el vehículo en marcha.

Seguí con la vista al *kleinbus* mientras bajaba tosiendo por la calle, envuelto en una nube de polvo. Cuando desapareció en el recodo de las cinco palmeras, le eché una mirada a la tarjeta. Bajo el nombre de Andreas Fischer aparecía una dirección en la Kastanienallee de Berlín, y al reverso un correo electrónico escrito a mano.

Esa noche cené con Flora en El Latigazo. Nos gusta allí porque preparan bien las codornices a la cazadora, y a través del ventanal podemos contemplar a los ancianos que desde los bancos de la plaza arrojan migas de pan a los últimos pájaros del día. De algún sitio llegaba la voz de una mujer que cantaba un bolero.

Al salir, pasamos por El Copihue a comprar un ramo de rosas color burdeos. En la terraza, un grupo de elegantes veteranos conversaba alrededor de una mesa erizada de botellas y copas de vino. Regresamos a casa espolvoreados por el resplandor de la luna. Puse las flores en un jarrón con suficiente agua y lo instalé a los pies de Epicuro en memoria de Valentina Bode. Luego incineré los informes sobre mi persona. No quise leerlos, no valía la pena. Ese mundo ya no existe.

Pero sí leí los fragmentos de la novela de Valentina ambientada en Chile, y eso me indujo a enviarle un par de correos a Andreas para que nos reunamos, pero no ha respondido. No me defrauda su silencio, porque puede estar viajando y es un hombre parco en palabras, y porque estoy convencido de que un día llegará a la puerta de mi parcela con Angelika, la hija de Valentina, trayendo la noticia de que también dio con el hombre que asesinó a Thomas.

Lo que es yo, nunca volveré a Berlín.